COLLISION

JOHN INMAN

COLLISION
JOHN INMAN

Publié par
DREAMSPINNER PRESS

5032 Capital Circle SW, Suite 2, PMB# 279, Tallahassee, FL 32305-7886 USA
www.dreamspinnerpress.com

Collision
Copyright de l'édition française © 2016 Dreamspinner Press.
Titre original : Head-on
© 2014 John Inman.
Première édition : juillet 2014
Traduit de l'anglais par Lily Karey.

Illustration de la couverture :
© 2014 Reese Dante.
http://www.reesedante.com
Les éléments de la couverture ne sont utilisés qu'à des fins d'illustration et toute personne qui y est représentée est un modèle

Édition e-book en français : 978-1-63533-160-8
Édition imprimée en français : 978-1-63533-159-2
Première édition française : novembre 2016
v 1.0

Édité aux Etats-Unis d'Amérique.

Un esprit brisé
Un cœur brisé
Une vie brisée, anéantie.

Un bouleversement.
—Agnes Snyder-Cousino

PROLOGUE

'LE PRÉSENTATEUR météo le plus fiable' – du moins, c'était comme ça que l'avait baptisé l'*Union Tribune* dans son éditorial du dimanche précédent – n'était pas vraiment dans son assiette en ce moment. En fait, il était un peu ivre.

Il tourna sur Broadway, dans sa voiture flambant neuve qui sentait encore une délicieuse odeur de cuir frais du Dakota. Non seulement sa voiture sentait bon, mais elle se conduisait comme dans un rêve, avec un seul doigt, ce qui était à peu près la façon dont il conduisait en ce moment même.

Il sortait d'un dîner avec son patron, le directeur de Channel 10 News, et les représentants de l'Académie Nationale de Télévision de la côte Ouest, où il était pressenti pour une nomination aux Emmy locaux qui se dérouleraient dans quelques semaines.

Le dîner officiel avait été léger en nourriture, mais, inondé d'alcool. Bon sang, ces académiciens savaient boire. Mais quelle meilleure raison pour une célébration ? Tout en conduisant, un tantinet excité par la possibilité de décrocher son propre Emmy, 'le présentateur météo le plus fiable' discutait au téléphone avec quiconque qu'il connaissait. Entre deux conversations, il envoyait des messages à toutes ses *autres* connaissances, car il était bien trop heureux de les faire attendre et entendre parler de sa bonne fortune sur leurs propres programmations.

Il était dans la partie depuis moins de deux ans, et voilà ! s'il jouait bien ses cartes, il pourrait être sur le point de décrocher un prix plus important qu'une malheureuse nomination aux Emmy locaux. Il pourrait se retrouver sur un créneau parmi les plus grands météorologues sur une filiale *nationale*. Ne serait-ce pas un joli coup ? Debout dans un studio de New York City, dans un costume à deux mille dollars, donnant des infos à tout le pays sur ce qu'ils devaient attendre du front atmosphérique et tout ça derrière Brian Williams ou Diane Sawyer. Et même mieux que cela, le faire pour un salaire qui ferait passer son salaire actuel pour des cacahuètes.

Conduisant à présent avec le coude, il se tortilla pour se débarrasser de sa veste de costume, dénouant simultanément son nœud papillon sur sa

1

gorge et le jetant sur la banquette arrière. Dès qu'il eut accompli cet exploit herculéen sans faucher de piétons, il se remit à envoyer des messages. Cette fois-ci, il envoya une petite missive heureuse à sa mère, qui serait ravie de sa bonne étoile. Tout ce qui empestait, de près ou de loin, la prétention la poussait à appeler. Et puisqu'il n'avait pas vraiment envie de lui *parler*, un simple message ferait l'affaire.

Le brouillard tombait sur la baie depuis une heure maintenant, les sommets des buildings environnants de San Diego se perdant dans la brume depuis le sixième étage.

S'il n'avait pas été si ivre, s'il n'avait pas été si préoccupé par son téléphone, tapant un message vantard à sa mère, qui ne le lirait même pas avant le lendemain, il aurait remarqué la voiture sortant du parking devant lui.

Il aurait également remarqué qu'il empiétait sur la ligne médiane.

Au moment où il le remarqua, il était trop tard.

Ce ne fut que lorsque le véhicule en approche ne fut qu'à moins de trois mètres du parechoc avant de sa propre voiture que 'le présentateur météo le plus fiable de San Diego' vit le danger. Alors seulement, il aperçut les deux visages horrifiés à travers le pare-brise, illuminés par ses phares transperçant le brouillard. Deux hommes. Un aux cheveux clairs, l'autre brun. Leurs bouches ouvertes d'horreur silencieuse.

Mais le silence ne dura pas. Au moment où il écrasait le frein avec chaque once de puissance qu'il put rassembler, s'envoyant contre le volant, expulsant tout l'air de ses poumons, ébranlant ses chaussures de créateur – ne pensez pas que ça ne l'a pas fait – un cri déchira la nuit. Que ce soit le sien ou celui des deux hommes dans l'autre voiture, il ne put le distinguer.

La nuit explosa autour de lui, le bruit assourdissant du métal déchiquetant le métal. Son pare-brise vola en éclats, au ralenti, comme une supernova de prismes étincelants. Son téléphone portable, arraché de sa prise par la force de la collision, tournoya au milieu des débris. Et tandis que notre présentateur météo regardait ce ballet de ruines en plein ciel avec un émerveillement mêlé de stupeur, sans aucune once d'horreur, sa voiture partit en tonneaux, atterrissant sur le toit dans un *bruit* sourd.

Ce fut alors, au moment précis où toutes les vitres encore intactes explosèrent autour de lui, qu'il sut que son monde avait pris fin.

Alors que la lumière, le bruit et la conscience l'abandonnaient, il entendit un nouveau cri perçant d'horreur provenant de l'épave. Très *proche*.

Après un temps indéfini – minutes, secondes, heures –, il resta éveillé assez longtemps pour se libérer de sa ceinture de sécurité et ramper à quatre pattes hors de la voiture. L'asphalte froid et les éclats de vitres tranchèrent ses paumes. L'odeur de métal chaud et d'essence emplit ses narines. Il se remit sur ses pieds, titubant toujours à cause de l'alcool qu'il avait bu au dîner. La première chose qu'il vit fut le jeune conducteur de l'autre véhicule, sans vie, drapé sur la portière pliée, les yeux écarquillés et effrayés, comme s'il était surpris par sa propre disparition.

À cet instant, un autre cri, provenant de la voiture détruite devant lui, déchira la nuit.

Ce cri sembla se répercuter à l'infini dans la rue brumeuse, ricochant sur les immeubles, étourdissant la ville de ses angoisses.

Notre présentateur chancela. Juste avant que les ténèbres l'emportent à nouveau, il réalisa – *il sut* – qu'il entendrait l'écho de ce cri pour le restant de sa vie.

I

ENCORE UN autre réveil pour Gordon Stafford.

Clignant des yeux contre le soleil californien filtrant à travers la fenêtre de sa chambre, il attendit, comme il le faisait toujours, que la tristesse se propage à nouveau. Il retint sa respiration d'anticipation alors qu'il attendait que ce sentiment de chagrin, cette déferlante de défaite lasse, cette imprégnation de *regret* qui lui engourdissait le cœur le balayent. Chaque matin quand il ouvrait les yeux, *tous les matins,* cette avalanche familière de souffrance l'enterrait vivant. Ce matin ne serait pas différent.

Avant qu'il ne puisse lever la main pour chasser le sommeil de ses yeux, ils étaient là. L'horreur. La honte. S'empilant les uns sur les autres. Tristesse après tristesse. Creusant en lui. Rongeant le bonheur qu'il soupçonnait de toujours s'y cacher, en friche, survivant à peine quelque part, profondément enfoui à l'intérieur de l'homme qu'il était autrefois.

Chaque matin, il menait la même bataille. Chaque matin, il tentait de trouver et d'atteindre ce bonheur avant que la souffrance l'emporte – simplement le toucher un bref instant afin de se prouver qu'il était toujours là.

Mais chaque matin, il perdait la bataille. Avec chaque lever de chagrin, la défaite, le regret qui lui tuaient l'âme *se déversaient* dans le cœur de Gordon, parfois même avant que ses rêves nocturnes n'aient quitté sa tête. Une fois encore, toute joie potentielle qui pourrait subsister en lui suffoquait sous l'effroyable écrasement des souvenirs.

Enterrée sous la culpabilité de son passé. Son putain de passé.

Gordon poussa un soupir, cligna à nouveau des yeux contre la luminosité du matin, et se redressa sur un coude. Déclenché par le mouvement, le martèlement irrégulier d'une gueule de bois lui vrilla le crâne. Oh, Seigneur. Combien de bières avait-il bues la nuit dernière ? Il tenta de s'en souvenir, mais ce fut peine perdue. Il ne se rappelait même pas être rentré chez lui.

Un autre blackout. Génial. Il se demanda s'il était encore temps pour les Alcooliques Anonymes.

4

Il rejeta le drap et baissa les yeux sur son corps nu, sur le lit. Son sexe était en érection. Il l'était toujours après une nuit de beuverie. Il appelait cela l'excitation de la gueule de bois. Il posa la main sur sa verge, puis un peu plus loin, réajustant ses testicules, pas parce qu'ils en avaient besoin, mais parce que ça lui faisait du bien. De l'autre main, il caressa la maigre toison sur son torse. Juste parce que cela, aussi, lui faisait du bien.

Quand une troisième main arriva de nulle part et glissa sur son ventre, Gordon manqua de tomber du lit.

C'est à cet instant précis qu'il réalisa qu'il n'était pas seul.

Le cœur battant comme un fou, il baissa les yeux vers l'homme près de lui, qui à présent avait roulé sur le dos, se réveillant, son visage au niveau de l'os iliaque de Gordon. L'homme planta un doux baiser sur sa hanche avant de se rapprocher. Gordon sentit une jambe duveteuse se draper sur la sienne. Le membre de l'homme était aussi dur que le sien, pressé contre son tibia.

Gordon laissa retomber sa tête sur l'oreiller et ferma les yeux, déchiré entre le bonheur des lèvres de l'homme sur sa peau fiévreuse et les poignards martelant toujours sa tête, tentant d'acheminer le sang.

Quand l'homme fit courir sa langue le long de son membre érigé, puis fit glisser son gland dans sa bouche affamée, l'avalant, prenant tout, Gordon oublia peu à peu sa gueule de bois et s'abandonna au talent considérable de son colocataire de lit.

Cet homme était doué. Il le suçait comme s'il aimait ça. Le postérieur de Gordon se souleva du lit, partant à la rencontre de la bouche de l'homme. Il ouvrit les yeux et jeta un regard vers son entrejambe pour voir si cet homme lui était familier. Il ne l'était pas. C'était un roux. Gordon n'en connaissait pas beaucoup. Mais de toute évidence, ce rouquin le connaissait. Considérant la façon dont il se lâchait sur son membre, comme s'il était déjà venu, comme s'il était en mission, il semblait très bien le connaître en fait. Du moins, le bas de son corps, à partir de son nombril.

Gordon songea que la diversion était assez séduisante. Il se demanda s'il devait libérer la bouche de l'homme assez longtemps pour se présenter. Cela semblait la moindre des politesses. Mais bon sang, cette bouche chaude était si bonne, salivant partout sur son érection. Presque aussi bonne que cette langue agile qui explorait son gland avec ferveur. Et maintenant que la main de l'homme reprenait le réajustement de ses bourses afin que Gordon n'ait pas à le faire lui-même, il perdit toute velléité d'interrompre le processus.

Seigneur dieu, cet homme était doué.

L'homme libéra ses testicules et tendit la main vers le pied du lit afin de l'enrouler autour de son membre. Gordon le sentit se masturber, frôlant les poils de son tibia quand son poing remontait le long de sa jambe.

Gordon avait eu un terrier qui se frottait sur sa jambe de cette façon. Quel était le nom de ce chien ? Oh, oui. Spike.

Gordon oublia Spike lorsque l'homme dont le visage était contre son entrejambe aspira soudainement sa hampe jusque dans le fond de sa gorge, ce qui le fit arquer le dos, ses fesses se soulevant légèrement du lit.

Deux secondes plus tard, Gordon haletait, tremblant de la tête aux pieds, et mordit son avant-bras lorsqu'il explosa dans la bouche de l'homme. Des jets de sperme crémeux, les uns après les autres.

Mon Dieu, ces éjaculations d'excitation de la gueule de bois étaient les *meilleures* !

Lorsque Gordon fut épuisé, ses fesses s'effondrant sur le lit, la bouche du roux libéra sa verge, se léchant malicieusement les lèvres. Il rampa à genoux et posa son cul chaud sur son torse. Se masturbant tout du long, l'homme baissa les yeux vers lui, un sourire sexy sur le visage. Une grosse goutte de sperme reposait sur son menton.

Gordon tendit un doigt, poussant ses fluides dans la bouche de l'homme, comme une sorte d'Amy Vanderbilt chassant une goutte de crème anglaise. Pas de gaspillage.

L'homme le remercia d'un sourire, tout en continuant de se caresser, remontant un peu plus *haut* sur le lit jusqu'à ce que ses bourses soient perchées sur le menton de Gordon.

Parce qu'il sentait qu'il devait faire *quelque chose* pour rendre la pareille à cette excellente fellation, Gordon posa ses lèvres sur ses bourses et les grignota sans conviction tandis que l'homme se branlait.

Apparemment, ce fut une bonne idée. Les cuisses du roux emprisonnèrent soudainement sa tête et, avec un cri d'exaltation, il déversa d'épais jets qui frappèrent le nez de Gordon ainsi que le mur derrière eux, dans un *splatch* audible. Il jouit avec une telle force que Gordon s'attendît à ce qu'un organe ou deux s'échappe. Peut-être sa rate. Ou un rein.

L'inconnu se pencha vers lui et frappa plusieurs fois son visage de son membre toujours dur, juste pour expulser les dernières gouttes de sperme qui ne s'étaient pas envolées dans la stratosphère. Gordon le laissa gracieusement frotter son gland dodu et ruisselant sur ses lèvres, tout en continuant de se caresser, apparemment pour le bénéfice de Gordon.

Maintenant que l'excitation était retombée, sa gueule de bois revint en force. Il eut l'impression d'avoir un troupeau de pics-verts fous furieux picorant sa caboche, tentant de déterrer les termites.

— Tu as fini ? demanda Gordon au rouquin, qui frottait toujours sa verge sur son visage.

L'homme lui sourit, semblant un peu surpris quand Gordon ne lui retourna pas son sourire.

— Quelque chose ne va pas ? l'interrogea-t-il, la voix encore rauque de passion.

— Oui, répondit Gordon en détournant la tête de cette hampe trempée qui badigeonnait ses joues. Je dois aller au travail. Tu dois partir.

Les yeux du roux se plissèrent, son sexe cessant tout mouvement. L'enrouement de sa voix s'évanouit en un battement de cœur.

— Eh bien, quel romantisme !

Gordon accueillit cette remarque d'un silence stoïque.

L'homme émit un 'Hum' grognon et descendit du torse de Gordon, se tenant près du lit en baissant les yeux au sol.

— Ça te dérange si je vais pisser avant de partir ? demanda-t-il, de toute évidence pas très content de la tournure des choses.

— Bien sûr, mais fais vite.

Si les yeux de l'homme se plissaient encore plus, il deviendrait aussi aveugle qu'une chauve-souris.

— Oh, ce sera fait, connard ! Tu peux y compter. Je peux même essayer de viser la cuvette tant que j'y suis.

Et avec cela, il tourna les talons, vexé. Ramassant ses vêtements éparpillés aux quatre coins de la chambre, il sortit d'un pas furieux dans le couloir.

Gordon eut juste le temps de remarquer que l'homme avait des taches de rousseur sur les épaules et un joli cul avant qu'il ne disparaisse dans la salle de bain en claquant la porte derrière lui.

Gordon compta lentement jusqu'à dix, puis recommença. Quand il arriva à vingt-trois, il entendit la porte s'ouvrir et des bruits de pas martelant le couloir dans la direction opposée. Un instant plus tard, la porte d'entrée claqua. Bruyamment.

Gordon poussa un soupir de soulagement. Il était seul.

Il grogna en s'asseyant sur le bord du matelas, prit un moment pour bercer sa tête endolorie entre ses mains, puis vacilla sur ses pieds instables afin de trottiner à son tour vers la salle de bain.

Avant qu'il n'y arrive, les souvenirs l'envahirent. Le flash des phares, l'aperçu de deux visages abasourdis à travers le pare-brise. Deux hommes – un blond, un brun. Comme toujours, il se souvint d'un cri, mais il était encore incapable de savoir s'il provenait de lui, des deux hommes se précipitant vers lui, ou de sa fiévreuse imagination.

Il se tenait dans le couloir, aveuglé et paralysé par le diaporama en stroboscope d'ombres et de lumières envahissant sa tête. Un frisson le traversa. Son cœur devint instantanément plus lourd alors que la tristesse familière affluait.

Il se demanda à quelle heure ouvrait le bar.

GORDON SE frotta dans la douche, deux fois, puis se brossa les dents environ vingt minutes, n'ayant aucune idée de ce que sa bouche avait pu faire au rouquin la veille. Seigneur, il était une vraie salope quand il buvait.

Il passa le fil dentaire, se gargarisa, puis à nouveau le fil dentaire, et enfin reprit son brossage de dents. TOC ? *Oh, non,* pensa-t-il, *pas moi.*

Alors qu'il frottait sa langue, allant si loin qu'il songea qu'il pouvait remonter ses chaussettes, il étudia son reflet dans le miroir, qui, depuis le temps, avait besoin d'un bon nettoyage. Puis il se souvint du sport de la matinée et décida que le mur de sa chambre pouvait avoir besoin d'un nettoyant spermicide.

Franchement, il fut surpris, en fixant son reflet, d'avoir tiré un coup la nuit dernière. Il n'avait pas bonne mine avec ses cernes noirs sous les yeux. Il avait aussi besoin d'une coupe de cheveux et il avait une coupure sur le menton de la *dernière* fois où il s'était rasé avec des mains tremblantes, ce qui n'était qu'hier. Même maintenant, seul dans la salle de bain, il arborait la même expression de chien battu qui ne semblait jamais quitter son visage ces jours-ci. Dieu qu'il était pathétique. Sa vie dégringolait à une vitesse alarmante, il le savait. Malheureusement, savoir que vous aviez un problème ne suffisait pas à le corriger, pas vrai ?

Il cracha dans le lavabo puis se gargarisa à nouveau, tout en continuant de se fixer dans le miroir sale, essayant de chasser le rouge de ses yeux en battant des paupières. Ce qui ne fonctionna pas. Ils restaient rouges. Il avait bien des gouttes ophtalmiques, mais il n'avait pas envie de les chercher.

Il ouvrit le tiroir à la gauche du lavabo et fixa le revolver chargé qui s'y trouvait depuis trois mois maintenant, à demi caché sous une pile de serviettes. Gordon le fixa durant vingt secondes puis prit une profonde inspiration tremblante avant de refermer le tiroir. *Pas aujourd'hui,* songea-t-il.

Tout comme il le faisait chaque matin.

Gordon Stafford tourna à nouveau ses yeux rougis vers le miroir. Il envisagea de raser la barbe de son visage, mais songea que le danger de se trancher la gorge s'il mettait un rasoir dans ses mains tremblantes était un trop gros risque à prendre. D'ailleurs, il n'allait pas réellement au travail, malgré ce qu'il avait dit au rouquin. Il ne pouvait pas. Il n'avait pas de travail. Du moins, pas un *vrai* travail. Non pas qu'il en veuille un. Il avait des économies à la banque du temps où il avait une carrière. Ce n'était pas grand-chose, mais ce devrait être suffisant pour tenir quelques mois de plus. Peut-être que quand il serait à court d'argent, il regarderait l'arme dans le tiroir de sa salle de bain de plus près.

Peut-être la laisserait-il lui parler. Enfin.

Gordon aspira davantage de rince-bouche et se gargarisa jusqu'à ce que l'intérieur de sa bouche le brûle comme s'il était en feu. Il continua à fixer son reflet de ses yeux injectés de sang, tentant d'ignorer le mal de crâne qui le rongeait toujours.

Son visage ne ressemblait à rien, mais à vingt-six ans, Gordon fut soulagé de voir que son corps ne partait pas encore à vau-l'eau. Un peu trop maigre, peut-être, puisqu'il ne mangeait pas correctement, mais toujours bien bâti, avec des épaules larges, des hanches fines et de longues jambes. Ses cheveux bruns bouclés, trop longs en ce moment retombaient en vagues autour de sa tête, s'accrochant fâcheusement dans ses yeux. Il les repoussait tout le temps de son visage. Mais en quelque sorte, il aimait ça. Ce rideau de cheveux était bien pratique parfois, lui donnant un endroit où se cacher.

Ces temps-ci, Gordon avait besoin d'un endroit où se cacher. Fréquemment.

Aussi propre qu'il puisse être sans avoir recours à un écailleur de poissons, il revêtit un jean et un tee-shirt blanc, chaussa ses pieds d'une paire de tennis et fourra un peu d'argent dans sa poche. Par habitude, il ramassa son téléphone portable posé sur sa commode avant de se souvenir qu'il ne s'en servait plus. En réalité, cette chose n'avait pas été rechargée depuis des semaines. Tout comme sa vie, d'une certaine manière. Gordon s'était contenté de l'abandonner comme une vieille montre, sans prendre la peine de le mettre en charge, ni de se soucier du fait qu'il n'était plus relié au reste du monde.

Gordon ne se liait plus au reste du monde non plus.

Dehors, les rues de San Diego, somnolentes et endormies, que Gordon appelait maison, baignaient dans le soleil matinal de ce samedi. Même les enfants du quartier étaient à l'intérieur, jouant aux jeux vidéo et tourmentant leurs mères au lieu de parcourir les rues sur leurs vélos ou leurs skates, criant à pleins poumons sous la chaleur. Ça allait être une chaleur caniculaire, tout le monde le savait.

Un couple de joggeurs le dépassa à vive allure tandis qu'il marchait en direction de l'arrêt de bus, mais Gordon ne les regarda pas. Même les hommes dans leurs petits shorts avec leurs longues jambes musclées et leurs petits culs fermes n'attiraient plus son intérêt. Plus autant, du moins.

Gordon pouvait sentir l'alcool de la nuit dernière suinter par tous les pores de sa peau sous le soleil brûlant. Aussi chaud qu'il avait, il laissait ses cheveux tomber devant ses yeux en marchant afin de ne pas avoir à dire bonjour ou faire de signe de tête aux gens qu'il croisait sur le trottoir. C'était une chose que Gordon avait apprise en tournant le dos au monde ; si vous lui en donniez l'occasion, le monde était plus que disposé à vous tourner le dos également.

Ce qui lui convenait.

Il attendit trente minutes sous le soleil au coin de Juniper et de la 30ème que le bus arrive. Ce qui lui parut une heure. Lorsqu'il monta péniblement à bord, sa pauvre migraine pulsant avec la chaleur, chaque siège était occupé. Tout ce qu'il lui restait à faire fut de s'accrocher à une sangle durant les trois quarts du chemin et de continuer à transpirer à cause de l'air conditionné défectueux. Quelqu'un à proximité avait besoin d'un bain, mais il ne savait pas vraiment qui.

L'entrejambe de Gordon se trouvait au niveau du visage d'un jeune homme assis dans l'allée près de lui. Il avait l'air d'un étudiant. Oriental, jeune et mignon. Gordon avait son bras au-dessus de sa tête, accroché à la sangle afin de ne pas lui tomber sur le visage chaque fois que le bus prenait un virage. À seulement quelques centimètres, le jeune homme lorgnait joyeusement le renflement de son jean et les quelques centimètres de peau nue entre la boucle de sa ceinture et son nombril que sa position laissait exposés. L'étudiant fit errer son regard sur son visage plusieurs fois, établissant un contact visuel, mais ensuite, ces yeux orientaux glissaient à nouveau sur son entrejambe un instant plus tard. Le jeune homme avait une pile de manuels sur les genoux, qui dissimulait sa main. Gordon soupçonnait qu'il se touchait.

C'était excitant. Étrange, mais excitant. Gordon sentit son sexe s'épaissir dans son jean, alors, pour le plaisir, il saisit l'opportunité de pousser ses parties intimes plus près du visage de l'étudiant lorsque le bus prit un virage. Il laissa échapper un gloussement involontaire lorsqu'un sourire intrigué traversa le visage de l'étudiant. Il pensa même entendre un joli petit halètement de surprise lorsque son paquet se balança dans sa direction.

Les freins du bus grincèrent lorsqu'il s'arrêta à l'arrêt devant le lycée de San Diego. Le jeune oriental rassembla ses livres et lui adressa un sourire d'excuse, comme pour dire 'C'est mon arrêt'.

Gordon recula. Seigneur, il n'était même pas étudiant. C'était un lycéen !

Il sentit le sang lui monter à la tête lorsque le jeune mit un point d'honneur à frôler sa braguette de son avant-bras en quittant son siège.

— Au revoir, dit *le lycéen* d'une voix douce et emplie de regrets.

'Petit imbécile' voulut lui répondre Gordon, mais il ne le fit pas. Il se contenta de tourner le dos au jeune homme et de revendiquer le siège vacant.

Mon Dieu, ils grandissent de plus en plus vite de nos jours. C'est déjà assez moche que j'enfreigne une ordonnance du tribunal en me saoulant tous les soirs de la semaine. Le juge n'aimerait-il pas entendre que je batifole avec un mineur ?

Gordon frissonna à cette pensée.

Maintenant qu'il était assis, Gordon réalisa que c'était la vieille femme avec un sac en papier sur les genoux, assise près de la fenêtre, qui sentait mauvais. Elle sentait l'urine et le tabac froid. Risquant un regard dans sa direction, il remarqua ses cheveux gras, pleins de pellicules, et un furoncle dans son cou. Elle fredonnait faussement tout en regardant le quartier par la vitre. Elle avait les yeux dans le vide.

Retenant sa respiration, Gordon se releva immédiatement et se dirigea à l'arrière du bus. Il n'y avait plus de sièges alors il resta simplement debout, accroché à une autre sangle, attendant que son arrêt se présente. Quand ce fut enfin le cas, il s'échappa par la porte arrière, échangeant, la chaleur du bus contre celle de la ville et se dirigea vers le sud.

Le centre-ville de San Diego était un goulasch d'humanité étrange et d'architecture encore plus étrange. L'extrémité inférieure de Broadway par la baie était moderne, propre, avec des gratte-ciel étincelants. Même les piétons étaient bien habillés.

Le haut de Broadway, là où Gordon descendait du bus, était un beau bazar. Des sans-abri dormaient sous des bâches dans la rue, les flaques d'urine ornaient les porches, les fenêtres étaient recouvertes de crasse et d'empreintes de main, les bâtiments tombaient en ruine, suppliant qu'une boule de démolition les sorte de leur misère. Cette extrémité de Broadway exsudait peu de promesses, peu d'espoir et peu de chance d'amélioration. Un peu comme la vie de Gordon.

Il supposait que c'était la raison pour laquelle il se sentait bien ici, chaque fois qu'il descendait du bus. Lui aussi avait besoin d'une boule de démolition pour le sortir de la misère.

À trois pâtés de maisons plus au sud, dans une partie encore plus minable de la ville, Gordon dépassa une longue file de citoyens sans-abri debout ou assis, râlant bruyamment ou marmonnant de façon insensée contre personne et tout le monde à la fois. Un couple d'âmes grêlées par la dépendance à la méthamphétamine et ayant l'air encore pire que Gordon, tendit la main alors qu'il passait, quémandant cinq centimes, dix centimes, de l'argent pour se nourrir, de l'argent pour boire, de l'argent pour se droguer.

Gordon marmonna, bredouillant des excuses. Il se cacha derrière son rideau de cheveux et poursuivit son chemin. Quelqu'un le maudit alors qu'il s'éloignait.

Poussant un soupir, de soulagement ou de crainte, il s'enfonça dans une allée et poussa une porte en métal. Il tourna le dos à la misère extérieure et fit face à un tout nouveau monde de détresse étalé devant ses yeux.

La Soupe Populaire de Mama.

— Tu es en retard ! cria Mama Davis au moment où il passa la porte d'entrée.

Puis elle lui adressa un sourire éblouissant et le serra dans ses bras. Son visage portait la couleur du goudron, ses yeux si brillants qu'ils pouvaient arrêter la circulation, ses cheveux cassants et clairsemés augmentés par la valeur de trois cents dollars de tresses, que sa fille cousait sur la tête de sa mère mensuellement. Ce mois-ci, les tresses de Mama Davis étaient striées d'or et se terminaient par des perles d'argent. Parfois, quand elle riait et rejetait la tête en arrière, on pouvait entendre les perles tinter autour d'elle.

Mama Davis avait quelque part entre quarante et quatre-vingt-dix ans. Ses tresses n'étaient pas la seule chose en or chez elle. Elle avait aussi un cœur en or. En or jusqu'au bout des ongles.

Elle le saisit par les épaules et le repoussa aussi loin que ses vieux yeux pouvaient se focaliser sur son visage.

— Chéri, tu n'as pas l'air bien. Es-tu sûr de vouloir travailler aujourd'hui ?

Gordon se dénicha un sourire. Il ne sut même pas d'où. Il devait travailler, qu'il le veuille ou non. Elle le savait tout comme lui.

— Je vais bien. Je n'ai pas bien dormi, c'est tout.

Mama acquiesça, les yeux bienveillants et sages. Trop sages. Elle ne croyait pas un mot de ce qu'il disait, et il n'en fut pas surpris. Elle avait vu beaucoup trop d'alcooliques dans sa vie. Seigneur, il fut même un temps où elle en avait été *une*. Alors Gordon n'était pas assez stupide pour croire qu'elle ne voyait pas sa gueule de bois.

Mama Davis lui attrapa doucement le bras et l'entraîna à travers la cuisine animée, dans laquelle il faisait au moins mille degrés avec tout ce qui cuisait. Elle le mena dans la salle à manger, où elle le laissa s'affaler à l'une des tables. Il était la seule personne de tout l'établissement à être assis, ce qui l'embarrassa.

— D'abord, je vais te nourrir. Puis nous nourrirons tous ces pauvres moutons devant ma porte.

— Je n'ai pas faim, assura-t-il.

— Bien sûr que si, grogna Mama, qui n'acceptait pas non comme réponse. Reste ici.

Deux minutes plus tard, elle revint avec un plateau en métal contenant des galettes de saucisses, de faux œufs brouillés et trois petits cartons de lait.

Elle tapota l'épaule de Gordon et dit :

— Mange, puis viens dans la cuisine.

Elle se précipita dans la cuisine pour voir quel désastre se préparait où les cuisiniers préparaient le repas. Une catastrophe mijotait toujours quelque part.

Après une bouchée de saucisses, Gordon réalisa combien il était affamé. Il avala le reste de son petit déjeuner en un rien de temps. Dès que la nourriture eut disparu, il engloutit les trois cartons de lait, l'un après l'autre.

Quand il eut fini, il combattit un sanglot à la gentillesse d'une vieille femme noire avec trois cents dollars de tresses cousues sur la tête. Clignant des yeux afin de chasser une soudaine vague de larmes, il ramassa son plateau vide, ses couverts et ses déchets, puis se rendit dans les cuisines pour y travailler.

Un autre jour d'expiation débutait.

13

II

COMME TOUJOURS, le petit déjeuner pour les sans-abri de la Soupe Populaire de Mama était très attendu. L'air était si épaissi par les odeurs corporelles qu'il avait presque la même consistance que les œufs brouillés en poudre, qui, soit dit en passant, étaient délicieux, ce qui était plus que ce qui pouvait être dit sur l'odeur d'un corps. Seule Mama savait comment transformer un pot de quarante litres d'œufs brouillés en poudre en un délice culinaire pour quatre cents nécessiteux. Malheureusement, seuls un pain de savon et un bon bain pouvaient retaper un humain puant et la plupart des personnes présentes n'étaient pas vraiment en bons termes avec l'eau et le savon.

En ce vendredi matin, comme tout autre matin de la semaine, il n'y eut pas que les sans-abri qui purent profiter des largesses de Mama. Il y eut aussi une bonne part de retraités de ces gratte-ciel dispersés dans le centre-ville, et juste pour embrouiller l'atmosphère, certains sentaient plutôt bon. On pouvait même apercevoir une majestueuse dame âgée, qui sentait le parfum et arborait des cheveux bleus bien coiffés, gloussant dans la file d'attente pour être servie alors qu'elle discutait avec l'homme derrière elle, un pathétique spécimen d'humanité qui avait l'air d'avoir dormi dans une porcherie la nuit dernière, et qui était tellement secoué par les delirium tremens qu'il arrivait à peine à se tenir debout, encore moins mener une conversation respectable.

La démence était équitablement représentée parmi la foule de convives qui attendaient également. Certains se parlant à eux-mêmes, d'autres écrasant une mouche imaginaire ou promenant des chiens tout aussi imaginaires, d'autres encore riant d'une blague informulée ou grognant contre un affront inexprimé, ou encore certains maudissant rien ni personne en particulier. Gordon se demanda si un jour, il se retrouverait parmi eux, abattu, en manque d'alcool, mourant lentement d'un foie éclaté ou d'une quelconque horrible maladie sexuellement transmissible. N'était-ce pas une pensée réjouissante ? Il décida que non. Le revolver dans son appartement verrait que ce n'était pas le sort qui l'attendait. Oui, ce serait cela. Gordon s'en assurerait.

14

En cette matinée particulière, le travail de Gordon fut de servir les saucisses. Chaque fois qu'un plateau en acier inoxydable arrivait dans des mains sales et paralysées dans la file devant lui, il dénichait un sourire et y déposait deux galettes. Inévitablement, la personne tenant le plateau disait merci. Il y avait une grande pancarte sur le mur près de la porte d'entrée qui l'exigeait. Ne mâchant jamais ses mots, Mama Davis avait inventé la citation elle-même.

Dites merci lorsque Dieu vous accorde une bénédiction. Sinon, il pourrait cesser de vous l'accorder

Dans le quartier, Mama représentait Dieu, et les pauvres âmes qui mangeaient ici le savaient. Chacune d'elles. À quelques centimètres de l'homme souffrant de délire et encore malade comme un chien de sa beuverie de la veille, Gordon ricanait néanmoins des démonstrations de gratitude parfois hypocrites lancées dans sa direction alors qu'il distribuait les galettes de saucisses. Plus d'une fois, le remerciement ressemblait remarquablement à un 'Va te faire voir'.

Alors que la file de convives avançait, les tables commençaient à se remplir. Le bruit dans l'ancien entrepôt que Mama Davis louait du mauvais côté de la 8ème Avenue enfla – le bourdonnement de centaines de voix mêlées aux cliquetis des couverts bas de gamme tintant contre les plateaux achetés en gros à l'armée. Si vous vouliez de l'ambiance, la Soupe Populaire de Mama vous l'offrait. Si vous vouliez une ambiance *paisible* pour les plaisirs de la table, vous deviez chercher un autre endroit. Mais bien évidemment, vous deviez payer pour cela.

Au moment où Gordon se tenait sur la pointe des pieds et regardait par la porte d'entrée ouverte, voyant que la fin de la file d'attente atteignait la moitié du pâté de maisons, Mama Davis arriva derrière lui et déposa lourdement une nouvelle fournée de galettes de saucisses sur la table à vapeur devant lui. Puis elle lui donna une tape amicale sur les fesses.

— Chéri, j'étais en train de faire ma paperasse et tu as honoré la moitié de tes heures de service communautaire ordonnées par le tribunal. N'est-ce pas génial ? Encore quelques mois et tu auras fini. Je suis contente pour toi. Ton beau visage me manquera quand tu partiras, j'en suis sûre. Mais peut-être as-tu appris une chose ou deux, non ?

Elle fit cette remarque comme si elle n'y croyait pas vraiment, au vu de la gueule de bois qu'il tenait ce matin quand il s'était montré. Tous les deux savaient que l'alcool était la raison première pour laquelle il était dans les ennuis. Eh bien, l'alcool et le manque de jugement. Le fait qu'il buvait toujours démontrait un manque plus qu'exemplaire de sa part, et il s'était attendu à ce que Mama vienne lui dire. Mais apparemment, elle était d'humeur charitable ce matin. Il soupçonnait que s'il le refaisait cependant, elle lui ferait frotter les casseroles et les poêles dans l'arrière-cuisine, un emploi qu'elle réservait toujours à ceux qui lui déplaisaient, d'une manière ou d'une autre. Travailler au service ou dans l'arrière-cuisine était aussi éloigné niveau plaisir que réorganiser les livres de la bibliothèque d'une prison et s'échiner sur des rochers pendant trente ans avec un marteau.

Travailler dans l'arrière-cuisine craignait. Beaucoup. Rien ne pouvait compliquer une gueule de bois comme le travail en arrière-cuisine. Gordon décida que s'il devait encore venir travailler bourré, Mama Davis serait la dernière personne qui le saurait.

Il lui offrit un sourire rassurant, songeant qu'il pouvait afficher un minimum de bonnes intentions pour améliorer ses mauvaises habitudes. Il doutait qu'elle y croie, mais il le fit tout de même.

Avant qu'elle ne puisse répondre, un chahut éclata près de la porte d'entrée – des voix s'élevant, une ou deux mains s'agitant afin de lui faire signe au-dessus de la foule, un cri surpris de l'une des vieilles dames aux cheveux bleus.

Mama prit les pinces des mains de Gordon et dit :

— Va voir ce qui se passe, chéri. Mon arthrite me joue des tours ce matin. Je n'ai pas envie de me retrouver dans une bagarre.

Gordon non plus. Mais ce n'était pas la première fois qu'il était envoyé par Mama Davis pour calmer une mini-émeute ou surveiller une rixe entre des convives combatifs. Il supposait qu'il devait remercier sa jeunesse et sa stature pour cela, puisque la plupart des gens qui travaillaient pour la soupe populaire n'étaient pas loin d'être aussi pitoyables et opprimés que les clients.

Mama sortit une gigantesque spatule de la poche de son tablier et la poussa dans sa main.

— Prends ça pour te protéger. Frappe-les sur la tête si tu le dois.

Gordon lui adressa un signe de tête résigné et ôta ses gants en caoutchouc avant d'attraper la maudite spatule et passa devant la table à vapeur. Il se dirigea vers la mystérieuse agitation, emportant avec lui cette stupide spatule et cette stupide gueule de bois.

Il avait l'impression d'une catastrophe imminente. Comme d'habitude.

À BIEN y réfléchir, se dit Gordon, avant, j'étais quelqu'un. Avant j'avais une coupe de cheveux à quarante dollars et je portais un costume tous les jours. De parfaits inconnus connaissaient mon visage et me disaient bonjour dans la rue. J'avais affaire à des gens qui se lavaient sur une base régulière et n'étaient pas fous. Maintenant, je suis ici, noyé dans la culpabilité, sans emploi à tout point de vue, pataugeant dans une mêlée d'indigents, n'agitant qu'une spatule en guise de protection, et cédant à tous les caprices d'une vieille femme noire, dont les tresses cliquetaient quand elle riait et dont le respect était ce que je désirais plus que toute autre chose sur cette terre.

Eh bien, merde.

Bien que sa vie puisse être un désastreux mystère, même pour lui, Gordon devait comprendre le reste du monde. Du moins, le monde des sans-abri. Après six mois à la Soupe Populaire de Mama, c'était une leçon qu'il pouvait difficilement éviter d'apprendre.

Même ici, où les gens arrivaient à peine à survivre au jour le jour, il y avait un système de caste. Gordon en était rapidement venu à réaliser que la lie de la population avait son niveau d'élite et son échelon inférieur, tout comme les gens décents. Les masses opprimées se composaient à la fois de gentils et de méchants, de donneurs et de preneurs, de bons et de mauvais. Eh oui, même ici, dans l'anus de la civilisation, les saints étaient à la merci des charlatans. Tout comme ils l'étaient partout ailleurs.

Se frayant un chemin dans la foule, retenant occasionnellement sa respiration afin de bloquer la puanteur de l'un des résidents de la rue, il se retrouva face aux deux éléments. Le bon *et* le mauvais. Et une fois encore, il semblait que le mauvais l'emportait haut la main.

Trois jeunes que Gordon avait déjà vus auparavant et dont il savait qu'ils créaient des problèmes tourmentaient un quatrième qu'il n'avait *jamais* vu. En le regardant de plus près, il réalisa que celui-ci n'était pas aussi jeune qu'il l'avait pensé au départ. En fait, il paraissait avoir son âge. Au milieu de la vingtaine peut-être. C'était sa petite taille qui lui donnait l'air plus jeune. Les autres garçons, ceux qui l'intimidaient étaient des adolescents. Le seul point commun que le destinataire partageait avec ses persécuteurs était que les quatre hommes semblaient au moins *essayer* de

17

rester propres. Ce qui n'était pas une tâche facile lorsque vous viviez dans la rue.

Le pauvre homme au centre de la bagarre était vêtu d'un jean baggy et d'une chemise blanche à fines rayures qu'il avait probablement achetés ou mendiés au surplus Goodwill de la rue. Il portait une casquette de baseball des Chargers baissée sur son front, elle couvrait pratiquement la moitié supérieure de son visage. Il ne devait pas faire plus d'un mètre cinquante-cinq, une silhouette frêle et des poils blonds parsemés sur le dos de ses mains dépassant des poignets bien boutonnés de sa chemise. Les mains de cet homme attirèrent immédiatement l'attention de Gordon. Elles étaient belles, élégantes, gracieuses et pâles. En cet instant, il se protégeait le visage avec.

Les trois agresseurs étaient gays. Ils étaient aussi débrouillards, peut-être poussés dans les rues après avoir proclamé leur homosexualité à leurs stupides parents homophobes. Il y avait beaucoup de jeunes hommes et de jeunes femmes comme eux dans les rues – essayant de se trouver assez d'argent pour s'acheter un repas, louer un lit, ou rester en vie. Gordon connaissait ces trois-là. Il les avait déjà chassés au cours des derniers mois, peu impressionné par la façon dont ils interagissaient avec lui tandis qu'il leur servait leur petit déjeuner ou leur repas quotidien. Oui, Gordon faisait les deux services. Et deux fois par jour, ce trio d'homosexuels marginaux le draguait d'une voix rauque, faisant des commentaires sexuels, tentant de le faire réagir, une fois même allant jusqu'à réclamer sa présence dans une ruelle, où ils lui promettaient la meilleure pipe à trois qu'il n'ait jamais eue de sa vie en échange de quelques dollars.

Mais Gordon n'était pas fou. Bien que ces trois gigolos n'aient pas l'air mal, il n'approcherait jamais sa queue à moins de dix mètres de l'un d'entre eux.

Tout comme de toute évidence, le jeune homme qu'ils harcelaient.

Il était couché par terre, sur le dos, dans son jean baggy et sa chemise blanche froissée. Aux pieds, il portait des tennis usées sans chaussettes. L'un des trois jeunes, apparemment le plus méchant de la bande, le maintenait, assit sur son torse. Les deux autres brutes le regardaient en riant.

Leur victime était dominée, mais assez folle pour ne pas s'en soucier.

— Laissez-moi tranquille ! Lâchez-moi ! Je veux juste un petit déjeuner !

Le jeune perché sur son torse lui adressa un sourire narquois.

— Tiens, minus. Je vais te donner quelque chose à mâcher.

Quelque part derrière Gordon, une vieille dame haleta et quelques vétérans SDF sifflèrent en signe de sympathie, mais sans tenter d'intervenir.

Il y avait un filet de sang sur le menton de la victime, sûrement dû à une lèvre fendue. Quelqu'un devait déjà avoir balancé un coup de poing, ce qui était l'une des règles d'or de Mama : pas de bagarre.

Gordon empoigna l'adolescent par le col et l'arracha de l'homme. Tandis que le jeune essayait de se tortiller hors de portée de Gordon, les deux autres petites brutes commencèrent à l'insulter afin qu'il relâche leur ami.

Ce qui était une autre grande règle de Mama : pas d'insultes.

Gordon repoussa l'adolescent loin de lui, se retenant de rendre le petit déjeuner qu'il avait mangé plus tôt. Sa migraine le tuait, mais ce n'était pas le moment d'y succomber. Il se doutait que s'il montrait une faiblesse à ces trois petites frappes, ils s'en prendraient à lui par la suite.

Il pointa la porte d'entrée.

— Vous, trois, dehors ! Si vous ne savez pas être civilisés, vous ne mangez pas. Point barre !

L'un des gars ricana méchamment et visa de son pied le jeune homme encore allongé par terre, directement dans les côtes. Celui-ci gémit et roula en serrant sa poitrine. Un autre commença à débiter des obscénités, ce qui provoqua un autre halètement chez la vieille dame derrière Gordon. Le dernier, celui que Gordon avait descendu du torse de la victime, réajusta ses haillons et grogna sur Gordon comme un chien enragé.

— Tu paieras pour ça, enculé.

Puis il cracha sur l'homme à ses pieds.

— Et *toi*, on n'en a pas fini avec toi, pédé.

L'homme détourna le regard, ignorant la raillerie autant que possible, berçant toujours ses côtes meurtries. Gordon ressentit une telle vague de sympathie pour lui qu'il en fut surpris. Il tendit la main et l'aida à se relever.

L'un des sans-abri de longue date, un vieil homme que Gordon connaissait en tant que Pistol Pete, décida finalement de s'impliquer et commença à pousser les trois brutes vers la porte.

— Fermez-la, voyous, et cessez de jurer avant que Mama ne vienne botter vos culs maigrelets. Elle enlèvera l'amidon de vos pantalons, soyez-en sûrs. Partez maintenant. Oust ! Vous avez causé assez d'ennuis.

— Va te faire foutre, vieil homme, cracha l'un des types.

Le vieux Pete sortit un revolver de sa poche et le visa en pleine tête. Les yeux de l'adolescent devinrent aussi grands que des dollars en argent et lorsque Pete sut qu'il avait obtenu son entière attention, il appuya sur la gâchette.

Un jet d'eau jaillit de l'arme, trempant le visage de l'adolescent. Puis quelques jets de plus épinglèrent les deux autres tandis que Pete pompait avec un sourire vicieux sur le visage, comme s'il passait vraiment un bon moment.

Les gens qui se tenaient autour d'eux et regardaient, s'amusaient bien, eux aussi, se moquant des trois fous que Pete arrosait comme un trio de pétunias. Ils savaient depuis le début que l'arme était factice, bien sûr. C'était la raison pour laquelle on l'appelait Pistol Pete. Chaque fois que Pete devenait fou, il sortait son pistolet et se lâchait. Il tirait sur tout ce qui l'ennuyait, les voitures qui passaient, les piétons qui monopolisaient les trottoirs, les enfants bruyants. Une fois, même la mairesse s'était trouvée dans sa ligne de mire après avoir voté contre le financement d'un abri pour SDF au cours de l'hiver, comme Pete pensait que c'était son devoir. Pour cette petite escapade, il avait passé une semaine en prison, était apparu à la une du *San Diego Union* et *voilà*, son nom était devenu une légende. Quand il ne perdait pas les pédales et n'arrosait pas ses ennemis, Pete faisait gicler l'eau sur sa gorge, juste pour rester hydraté. Pete tenait beaucoup à son hydratation.

Ce furent les rires de la foule, plus que leur peur de Pete ou de Gordon qui poussèrent les trois voyous à passer la porte. Au moins, ils étaient partis.

Au milieu d'une salve d'applaudissements, Gordon sourit à Pete.

— Range cette chose avant de blesser quelqu'un.

Pete lui fit un clin d'œil, souffla sur le canon de son pistolet à eau et le rangea dans la poche de son pardessus abîmé. Gordon savait qu'il irait le recharger plus tard à la fontaine de la 4ème et de Broadway, comme il le faisait toujours.

Le jeune homme que Gordon avait secouru se dirigea vers la porte. Gordon lui effleura le bras.

— Où crois-tu aller ? Quel est ton nom ? Minus ?

L'homme abaissa encore plus sa casquette, refusant de regarder Gordon dans les yeux.

— Ouais. Vous voulez dire que je peux rester ?

Il y avait quelque chose d'enfantin chez lui. Gordon fut surpris de voir son côté protecteur prendre le dessus. Surprenant, car il ne savait pas qu'il en avait encore un. Il ramassa une serviette à l'un des convives mangeant à proximité et la passa sous le bord de sa casquette pour tamponner le sang

20

sur son menton. Il dut passer au travers d'un chaume blond, ressentant une étrange sensation lorsque ses doigts l'effleurèrent – presque un frisson d'excitation. Gordon se demanda d'où diable il provenait.

— Il n'en fallait pas plus, hein, Minus ? demanda-t-il gentiment.

Il fut étonné d'apercevoir un léger sourire illuminer le visage mal rasé du jeune homme.

— Ça rime, dit l'homme. Tu es poète.

— Et dire que je l'ignorais, s'entendit-il répondre comme un idiot.

Le sourire du jeune homme s'agrandit. Il releva un peu la tête et Gordon entraperçut des yeux bleus pleins de vie sous la visière de la casquette des Chargers. Ils étaient aussi clairs que du cristal et aussi brillants que du saphir sous un rideau de cheveux blonds. Gordon cilla de surprise. C'était un blondinet.

— Viens, dit Gordon après une brève lutte pour retrouver sa voix.

Il prit la main pâle de l'homme et le conduisit de la file d'attente à l'une des tables de l'arrière-salle.

— Assieds-toi ici. Je vais te chercher un petit déjeuner, d'accord ?

Minus hocha la tête.

— Merci, répondit-il, l'air timide, à bout de souffle et abasourdi, comme s'il n'arrivait pas à croire ce qui lui arrivait.

Minus paraissait si étonné de sa bonne fortune que Gordon se demanda si quelqu'un avait déjà été gentil avec lui. Cette pensée lui brisa le cœur. Stupéfait par la sympathie qui jaillissait en lui, il sentit le rouge lui monter aux joues.

— Reste ici, ajouta-t-il afin de le dissimuler.

Puis il se dépêcha de s'éloigner afin de lui trouver un peu de nourriture.

Il ne savait pas ce qui lui prenait, mais il se retrouvait excité pour la première fois depuis des mois. Il ramassa un plateau de la main d'une pauvre vieille dame et remonta la ligne de service du mauvais côté des tables vapeur, amassant çà et là ce qu'il pensait que cet homme pourrait aimer. Œufs, saucisses, biscuits avec supplément de beurre et de confiture, quelques beignets et une cuillerée de pudding.

Quand le plateau fut plein, il s'empara de deux cartons de lait ainsi que deux de jus d'orange puis revint à sa table.

Minus était assis, seul, recroquevillé comme pour se protéger, ne regardant ni à gauche ni à droite, le regard fixé sur ses genoux, là, où se trouvaient ses mains serrées. Gordon se demanda s'il s'était endormi.

21

Mais il ne l'était pas. Il leva les yeux lorsque Gordon glissa le plateau devant lui. Il essuyait encore de temps en temps le sang sur son menton avec la serviette que Gordon lui avait donnée un peu plus tôt. Il fixa le plateau chargé de nourriture, bouche bée, comme s'il n'avait jamais rien vu d'aussi beau de sa vie.

— Wow, merci, dit-il en coulant un regard penaud à son bienfaiteur.

Mais il ne fit aucun geste pour ramasser les couverts jusqu'à ce que Gordon lui mette pratiquement la fourchette dans la main. Cet acte de bonté en suscita un autre.

— Merci.

— D'accord, Minus. Mange maintenant. Je reviendrai plus tard voir si tu n'as besoin de rien. Ta lèvre a-t-elle cessé de saigner ?

Gordon dut demander, car une fois encore, il ne voyait rien sous la visière de la casquette de base-ball surbaissée.

— Ça s'est arrêté, répondit Minus d'une voix à peine audible, comme s'il était embarrassé.

Ou honteux.

— Merci de demander.

Gordon se mit à rire et posa une main sur son épaule.

— Tu n'es pas obligé de me remercier pour tout, tout le temps. Mange, ce sera un remerciement suffisant pour moi. D'accord ?

— D'accord, marmonna Minus.

À la stupéfaction de Gordon, il regarda le jeune homme déplier une serviette en papier neuve et l'étaler sur ses genoux. Alors seulement, il enfourna une fourchetée d'œufs et commença à manger.

Voyant que tout se passait bien, et que son protégé se nourrissait, Gordon retourna vers la table vapeur, où Mama Davis servait toujours les galettes de saucisses et bénissait tous ceux qui passaient. Son vieux visage arborait un sourire rayonnant alors qu'elle le regardait approcher.

— C'est une belle chose que tu as faite, nourrir ce pauvre garçon. Tu pourrais aller au paradis pour cela un jour.

Gordon se sentit *à nouveau* rougir. Seigneur, quelle matinée ! Il rougissait chaque fois qu'il se retournait.

— Ils s'en prenaient à lui, expliqua Gordon. Le groupe de gays. Tu vois de qui je parle ? Ils causent toujours des problèmes.

Mama hocha sagement sa vieille tête, ce qui fit tinter les perles de ses tresses. Ce qui rappela à Gordon un serpent à sonnette. Seulement Mama

Davis était plus agréable. Même si elle avait un ou deux coups venimeux cachés en elle si l'occasion se présentait.

— S'ils recommencent, ils seront définitivement exclus, dit-elle. Je donne à tout le monde une seconde chance. La prochaine sera la leur. S'ils ne rentrent pas dans le rang, ils peuvent manger autre part. Je ne veux pas qu'ils ennuient mes clients. Ces pauvres gens sont assez tourmentés.

Elle lui remit les pinces et l'observa se remettre en service. Lorsqu'elle fut satisfaite que tout fût comme il se devait, elle jeta un œil à la silhouette solitaire vêtue d'une chemise et d'une casquette de base-ball recroquevillée contre le mur arrière.

— Quel est le nom de ce garçon, Gordon ? Le sais-tu ?

Gordon secoua la tête.

— Non. Pas son vrai nom. Ils l'ont appelé Minus.

Le visage de Mama se fendit d'un large sourire, dévoilant une grosse paire de prothèses dentaires. Celles-ci étaient grandes, blanches, carrées et semblaient parfaitement capables de ronger un arbre.

— C'est un minus. Haut comme trois pommes. Pauvre petit.

Elle secoua la tête, s'offusquant comme elle le faisait chaque fois qu'elle faisait face à la folie du monde autour d'elle. Mama Davis allait de crise en crise, jour après jour, mais elle semblait apprécier les drames. Gordon supposa que sa générosité débordante et sa foi en Dieu voyaient au travers de tout cela. Ou peut-être s'épanouissait-elle dans le chaos.

Elle donna une petite tape sur la tête de Gordon, comme elle le ferait à un caniche. Avec un gloussement, elle murmura pour ses seules oreilles :

— Tu as bien fait, petit blanc.

Puis elle s'éloigna en direction des cuisines pour s'assurer que les choses là-bas se passaient en douceur.

Les paroles de Mama le firent sourire. Ses yeux furent attirés par la silhouette solitaire près du mur du fond, penchée sur son plateau de nourriture. Tandis que le jeune homme mangeait, ses genoux rebondissaient comme ceux d'un enfant. Gordon pensa que c'était la chose la plus mignonne qu'il ait jamais vue.

Minus engloutit son petit déjeuner à un bon rythme et cette prise de conscience fit à nouveau sourire Gordon. Mais il y avait également de la tristesse dans ce sourire. Il se demanda depuis combien de temps cet homme n'avait pas mangé un repas chaud.

Quarante minutes plus tard, lorsque la dernière ruée de convives s'était faufilée dans la file et que les portes extérieures s'étaient finalement refermées, empêchant tout invité-surprise, Gordon jeta un regard en direction du mur du fond une fois de plus pour voir comment s'en sortait son protégé.

La table était vide. Minus était parti.

Gordon fixa la table un long moment. Il détourna finalement le regard et se remit au travail, mais il le fit avec le cœur lourd.

Quand Mama Davis vint lui dire qu'il avait un appel téléphonique, il sentit son cœur plonger encore plus loin dans sa poitrine. Une seule personne l'appellerait ici.

Il ne sourit plus jusqu'à la fin de son service.

III

LE GRANT Grill était élégant et guindé, comme c'était le cas depuis plus d'un demi-siècle. Un bastion de prétention mâle qui avait survécu durant toutes ces décennies dans le centre-ville de San Diego, sans jamais changer d'emplacement ou de décor. Pendant la majeure partie de ces années, il avait régné comme l'incarnation du sexisme puisque les femmes n'étaient autorisées à entrer en journée que depuis le début des années 70. Enfoui au cœur de l'Hôtel Grant, entre Broadway et la 4ème – la rue juste en face de la fontaine où Pistol Pete rechargeait régulièrement son légendaire pistolet à eau – le Grant Grill offrait un fantastique menu pour le palais, mais, aux yeux de Gordon, très peu nourrissant pour l'âme.

C'était certainement la raison pour laquelle sa mère insistait pour qu'ils s'y retrouvent. Pour autant qu'il ait pu le constater depuis les vingt-six ans qu'il la connaissait, sa mère nourrissait très peu l'âme elle aussi.

Il l'aperçut confortablement installée au centre de la pièce, dégustant son thé glacé. Elle tenait salon, discourant d'un ton guindé avec un serveur qui paraissait nerveux en présence de cette femme. Il avait raison, se dit Gordon. Sa mère avait mis fin à la carrière de plus d'un serveur dans cet établissement populaire.

Quand elle leva les yeux et vit que Gordon se tenait dans l'encadrement de la porte d'entrée dans son jean et son tee-shirt, il constata immédiatement la déception sur son visage. De toute évidence, le maître d'hôtel, dont le nom lui échappait en cet instant, la vit aussi. L'homme se précipita à son aide.

Il lui murmura à l'oreille tandis qu'il lui tendait une veste et une cravate afin que Gordon se glisse dans le code vestimentaire.

— Ne vous inquiétez pas, monsieur. Elle me regarde également de cette façon.

Ce fut alors que Gordon se rappela son nom. Edward. Il s'appelait Edward.

— Merci, Edward, répondit-il avec un sourire. Comment allez-vous aujourd'hui ?

— Bien, monsieur. Et vous-même ?

Puisque sa gueule de bois était encore en alerte maximale, ses mains tremblantes peinèrent à accrocher le clip de la cravate. Une fois encore, Edward vint à son secours. Il se tint devant Gordon et attacha soigneusement la cravate au col du tee-shirt. Quand elle fut en place, le maître d'hôtel boutonna la veste afin de dissimuler le tee-shirt et lui donna une tape sur les épaules.

— Voilà, monsieur. Bon appétit. Le plat du jour est du flétan. C'est très bon.

Gordon tenta d'ignorer la sympathie affichée sur le visage de l'autre homme, mais elle ne pouvait pas lui échapper. Edward connaissait son histoire tout aussi bien que lui. Il fut même un temps où Edward le questionnait en plaisantant sur la météo, mais ces jours étaient révolus, ils le savaient tous les deux.

— Merci, Edward, répéta Gordon. Je vais rejoindre ma mère.
— Bien sûr, roucoula Edward.

Il coinça deux menus sous son bras et le mena à la table au centre de la pièce, où sa mère l'attendait comme un requin. L'encerclant encore et encore.

— Le voilà, madame, roucoula Edward, cette fois à l'intention de Mme Stafford. Comme neuf.

Bien que sa mère ne tienne pas compte du prélude amical, Edward tira une chaise pour Gordon. Après l'avoir soigneusement rabattue sous la table, le maître d'hôtel leur tendit les menus et s'éclipsa.

Gordon prit une grande inspiration et attendit que sa mère commence à rouspéter. Il n'eut pas à attendre trop longtemps. En réalité, il n'eut pas à attendre du tout.

— Pourquoi dois-tu constamment me mettre dans l'embarras, Gordon ? Où est ta veste ? On dirait que tu as perdu du poids. Tu commences à avoir l'air chétif.

— Je te remercie. Mes costumes sont suspendus dans l'armoire. Je suis entre deux services, comme tu le sais fort bien. Je n'avais pas le temps de courir à la maison pour me changer puis de sauter dans un autre bus et revenir à temps pour satisfaire ton emploi du temps.

Il y avait une minuscule tache de rouge à lèvres au coin de sa bouche. Curieusement, elle le savait. Un petit doigt parfaitement manucuré se leva et l'essuya.

— Si tu voulais bien conduire une voiture, comme une personne normale, tu aurais amplement le temps de t'habiller convenablement.

26

Gordon sentit son cœur sombrer dans sa poitrine, comme une maudite ancre plongeant dans les profondeurs glaciales de la mer Arctique.

— Tu sais que je ne conduis plus. Je n'ai pas conduit depuis l'accident. Dois-tu toujours le ramener sur le tapis ?

Sa mère poussa un soupir exaspéré et prit une délicate gorgée de son thé glacé, apparemment, juste pour se calmer.

— Excuse-moi d'être en vie, dit-elle en jetant un œil aux autres clients dispersés dans la salle, s'assurant que personne ne l'écoutait.

Gordon la vit adresser un bref signe de tête au serveur, lui indiquant qu'elle était prête à commander.

Gordon ne put s'empêcher. Il se devait de lancer une pique.

— Au lieu de m'appeler à la soupe populaire, pourquoi ne pas t'y arrêter pour le petit déjeuner ?

Il regarda les ornements rococo du Grant Grill autour de lui.

— Tu aurais pu économiser de l'argent et obtenir un repas gratuit de surcroît.

Sa mère tripota sa boucle d'oreille.

— Très drôle. Qu'est-il arrivé à ton téléphone portable ?

Gordon haussa évasivement les épaules.

— J'ai oublié de le recharger.

Intentionnellement. Espérant éviter une autre prise de tête, il chercha à alléger l'atmosphère.

— Tu es très belle aujourd'hui, maman.

Ce qui fonctionna. Pour une femme dans la cinquantaine, elle était svelte, menue, sans aucune ride sur le visage. La vérité était que si elle faisait un autre lifting, ses yeux se retrouveraient à l'arrière de sa tête et son nez s'aplatirait, comme celui de Voldemort, mais Gordon décida de ne pas le mentionner. Il n'était pas totalement fou.

Elle portait un tailleur couleur pêche et des chaussures à talons de la même teinte. Un collier de petites perles encerclait son cou et de minuscules boucles d'oreilles en perles ornaient ses lobes. Ses cheveux blond cendré étaient, comme toujours, élégamment lissés, coupés à hauteur d'épaules, et qui, curieusement, ne paraissaient jamais hirsutes. Ce qui lui fit prendre conscience que ses propres cheveux partaient certainement dans tous les sens, mais peu lui importait. Il se contenta de les repousser de ses yeux tout en parcourant le menu, attendant que sa mère en vienne à la raison de ce petit rendez-vous. Mais peu importait la raison, il savait que ce ne serait rien de bon.

Une pensée sembla lui traverser l'esprit.

— Tu as besoin d'une coupe de cheveux. Tu ressembles à un hippie.

Gordon pouffa de rire.

— Désolé, maman, mais les derniers des hippies sont maintenant assis dans une maison de retraite en buvant de Metamucil et priant pour un taudis décent et une hallucination de LSD pour égayer leur journée.

Si sa mère trouva sa remarque amusante, elle ne le montra pas.

— Cette veste de prêt et cette cravate sont atroces. As-tu besoin d'argent ?

— Non, répondit Gordon d'un ton sec. Tout va bien. Et ma tenue est un cadeau. À quoi t'attendais-tu ?

Il appuya cette dernière partie avec un peu plus de diplomatie, espérant calmer le jeu, mais il ne fut pas certain d'avoir réussi. Il y avait de la peine dans ses yeux. De la peine et de l'impatience. Elle ne comprenait pas ce qu'il traversait, il ne s'attendait pas à ce qu'elle le fasse. Comment quiconque pouvait-il savoir ce qu'il traversait ? Tout ce dont il était certain était que toutes ses tentatives pour le sortir de la misère l'agaçaient prodigieusement. Pensait-elle réellement que l'argent arrangerait tout ? Pouvait-elle être si superficielle ?

Il tenta de l'apaiser davantage, espérant éviter un peu plus longtemps le sujet dont il savait assurément ne pas vouloir parler. Ce sujet étant lui-même.

— Comment se portent tes orchidées ?

Sa mère faisait pousser des orchidées. En dehors de la vente de biens immobiliers – avec lesquels elle avait fait fortune –, les orchidées étaient sa seule passion. Il avait toujours pensé que c'était un passe-temps étrange pour une femme avec si peu de douceur en elle. Ces fleurs étaient délicates, sa mère invulnérable. D'un bout à l'autre. Comme un navire de guerre.

Pourtant, son visage s'adoucit un peu à cette question. Elle montra une lueur d'enthousiasme qu'il avait toujours trouvée déconcertante quand elle faisait ses rares apparitions sur le visage de sa mère. En temps normal, sa mère était trop contrôlée pour montrer de l'enthousiasme. Pour quoi que ce soit. Sauf l'argent.

— Tu devrais voir la variété des Phalaenopsis, elles sont toutes en fleurs. Si belles. Je pensais les avoir perdues pendant un moment, mais elles ont repoussé plus éblouissantes que jamais.

Le silence s'installa à table et Gordon put voir qu'elle repoussait les souvenirs de ses orchidées bien-aimées. Avec un obscurcissement de ses yeux parfaitement maquillés, elle recentra nonchalamment son attention sur lui.

— Comment ça se passe avec ton contrôleur judiciaire ?

L'année que Gordon avait passée dans la Prison du Comté à cause de l'accident était une chose à laquelle il essayait de ne jamais penser. La honte que cela avait causée à sa mère en était une autre. Elle, de toute évidence, pensait différemment. Gordon se doutait qu'à présent, sa honte était incarnée, comme un ongle purulent. Elle ne semblait pas pouvoir faire un pas sans que cette honte lui envoie une secousse. C'était un mal incontournable en elle à chaque instant. Tout comme ça l'était pour lui. Seulement, il l'avait accepté. Sa mère luttait toujours contre cette acceptation, comme une mangouste luttait contre un cobra tenace.

Gordon plissa les yeux.

— Tu as encore discuté avec lui, n'est-ce pas ? Je t'ai dit de rester en dehors de cela. Maman, je suis adulte. Peu importe combien ma vie est devenue merdique, c'est ma décision, celle de personne d'autre. Cela ne doit pas te gâcher la vie. Reste en dehors de cela. Prétends que je n'existe pas, si c'est ce qu'il faut.

— Tu n'as de toute évidence jamais été mère, répliqua-t-elle avec un regard consterné.

Gordon tripotait sa serviette, sa fourchette, une goutte de condensation coulant le long de son verre d'eau.

— N'est-ce pas une brillante observation ?

— Gordon...

Il se pencha au-dessus de la table, approchant son visage aussi près que possible du sien, sans se mettre debout et grimper sur la table. Il ne put décider si la façon dont elle s'éloigna afin d'échapper à son regard était satisfaisante ou épouvantable.

— Non, dit-il. Cesse d'interférer. Le temps passera. Tout finira par s'arranger. Ce que je traverse n'est rien de moins que ce que je mérite. J'ai tué un homme, maman. Penses-tu que le juge allait simplement me donner une tape sur la main et m'envoyer au lit sans dîner ? S'il te plaît, ne contacte plus mon agent de probation. Nous ne pouvons pas acheter notre porte de sortie. Et je ne le veux pas.

En entendant cela, la main de sa mère vola au-dessus de son sein, ses bagues en diamant étincelant. Elle regarda immédiatement dans le restaurant animé afin de s'assurer que personne ne l'avait vue faire. Elle baissa la voix jusqu'à murmurer :

— Je ne l'ai pas contacté. C'est lui qui l'a fait. Il s'inquiétait pour toi.

— Oh, je t'en prie…

— Il dit que la façon dont tu te retires du monde, sans chercher de travail, n'est pas saine. Il dit que tu sembles te satisfaire de tes travaux d'intérêt général. Tu dois trouver un vrai travail, Gordon. Peut-être que suffisamment de temps a passé et que tu peux retrouver ton ancien poste. Ce météorologue qu'ils ont est ennuyeux et incompétent. Tu manques à tout le monde. J'en suis sûre. Et tu dois être à court d'argent. Tu n'as pas travaillé depuis un an et demi. Je ne sais pas pourquoi tu ne me laisses pas t'aider avec ça, au moins. Je peux te faire un chèque tout de suite, Gordon. Cela ne prendrait qu'une seconde.

Gordon combattit l'envie de se lever et partir. Cela ne résoudrait rien.

— Maman, la chaîne ne me reprendra jamais. Je ne m'attends pas à ce qu'ils le fassent.

Il prit une grande inspiration, tentant de se calmer.

— Et mon argent tient très bien. J'en ai beaucoup. Quant à mon avenir, ne t'inquiète pas de ça. Il est tout trouvé.

Une image du revolver dans le tiroir de sa salle de bain emplit son esprit. Sa mère ne serait pas ravie si elle pouvait lire *cette* pensée.

Elle tendit la main et la posa sur son avant-bras. Ses doigts étaient froids au toucher. Froids et inhabituels. Honnêtement, il ne se souvenait pas de la dernière fois où ils l'avaient touché.

— Je veux que tu voies ma thérapeute. Peut-être pourra-t-elle t'aider à surmonter cette culpabilité que tu ressens. Veux-tu bien au moins y penser ? Je paierai tes séances. Elle est merveilleuse, Gordon, vraiment. Je pense qu'elle peut t'aider si tu lui laisses une chance.

En réponse, Gordon leva la main, faisant signe au serveur derrière le bar. Il fit un mouvement circulaire au-dessus de la table de ses doigts pour signifier qu'ils étaient prêts à commander.

— Gordon, dit sa mère d'une voix douce, ses lèvres plissées et une lueur de douleur ou de colère étincelant dans ses yeux.

Elle se tut lorsque le serveur approcha. Ôtant sa main de l'avant-bras de Gordon, elle ramassa son menu et adressa son sourire factice d'agent immobilier au serveur qui attendait, comme s'il avait fait une offre sur une maison dont elle voulait depuis longtemps se débarrasser.

— Comme d'habitude, annonça-t-elle en lui tendant le menu. Merci, Ronald.

Gordon soupira et parcourut son propre menu.

— Une soupe, dit-il enfin. Je vais juste prendre une soupe.

Un spectateur aurait pu voir le soupir de sa mère refléter à la perfection celui de son fils. La génétique en action.

GORDON DESCENDIT du bus dans l'un des quartiers les plus pauvres de la ville. Les maisons étaient vétustes, les clôtures délabrées. Les mauvaises herbes poussaient sur les trottoirs. Les enfants couraient et criaient gaiement en espagnol. Bon nombre d'entre eux étaient nés sur le sol américain, mais ne parlaient pas la langue de leur propre patrie. Il sourit tandis qu'ils le dépassaient. À pied, en skateboard, en vélo prêt à tomber en morceaux. Que la pauvreté soit damnée, ils profitaient de leur jeune vie, tirant pleinement avantage de leur été loin de l'école, sans se soucier de la misère dans laquelle ils vivaient, ne connaissant que l'exubérance aveugle de la jeunesse.

S'esquivant loin de leur compagnie tapageuse et de leur bonheur insupportable, Gordon traversa la rue. Il arriva devant une clôture rouillée, enfouie dans un enchevêtrement de lierre. Les mauvaises herbes qui poussaient sur le trottoir d'en face étaient encore plus envahissantes qu'elles ne l'étaient de l'autre côté. Probablement, car peu de gens venaient de ce côté-ci, puisqu'il menait au dernier endroit où toute personne saine d'esprit voudrait se rendre.

Il suivit la clôture sur quelques centaines de mètres, puis passa un portail sous une arche avec les mots 'Cimetière Sainte-Croix' forgés dans le fer rouillé au-dessus de sa tête. L'allée en macadam qui serpentait sur le sol avait été récemment posée et empestait le goudron frais. Ramollissant sous le soleil brûlant, elle semblait collante sous ses pieds. Il descendit rapidement sur l'herbe tandis qu'un corbillard noir ainsi qu'une longue rangée de voitures de parents ou amis passaient le portail derrière lui, leurs phares brillant faiblement dans le soleil d'après-midi.

Se sentant un peu idiot en le faisant, Gordon se recueillit jusqu'à ce que la procession le dépasse. Alors qu'il attendait, il tenta d'éviter les regards étonnés et les visages assombris par le deuil, nichés dans leurs voitures climatisées, suivant le corbillard fleuri, regardant la dernière demeure de leurs père, mère, frère ou mémé. Beaucoup d'entre eux se demandaient certainement quand *ils* feraient le même voyage. N'était-ce pas une chose merdique sur laquelle méditer en ce chaud après-midi d'août, lorsque les pensées devraient être concentrées sur une course pieds nus sur la plage ou un déjeuner quelque part sous un grand parasol, avec le son tintant des glaçons et les rires emplissant l'air au lieu de cette puanteur écœurante d'œillets et de formaldéhydes et des sanglots étouffés du deuil ?

L'on pourrait penser que la mort serait la dernière chose à l'esprit des gens alors qu'ils étaient sur le point de vivre leur vie sous ce magnifique ciel de cobalt. Mais Gordon le savait mieux que personne.

La mort était toujours là – à attendre. Juste attendre. De vous arracher à votre vie ou de ruiner votre existence. Si ce n'était pas la mort, ce serait quelqu'un d'autre. Quelqu'un proche de vous. Ou peut-être un parfait inconnu.

Oh oui. Gordon savait tout sur la mort. Il savait tout ce qu'il y avait à savoir.

Il observa la procession funéraire le dépasser. Le cortège de voitures surmonté d'une pierre tombale cloutée avança et disparut derrière un buisson d'arbres fruitiers. Le silence revint autour de lui, comme si le ressentiment de cette perturbation momentanée et la jalousie reprenaient leur territoire. Le silence semblait tenir une telle emprise sur ce lieu que même les oiseaux dans les cimes des arbres étaient sans voix. La présence dominante de la mort les avait réduits au silence.

Autour de lui, le Cimetière Sainte-Croix étouffait sous la chaleur, moisissant sous le soleil d'été comme les animaux écrasés sur le bord de l'autoroute. Gordon enjamba les touffes d'herbes, s'imaginant qu'il pouvait sentir les cadavres baignant dans leur jus, planqués dans de chaudes petites boîtes de béton sous ses pieds. Seigneur, il *espérait* que cette odeur n'était due qu'à son imagination.

Juste pour être sûr, il inspira une grande bouffée d'air chaud, disséquant ses fragrances tout en se tenant au sommet d'une colline. De la sueur – la sienne – de l'herbe fraîchement coupée, les gaz d'échappement provenant de l'autoroute sur la colline voisine. Aucune odeur nauséabonde de chair en décomposition. Juste une autre journée d'été et ses détritus de morts subsistants de son passé. Gordon se força à avancer. Son expression était sombre, ses mâchoires serrées pour empêcher les souvenirs d'affluer. Il se dirigea vers l'endroit qu'il pouvait déjà voir au loin. Un endroit appelé Guadalupe Circle, l'un des noms donnés aux 'quartiers' du cimetière afin de donner aux vivants une impression de camaraderie au sein de la mort. Il y avait là une tombe qu'il venait voir. Une tombe qu'il venait voir presque chaque jour.

Une tombe qu'il avait lui-même remplie.

32

Gordon garda son esprit volontairement vide, car c'était le seul moyen pour lui de pouvoir gérer ses émotions en ce lieu évoqué. Accablé d'une douleur sourde, il se fraya un chemin à travers la forêt de tombes, dont la plupart étaient dressées depuis bien avant sa naissance, chacune d'elles marquant une vie qu'il n'avait jamais connue et qu'il ne *connaîtrait* jamais. Il passa un doigt sur chaque monument à sa portée, comme pour conférer un bref bonjour à l'âme se trouvant en dessous. Une douce compassion, un simple moment de respect. Une sorte d'excuse. Oui, même la mort de ces pauvres âmes inconnues pouvait faire ressortir sa culpabilité.

La sueur lui brûlait les yeux tandis qu'il grimpait la colline qui se trouvait au centre de Guadalupe Circle. Au loin, il voyait sa destination – un rectangle pâle d'herbe fraîche, pas encore aussi verte que le nombre d'hectares environnants. Mais elle était là. Déjà, le rectangle d'herbe fraîchement ensemencé était moins visible que la dernière fois qu'il était venu, plus difficile à repérer à distance. Dans un mois, il pourrait bien se tenir au bord avant de le reconnaître pour ce qu'il était.

Pour ce qu'il recouvrait.

Gordon respirait lourdement à présent, ses yeux le brûlant, plus à cause de la sueur ou de l'odeur d'herbe coupée, mais à cause de ses propres émotions. Sa propre tristesse lasse. Il ne pouvait plus maintenir ses pensées à distance. Elles le bombardaient de tous les côtés.

Il grimpa les derniers mètres de la colline comme un vieillard, posant une main sur chaque genou en montant, se forçant à continuer avec lassitude, pas douloureux après pas douloureux. Il laissa les pierres tombales derrière lui pour une toute nouvelle zone du cimetière. Une grande partie du sol n'était pas retournée. Non marquée.

Non remplie.

Jeremy Aldritch Booth avait été la seconde personne enterrée ici. Et même maintenant, il n'y en avait que quelques autres. Un jour, dans quelques années, cette partie de Sainte-Croix serait aussi altérée et intemporelle que le reste du cimetière. Mais pour le moment, la colline de Guadalupe Circle était comme une nouvelle blessure, elle saignait encore. Elle absorbait encore la douleur.

Encore affamée.

Gordon s'arrêta, les orteils tout au bord du rectangle d'herbe nouvelle. La pierre tombale était à plat sur le sol. Elles l'étaient toutes ici pour s'accommoder à la tonte. Cela semblait une triste concession à faire, de limiter le repère de l'existence d'une personne à un morceau de roche plat qui se trouvait au ras de la terre, sans possibilité d'être vu à distance. Gordon souffrait qu'on inflige à Jeremy Aldritch Booth cette ultime humiliation, ce dernier monument de défaite. Après tout ce que le jeune homme avait perdu, cela semblait une perte de trop à supporter.

Gordon essuya la sueur sur son front de ses doigts tremblants et pressa la paume de ses mains sur ses yeux, dans l'espoir d'effacer les larmes de sa vue. Quand il les rouvrit, clignant des yeux sous le soleil, il fixa la petite pierre plate devant lui.

JEREMY ALDRITCH BOOTH
1988—2012
Endormi dans les bras de Dieu.

Gordon ferma les yeux et, pour la millionième fois, se souvint de tout. Le crissement des pneus, les phares déchirant brusquement la nuit, le flash de deux jeunes visages pris dans un éclat de lumière et de terreur. Le bruit assourdissant de la collision éclaircissant l'esprit ivre de Gordon en un instant. L'étourdissant moment de vertige tandis que sa voiture se retournait, inclinant son monde à l'envers. Son téléphone portable, celui dont il n'aurait jamais dû se servir, ivre comme il l'était, s'envolant de sa main pour ne jamais être retrouvé. Et enfin, ce dernier cri horrible.

Alors que les souvenirs l'envahissaient, il se mit à pleurer.

Gordon s'assit dans l'herbe près de la tombe et tendit la main, effleurant des brins d'herbe tondus près de la pierre. Au loin, dans la direction où avait disparu le cortège funéraire, il entendit jouer des trompettes. Les notes lugubres du cor résonnaient dans les arbres et les vallées, glissant sur les tombes, comme si elles cherchaient un moyen de sortir. Quand elles prirent fin et que, le silence régna sur la colline sur laquelle il était assis, il tendit à nouveau la main pour tracer du bout des doigts le nom gravé sur la pierre.

— Je suis désolé, Jeremy, murmura-t-il dans le vide. Je suis tellement désolé.

Mais comme toujours, seul le silence lui répondit.

Des heures plus tard, le croissant de lune perché au-dessus de sa tête, gravé dans une couverture d'obscurité qui s'étirait d'un horizon à un autre, percée d'un million de têtes d'épingle lumineuses, Gordon se faufila le long des mêmes trottoirs aux mauvaises herbes qu'il avait foulées plus tôt. Il était trop fatigué pour bloquer ses pensées à présent. Trop abattu. Il les laissa venir. Et elles le submergèrent.

Là où s'étaient trouvés les enfants plus tôt, dans ces rues poussiéreuses et ensoleillées, se trouvaient à présent des jeunes hommes renfrognés, appuyés contre des bâtiments délabrés, attirés comme des papillons par les cercles de lumière sous les quelques réverbères intacts, moins imperméables à leur pauvreté que l'avaient été les enfants plus tôt. On pouvait voir la colère dans l'inclinaison de leurs têtes, la ligne presque désespérément royale de leurs épaules alors qu'ils essayaient de porter le poids de tout ce qu'ils ne possédaient pas – tout ce qu'ils ne posséderaient *jamais*. Lorsque Gordon passa devant eux, ils le regardèrent avec des yeux méfiants, alors, que toujours en arrière-plan, la musique Téjano tambourinait des autoradios ou des stéréos sales, emplissant l'air de sons de misère et de désespoir. La vibration solitaire d'une guitare sèche fut comme le pincement d'une corde sensible, jouant une musique de perte, de besoin et d'une douleur sans fin. Une mélodie que Gordon connaissait très bien.

Pas une seule fois, les jeunes hommes maussades blottis sous leurs réverbères dans les ruelles et les coins de rue ne le menacèrent. Peut-être voyaient-ils en lui un plus grand désespoir qu'ils ne le voyaient en eux. Chaque soir, ils le laissaient passer.

Et chaque fois, Gordon aurait souhaité qu'ils ne le fassent pas.

Il s'arrêta dans un magasin d'alcool à quatre pâtés de maisons de son appartement et acheta la bouteille de vodka la moins chère qu'ils aient. Les boissons gazeuses coûtaient trop cher. Il boirait sa vodka avec de l'eau quand il rentrerait.

Gordon transporta sa bouteille dans un sac en papier, la buvant en chemin, car il avait soudainement décidé qu'il ne pouvait plus attendre. Il était ivre au moment où il passa d'un pas chancelant sa porte d'entrée.

Il n'avait rien d'autre à l'esprit que le souvenir de son revolver dans le tiroir de sa salle de bain. Sa sensation dans sa main. Son poids. Son réconfort. Et pourtant, il repoussa cette pensée.

Il s'endormit ivre une autre nuit. Le petit matin le trouva à nouveau en vie.

Serait-ce aujourd'hui ? se demanda-t-il alors que les premiers bruits sourds de douleur tambourinaient dans sa tête. Il vacilla vers la salle de bain. Et pour la première fois, il eut peur d'ouvrir le tiroir pour regarder le revolver qui y était rangé.

Ce jour-là, il eut peur de le prendre. Et d'enfin le laisser parler.

IV

SAMEDI ET dimanche étaient les jours où Gordon n'avait pas à se rendre à la Soupe Populaire de Mama Davis sur ordre de la cour. Le samedi, il dormit toute la journée, ne se réveillant que lorsque le soleil commença à se cacher derrière le bosquet de cyprès surplombant le canyon près de son immeuble. À son insu, sa chambre s'était assombrie des ombres de la soirée durant ses rêves. Une bouffée d'air nocturne bienvenue rafraîchissait sa peau nue tandis qu'il gisait dans les draps froissés.

Ce fut le cri inquiétant d'un coyote provenant du canyon, peut-être le début de sa chasse nocturne qui éveilla tout d'abord Gordon.

Le coyote pénétra dans ses rêves, comme un fou se glissant au travers d'une porte déverrouillée. Dans son rêve, ce n'était pas un coyote, mais un loup. Enragé, dément. La créature le traquait dans les rues abandonnées de la ville où chaque porte sur laquelle il tombait se fermait devant lui. Gordon pleurait de peur alors qu'il courait nu, de bloc en bloc, le loup claquant et grognant sur ses talons, un infâme liquide s'écoulant de ses mâchoires baveuses. Il puait la maladie et la haine aveugle. Alors qu'il traînait derrière lui dans les rues vides, tremblant de folie, ses yeux gris déments ne faiblissaient jamais. Sa fureur était sur lui et lui seul.

Au moment où Gordon trébucha, sa force disparaissant, le silence de la ville fut soudainement brisé par des crissements de pneus et le rugissement d'un moteur à plein régime. À l'intersection devant lui, une limousine noire se pencha dans le virage et fonça sur lui, sa calandre chromée brillant au soleil comme un grincement de dents. Un enjoliveur roula au milieu de la rue, s'écrasant contre une voiture en stationnement. La limousine ressemblait à une créature enragée, avec ses vitres teintées noires, ses plumes funèbres dépassant des ailes avant. Il fallut un moment à Gordon pour se rendre compte que c'était un corbillard. Un putain de corbillard.

Gordon vit sa chance d'échapper au loup, qui courait toujours en direction du corbillard, il écarta les bras et le supplia de le prendre, de mettre fin à sa peur, de le libérer de la bête qui le pourchassait. De le tuer si c'était ce qu'il fallait. De lui rouler dessus. Juste de mettre fin à sa misère, à sa peur, à sa fuite ici et maintenant.

Le corbillard accéléra dans un rugissement et Gordon sourit. Puis le sourire se figea sur son visage, alors que dans un éclat momentané, la lumière se réfléchissant dans le pare-brise – *ou bien était-ce un fragment de sa mémoire ?* – il aperçut deux visages le fixant de l'intérieur du véhicule. Des visages déments. Riant comme des fous. Gloussant. Leurs doigts comme des griffes serraient le tableau de bord devant eux tandis qu'ils regardaient avidement à travers le pare-brise, attendant. Attendant. Leurs dents étaient mises à nu, leur horrible rire féroce retentissant par-dessus le rugissement du moteur.

Derrière lui, le loup hurlait dans une sorte de frénésie jalouse en voyant cette autre créature se ruer sur sa proie. Sur le point de prendre Gordon. De lui arracher.

Au bruit étrange du hurlement de frustration du loup, Gordon cessa de courir. Il savait qu'il avait perdu. Il trébucha au milieu de la rue et attendit que le destin fasse son choix – quelle créature l'attraperait en premier. Sans se soucier de laquelle ce serait. Que ce soit le loup ou le corbillard, ils le libéreraient de sa souffrance, mettraient fin à sa peur. La mort était tout ce qu'il voulait. Il se fichait de qui la distribuait. Qui le bénissait de son réconfort.

Alors qu'un hurlement de terreur, d'impuissance et de soulagement s'échappait de ses lèvres, les yeux de Gordon papillonnèrent et son cri résonna inutilement dans la pénombre de la chambre vide.

Pleurant toujours de peur, il lutta pour se redresser et regarda autour de lui avec des yeux paniqués. Son cœur tambourinait à ses oreilles. Son corps était collant de sueur froide. Il pouvait sentir l'alcool dans son souffle, la transpiration âcre de sa peau, les draps sales et usés sous lui.

Il s'assit péniblement sur le bord du lit et, ébranlé par le mouvement, il saisit sa tête d'agonie. Quand le vrai coyote hurla à nouveau dans le canyon, son cœur tonna de frayeur dans sa poitrine.

Puis il commença à se focaliser. Ce n'était qu'un rêve.

Il vacilla sur ses pieds et chancela de pièce en pièce, incertain de ce qu'il cherchait. S'assurant seulement qu'il était seul. Que le loup était parti.

Agrippant le chambranle de la porte de la cuisine, il regarda d'un air morose la bouteille de vodka à moitié vide posée sur le comptoir. Elle était encore dans le sac en papier froissé. Il était presque sûr de se rappeler avoir acheté la vodka sur le chemin du retour du cimetière la veille, mais malgré tous ses efforts, il ne se souvenait pas l'avoir bue. Bien sûr qu'il *l'avait* bue, c'était une évidence. Sa tête lancinante le lui disait.

Gordon, nu dans son appartement sombre, sentit son corps entier trembler d'angoisse. Sa gueule de bois était telle que même son érection matinale était absente, ce qui ne lui était presque jamais arrivé.

D'une main tremblante, il sortit la bouteille du sac. Il dévissa le bouchon après deux ou trois essais, car ses doigts ne semblaient pas fonctionner correctement, puis il porta la bouteille à ses lèvres. La première gorgée de feu lui brûla la gorge, lui coupant le souffle. Son estomac se retourna. Il se pencha au-dessus de l'évier de la cuisine et vomit de la bile sur une pile d'assiettes sales.

Relevant la tête, il regarda par la fenêtre de la cuisine au travers d'une brume de larmes et se demanda comment cela allait finir. Cela ne pouvait plus durer, il le savait. Son corps ne tolérerait plus longtemps l'alcool.

Et avec cette pensée, il pencha la bouteille et prit une autre gorgée.

Mange quelque chose, se dit-il. *Cesse de boire et mange quelque chose.*

Il manqua de vomir à la simple pensée de nourriture. Une troisième gorgée de vodka carbonisa la nausée. Une quatrième apaisa ses mains tremblantes.

Les murs de son appartement se resserraient sur lui. Il pouvait les sentir appuyer vers l'intérieur. Il avait besoin d'air. Il avait besoin de lumière.

Il se dirigea péniblement vers sa chambre et ramassa ses vêtements par terre. C'était ceux qu'il portait la veille, mais il s'en fichait. Il enfila le même tee-shirt sale, le même jean empestant la graisse de saucisses. Il faillit pleurer de désespoir tandis qu'il luttait d'une pièce à l'autre à la recherche de ses chaussures, marmonnant des jurons dans sa barbe, serrant toujours la bouteille de vodka, buvant de temps à autre, car il ne savait pas quoi faire d'autre.

Il retrouva finalement ses chaussures derrière le canapé, là où il les avait jetées. Les chaussettes puantes qu'il portait la veille étaient coincées dedans, alors il les passa aux pieds, puis se glissa dans ses chaussures, les laçant de ses doigts un peu plus solides.

Il trouva un billet de vingt dollars posé sur le sol du couloir. Dieu seul savait depuis combien de temps il s'y trouvait. Gordon le fourra dans la poche de son pantalon, fouilla dans un tiroir de la commode afin d'en trouver un autre, puis attrapa les clés de son appartement au pied du lit, presque perdues dans l'amas de draps.

Alors qu'il traversait le salon, se dirigeant vers la porte d'entrée, il détourna les yeux de son reflet dans le miroir accroché au-dessus de la cheminée à gaz. Il n'avait pas besoin de voir de quoi il avait l'air. Il pouvait l'imaginer. Il ne s'était pas lavé ni n'avait changé de vêtements depuis deux jours. Ses cheveux étaient ébouriffés. Son haleine avait une odeur de toilettes bouchées. Qui s'en souciait ?

Encore troublé par son cauchemar, le loup, le corbillard noir, il franchit le seuil de la porte d'entrée. Il prit une dernière longue gorgée de vodka et jeta la bouteille vide dans son appartement, où elle frappa le sol dans un bruit sourd et roula sous la table basse, avant de fermer la porte derrière lui.

Alors qu'il sortait de son immeuble dans le crépuscule de San Diego, il plissa les yeux contre l'éclatant coucher de soleil orangé, tira sa casquette bas sur son visage et descendit les marches sur des jambes tremblantes.

Il n'avait pas la moindre idée d'où il allait. Il savait seulement qu'il devait y aller.

Tous les quelques pas, il regardait derrière lui pour voir s'il n'était pas suivi. Par deux fois, il s'arrêta et tendit l'oreille à la recherche du bruit d'un loup hargneux.

La vue brouillée par les larmes, le cœur douloureusement lourd dans sa poitrine, il marcha. Et tandis qu'il marchait, il pleura sur tout ce qu'il avait perdu. Et le peu qu'il lui restait encore à perdre.

LA NUIT était aussi noire que du goudron. Aucune lumière nulle part.

Gordon était assis dans la poussière sous un pont routier, pas tout à fait sûr de savoir comment il était arrivé là. Il ne savait pas non plus où se trouvait l'autoroute, mais il savait qu'il était dessous à cause de la circulation grondant continuellement au-dessus de sa tête. Un poteau circulaire en béton, réaménagé contre les tremblements de terre avec de lourdes bandes de métal, pressait durement contre son dos. Il vibrait lorsque les voitures passaient au-dessus de lui. Le sol sous ses fesses était constitué de terre et d'éboulis épars, aussi sec que de la poudre d'os. Il était assis en pente, les pieds plus bas que sa tête.

Une brise fraîche caressait son visage. Elle sentait l'eau salée et le poisson, ce qui lui fit dire qu'il était près de la plage. Cette brise lui faisait du bien, mais l'obscurité commençait à l'inquiéter. Il pouvait entendre le clapotis de l'eau sur les rochers sur sa gauche.

Il lui fallut un moment pour réaliser que la nuit n'était pas du tout noire. Il l'avait pensé, car ses yeux étaient fermés.

Seigneur, qu'il était stupide !

Avec un petit effort de concentration, il réussit à ouvrir un œil, puis, après une minute d'effort supplémentaire, l'autre. Il poussa un petit soupir de plaisir à la vue. C'était la baie de San Diego. Elle s'étendait devant lui en taches de couleur et de lumière, comme une toile d'acryliques scintillante – des points de jaune, de mauve, de rose et de blanc éclatant dansant sur l'eau immobile et sur le ciel, comme un tableau de Georges Seurat. La nuit en pointillisme. La teinte noire de l'eau brisait les reflets de la lune. Les fragments lumineux du clair de lune sur l'eau étaient entrecoupés des reflets des feux verts du Coronado Bridge. Le pont, bleu dans la lumière du jour, mais mélancoliquement assombri par les longs traits de pinceaux d'ébène dans la nuit, se balançait de la ville à l'île Coronado au loin. Gordon commença alors à comprendre qu'il n'était pas sous l'autoroute. Il était sous le pont. En réalité, il se trouvait au tout début du pont, côté ville de la baie.

Il lui fallut un moment pour s'orienter. Le Barrio était à proximité. Chicano Park. Génial. Il se demanda pourquoi il n'avait pas été battu, volé, tué par balle d'une voiture passante ou poignardé par une bande d'écoliers de douze ans latinos, en apprentissage pour se lancer dans une vie criminelle – s'ils parvenaient à vivre assez longtemps pour réellement se lancer.

Le Barrio n'était pas la meilleure partie de la ville pour un homme blanc. En fait, c'était la pire. Spécialement tard la nuit lorsque vous étiez bourré comme un coing, aussi faible qu'un nouveau-né, affamé, et que vous ne saviez même pas comment vous étiez arrivé là pour commencer.

Dans l'obscurité du pont, Gordon baissa les yeux sur lui-même. Les lumières qui se réfléchissaient sur l'eau étaient suffisantes pour illuminer assez bien l'endroit de manière agitée et tremblante. Ce qu'il vit n'était pas encourageant. Les genoux de son pantalon étaient déchiquetés. Il devait être tombé et les avait déchirés. Dès qu'il en prit conscience, il toucha les escarres ensanglantées sur ses genoux. Il siffla de douleur et retira vivement ses mains. À présent, ses genoux étaient aussi lancinants qu'un mal de dents. Tout ce dont il avait besoin.

Ses vêtements étaient sales. Et pas seulement de terre. On aurait dit qu'on avait vomi sur son tee-shirt, peut-être même plus d'une fois. Les jambes de son pantalon étaient mouillées et froides, sa casquette, ses chaussettes et ses chaussures étaient manquantes. Quelque part au fin fond de son esprit, il sembla se rappeler avoir pataugé. Pataugé dans la Baie. Patauger et rire.

Seigneur, de quoi diable pouvait-il rire ?

40

Faisant le point sur son fonctionnement interne, il se rendit compte qu'il ne se sentait pas trop mal. Il ne semblait pas souffrir d'une gueule de bois en tout cas, comme lorsqu'il avait quitté son appartement. Quand était-ce exactement ? Il y a quelques heures ? Une journée ? Une semaine ? Depuis combien de temps était-il sous ce pont ? Analysant toujours comment il se sentait, il réalisa que la nécessité impérieuse qu'enregistrait son corps était la nourriture. Il était affamé. Il ne pouvait se rappeler la dernière fois qu'il avait mangé. Était-ce cette soupe au Grant Grill quand il s'était assis avec sa mère pour un autre mitraillage de culpabilité ? Était-ce il y a si longtemps ? C'était, quoi ? Il y avait près de deux jours ? Hier ? L'année dernière ?

Il repoussa la faim de son esprit et tenta de se concentrer sur des questions plus pressantes. Du genre que diable faisait-il ici ?

Il se souvint avoir lu un article sur un SDF mort sous un pont après avoir été mordu au visage par un serpent à sonnette pendant qu'il dormait. Gordon regarda nerveusement autour de lui, mais ne vit aucun serpent. Cependant, il vit un autre être humain. Il cligna des yeux de surprise.

Qui diable était-ce ?

L'autre homme semblait dormir. Il était recroquevillé en position fœtale, dos à Gordon, peut-être à trois mètres sur la même colline. Il portait un pull miteux, un bonnet en laine, à moitié effiloché, tiré bas sur son visage. Il avait ses chaussures sous sa tête, s'en servant comme oreiller. Ses orteils et ses talons étaient hors de ses chaussettes, ce qui incita Gordon à se demander pourquoi même il s'embêtait avec. Puis il réalisa que cet homme valait mieux que *lui*. Au moins, il *avait* des chaussettes et des chaussures.

Gordon sursauta au son de bruits de pas. Ils escaladaient la colline derrière lui, déclenchant un petit éboulement de pierres et d'éboulis qui rebondit et dévala la pente jusque dans l'eau. Sur sa gauche, Gordon vit des jambes sous un manteau fluide descendre la colline près de l'endroit où le sol rencontrait le pont. Elles trébuchèrent et glissèrent plus bas jusqu'à ce que le haut du corps de celui qui approchait plonge soudainement dans les profondeurs de l'obscurité sous le châssis en métal et béton rugissant du pont.

La silhouette arriva rapidement près de lui et posa une main sur son épaule. Gordon frôla l'attaque cardiaque.

Dans la pénombre, il ne parvenait pas à distinguer le visage de l'homme. Il ne pouvait voir qu'un manteau marron, des tennis usées, et une casquette de base-ball rabaissée. L'homme tenait quelque chose à la main, mais Gordon ne pouvait voir ce que c'était.

— Ne faites pas ça ! bafouilla-t-il de peur en secouant la main. Que voulez-vous ? Que faites-vous ?

L'homme se pencha plus près et poussa son visage face à celui de Gordon. Dans la faible luminosité, celui-ci ne pouvait toujours pas voir les traits de l'homme, mais il y avait assez de lumière pour qu'il se rende compte que l'homme tenait son index devant sa bouche, lui signalant d'être silencieux.

— Ne parle pas, chuchota-t-il.

Les objets qu'il tenait dans son autre main furent brusquement posés sur les genoux de Gordon. C'était ses chaussures. Ses chaussures et ses chaussettes. L'homme siffla à nouveau, à peine assez fort pour que Gordon comprenne les mots.

— Remets-les. Dépêche-toi. Nous devons partir d'ici. Ils arrivent.

— Qui arrive ? demanda Gordon, mais l'homme appuya sa main sur sa bouche, le réduisant au silence.

— Dépêche-toi, répéta-t-il.

Quelque chose dans sa voix, dans l'inclinaison tendue de sa tête, relayait l'urgence de ses mots au processus apathique de pensées de Gordon. Il commença à réaliser que, peut-être, il y avait un réel danger en approche et que cet homme essayait de l'aider. Par manque d'un meilleur plan, il remit ses chaussures. Il ne s'embêta pas avec les chaussettes. Il était trop effrayé. Rien que les chaussures feraient l'affaire.

— Bien, dit l'homme en voyant que Gordon suivait finalement ses ordres.

Et avec un dernier chut, l'homme au manteau se déplaça sur les mains et les pieds sur la colline devant Gordon et approcha de l'autre homme endormi.

Alors que Gordon tentait de caser ses pieds dans ses chaussures froides et humides – il devait les porter lorsqu'il avait pataugé dans la baie plus tôt –, l'homme au manteau essayait de réveiller le sans-abri recroquevillé.

Le dormeur se dégagea, tout comme l'avait fait Gordon, mais il ne s'arrêta pas là. Il l'insulta et le poussa en bas de la colline.

— Éloigne-toi de moi, putain ! cracha-t-il.

Gordon, qui peinait à attacher ses lacets avec ses mains tremblantes, entendit l'homme au manteau murmurer :

— Imbécile !

Puis il retourna son attention vers Gordon.

42

Pressant à nouveau un doigt sur ses lèvres pour l'inciter au silence, il lui prit la main et le conduisit sur la pente de rochers en contrebas. Ils glissèrent, chutèrent, et finirent par arriver au bord de la baie. Ils étaient séparés de l'eau par un tas d'énormes blocs de béton parfaitement carrés, jetés là au petit bonheur la chance le long de la plage afin de contrecarrer l'érosion, supposa Gordon. Il ne voyait pas pourquoi, sinon, la ville les aurait mis là.

L'homme au manteau serrait toujours sa main, l'attirant loin du pont. Ce faisant, il se baissa et, avec sa propre peur, Gordon lui emboîta le pas, ne sachant toujours pas ce qu'ils fuyaient, mais sentant d'une certaine façon que c'était la chose prudente à faire.

Il ne distinguait toujours pas le visage de l'homme, mais il pouvait voir qu'il était petit, mince, et avait une frange 'de cheveux blonds ressortant de l'arrière de sa casquette. Ils s'accrochaient au col de son manteau, occasionnellement fouettés par la brise humide venant de la baie. Gordon ne put s'empêcher de remarquer que la tenue de l'homme était considérablement dans un meilleur état que la sienne et puisque l'homme était apparemment l'un des sans-abri de la ville, cette prise de conscience était perturbante. S'il n'avait pas eu si faim et si peur, cette vérité l'aurait fait rougir.

Entendant des voix derrière eux, l'homme au manteau le tira dans le tas de blocs de béton, dont certains étaient aussi gros qu'une Volkswagen. Lorsque Gordon essaya de parler, l'homme le fit à nouveau taire. Alors qu'ils étaient blottis contre les rochers, l'homme gardait un bras sur son épaule. Étrangement, Gordon était réconforté de le sentir. Cet homme le protégeait. Il ne savait pas pourquoi, mais que tout ce qui était sur le point de se passer n'allait pas être bon. Si cet homme ne l'avait pas sorti de sous le pont, tout ce qui était sur le point de se passer lui serait arrivé à lui. Curieusement, il le savait, il en était reconnaissant.

Il essaya de chuchoter un faible 'Merci', mais l'homme le réduisit désespérément au silence.

Avec l'eau de la baie léchant ses chaussures, s'y infiltrant encore une fois, Gordon s'accroupit dans les rochers, tremblant de froid et de faiblesse. Il écouta des voix approcher. Des voix mâles. Hispaniques.

Ils riaient à présent, ils devaient être plusieurs. Trois ou quatre peut-être. Le timbre des voix changea lorsqu'ils se baissèrent sous le pont, là où Gordon se trouvait pas plus de deux minutes plus tôt. Ils parlaient plus doucement, leurs mots faisant écho sous le pont, se perdant parfois dans le vrombissement des voitures qui passait au-dessus.

Gordon jeta un œil par-dessus les pierres, toujours heureux de sentir le bras de son sauveteur drapé de manière protectrice sur ses épaules. Il vit le bref faisceau d'une lampe de poche déchirer l'obscurité de la pente poussiéreuse, puis s'éteindre tout aussi rapidement.

Il faisait trop sombre pour voir quoi que ce soit sous le pont, là où se trouvaient les voix, mais tout à coup, il entendit un rire et un juron. Le rire venait de l'un des Hispaniques. Le juron venait du sans-abri que l'homme au manteau avait secoué pour l'avertir de s'échapper.

Soudain, dans un autre déluge de rires, Gordon entendit une éclaboussure de liquide, une autre longue série de jurons du sans-abri. Il ne jurait pas de colère à présent, il jurait de frayeur. Une petite étincelle de lumière jaillit sous le pont. Une allumette. Le sans-abri hurla 'Non ! ' Et, avant que l'écho de ce cri ne ricoche sur les pierres aux oreilles de Gordon, il y eut une explosion de lumière et de flammes.

Gordon haleta tandis que le sans-abri, devenu la proie des flammes, se relevait en hurlant, et tout aussi rapidement, retombait au sol en silence. Le groupe de quatre ou cinq se tenait quelques pas plus loin, dos à Gordon, et regardaient l'homme agoniser. L'un d'entre eux ricanait d'un rire étrangement féminin. L'attention de Gordon était attirée par le pathétique corps silencieux, recroquevillé sur le flanc de la colline, et qui brûlait gaiement comme un feu de joie. À présent, il n'y avait plus aucun mouvement dans les flammes. Gordon savait qu'il était mort.

L'homme au manteau se détourna du spectacle et enfouit son visage dans le torse de Gordon. Surpris par l'intimité de cet acte de la part de l'homme qui lui avait sauvé la vie, il drapa un bras réconfortant autour de son sauveur et le serra, lui rendant un peu de ce que cet homme lui avait donné. Il posa son menton contre les cheveux blonds dans sa nuque, continuant de regarder les flammes brûler lentement sous le pont.

Quand elles furent sur le point de se consumer totalement, Gordon entendit un autre éclat de rire provenant des tueurs. Sa colère enfla à ce son.

Luttant contre sa rage, car il savait qu'il n'était pas en position de faire quoi que ce soit, il ferma les yeux et enfouit son visage dans les cheveux blonds de l'homme au manteau. Celui-ci, semblant comprendre son empathie, l'attira plus près, son visage toujours appuyé contre son torse.

Gordon crut percevoir un frisson secouer le corps de l'homme, puis il réalisa qu'il pleurait dans ses bras.

Il le tint fermement et, ensemble, ils écoutèrent les bruits de pas s'éloigner. Le silence revint, l'ultime crépitement des flammes mourant dans la pénombre du pont. En deux ou trois battements de cœur, ce fut comme si rien ne s'était passé. Encore moins un meurtre. À nouveau, seul le doux bruit de l'eau léchant les rochers emplissait la nuit autour d'eux.

Lorsque l'odeur de chair carbonisée lui parvint, Gordon ferma à nouveau les yeux, mais ce ne lui fut d'aucune aide. Il repoussa doucement son sauveteur à bout de bras.

— Emmène-moi loin d'ici, je t'en prie, supplia-t-il.

Le blond acquiesça en reniflant et essuyant les larmes sur son visage.

— Viens, chuchota-t-il. Je te ramène à la maison.

Surpris, Gordon demanda :

— Chez *moi* ?

— Non, répondit l'homme. Chez moi.

— Oh, je pensais…

— Chut !

Ils attendirent en silence quelques minutes de plus et, dès qu'ils furent certains d'être seuls, que les jeunes fussent vraiment partis, le blond lui prit une nouvelle fois la main et le fit sortir de leur cachette parmi le tas de blocs de béton.

— Merci, murmura Gordon et le blond hocha la tête.

Ils marchèrent pendant près d'une heure.

À un moment, lorsque la force de Gordon fut sur le point de l'abandonner, l'homme s'arrêta sous un lampadaire, le faisant trébucher près de lui.

— Ils l'ont tué, dit-il à Gordon en serrant ses avant-bras.

Gordon hocha la tête.

— Je sais. Je suis désolé.

Il souleva la casquette de base-ball du blond de son visage, surpris de voir des larmes dans ses yeux. Et avec un premier vrai regard sur son sauveur, il vit autre chose.

— Je te connais, dit-il alors que le jeune homme dans ce manteau trop grand, ses tennis usées, et ses longs cheveux blonds retombant sur son col, lui rendait tristement son regard. Tu es l'homme de la soupe populaire. Celui que ces trois cons emmerdaient. Ils t'ont appelé Minus.

Le plus petit des sourires tordit sa bouche. Une larme glissa au coin de ses lèvres et Gordon le regarda la lécher, fasciné.

— Tu m'as nourri, répondit-il. Tu m'as traité comme si j'étais réel.

Ses paroles rendirent Gordon confus. Il pensa que, peut-être, il avait mal compris. Avant qu'il ne puisse trouver une réponse, Minus ajouta :

— L'es-*tu* ?

Gordon était plus confus que jamais.

— De quoi ?

— Réel.

Gordon fixa le jeune homme et son visage innocent, ces yeux bleu clair qui brillaient sous sa frange blonde. Ils se tenaient en silence sous la lueur du lampadaire, seuls dans la nuit, comme s'ils étaient les deux seules âmes vivantes de la ville. Il était tard. Vraiment tard. Si tard que c'était presque l'aube. Le soleil allait bientôt se lever. Dans la rue silencieuse, il n'y avait aucune circulation, aucun bruit ambiant, seule une sirène au loin fendant la nuit quelque part derrière eux. Le seul bruit que Gordon pouvait entendre, autre que les battements de son cœur, était les craquements et les grincements des feuilles d'un palmier en face de la rue alors qu'elles se balançaient sous le vent.

Puis il tourna la tête pour mieux entendre la lointaine sirène. Avaient-ils trouvé le corps carbonisé ? La police savait-elle qu'un meurtre avait été commis ? Que Gordon et l'homme blond en avaient été témoins ?

Il n'arrivait pas à y penser pour le moment. C'était trop compliqué. Trop… incroyable. Il se retourna vers l'homme plein de douceur devant lui.

— Oui, répondit Gordon. Je suis réel. Et tu m'as sauvé la vie. Ce qui signifie que tu l'es également.

Minus inclina la tête. C'était maintenant à son tour de paraître confus.

— Est-ce cela que cela signifie ?

Gordon posa une main sur sa joue. À ce contact apaisant, Minus ferma les yeux et appuya son visage contre sa paume.

— Oui, répondit Gordon, ému par la tendresse de la réaction de Minus. Merci. Tu es mon héros.

Minus se détourna, regardant la rue derrière eux.

— J'ai essayé de sauver l'autre, mais il n'a pas voulu écouter, se maudit-il d'une voix brisée.

Quand il se retourna, Gordon vit le retour des larmes dans ses yeux.

— As-tu vu à quoi ressemblaient ces meurtriers ? demanda Gordon. Pourrais-tu les identifier à la police ?

— Non. Et toi ?

— Non. Ils étaient toujours dans l'ombre ou le dos tourné.

Minus le fixait avec de grands yeux emplis de chagrin. Gordon songea qu'il n'avait jamais vu un visage aussi aimant de sa vie. Ni aussi triste.

— Ne t'inquiète pas, l'apaisa Gordon. Ce n'était pas de ta faute. Tu as essayé de l'aider. Tu as fait tout ce que tu as pu.

Après une pause, il ajouta :

— Tu m'as sauvé la vie. Tu m'as sauvé la vie et je ne connais même pas ton nom. S'il te plaît, dis-moi ton nom.

L'homme encercla ses mains des siennes et leur donna une légère pression. Il en relâcha une, mais garda son emprise sur l'autre, puis il se remit à marcher, entraînant Gordon derrière lui.

— Minus, répondit-il en réajustant sa casquette. Mon nom est Minus. Tu le connais.

Gordon le suivit. Il faisait une tête de plus, peut-être quinze kilos de plus, mais il était émerveillé par la force simple de l'homme qui l'avait sauvé.

— Je sais que c'est comme ça qu'ils t'ont appelé à la soupe populaire, mais je ne connais toujours pas ton *vrai* nom.

L'homme ne regarda pas en arrière.

— Minus est mon vrai nom. Allez, viens. Il va bientôt faire jour. Nous devons être sortis de la rue avant que le soleil se lève. Les gens ne sont pas gentils à la lumière du jour.

— Non ?

— Pas avec moi, répondit Minus.

Gordon pinça les lèvres, le cœur lourd de la solitude qu'il ressentit chez l'homme devant lui.

— Alors, ramène-moi à la maison, Minus, conclut-il d'une voix douce.

Et Minus l'entraîna, sans jamais lui lâcher la main.

Tout en marchant, Gordon fit courir son pouce sur le dos de sa main, sentant ses poils se plier sous son contact. Il ne cessa pas de le caresser, aimant cette sensation.

Un ou deux pâtés de maisons plus loin, Minus pouffa de rire.

— Ça chatouille.

Et Gordon sourit.

DANS UNE partie de la ville appelée Mission Hills, Gordon suivit Minus dans une ruelle sombre à l'arrière d'un atelier d'électricité. Minus le conduisit vers un escalier en béton qui plongeait sous le bord de la ruelle et débouchait dans un couloir souterrain entre deux bâtiments. Après avoir fouillé dans son manteau un moment, Minus sortit une clé pendant au bout d'un cordon de cuir, qui devait être attaché à sa ceinture.

Alors que Gordon était appuyé contre le mur de briques, prêt à pleurer de faim et d'épuisement, Minus inséra la clé dans la lourde porte en métal et donna un tour. Les charnières grincèrent quand la porte s'ouvrit. Minus passa la main à l'intérieur, appuya sur un interrupteur, ce qui alluma la lumière.

Gordon se décolla du mur et jeta un œil par-dessus l'épaule de Minus.

— Tu vis ici ? demanda-t-il. C'est chez toi ?

Minus grogna un 'oui' et entra. Une fois encore, il saisit la main de Gordon et le traîna derrière lui.

L'endroit ressemblait à un entrepôt. Il y avait des équipements électriques partout. Des échelles, de grosses bobines de fil isolant, des rouleaux de cuivre à souder, des étagères et des étagères d'outils, d'innombrables bacs remplis de douilles, de vis, d'ampoules et d'une centaine de choses que Gordon ne pouvait identifier – en réalité, tout ce dont le commerce au-dessus de leurs têtes avait besoin pour fonctionner.

— C'est un entrepôt de stockage pour les gens au-dessus, remarqua Gordon.

— Oui. Ce sont mes amis.

Il lui prit la main une fois de plus. Comme un enfant tirant son père dans une confiserie, il conduisit Gordon entre deux longues allées d'équipement électrique empilé sur toute la hauteur de chaque côté.

Bien que Gordon soit trop faible pour discuter, il regardait autour de lui à la recherche d'un téléphone. Tout ce qu'il voulait était d'appeler un taxi et de rentrer. Il n'avait pas d'argent sur lui – il avait vérifié en chemin –, mais il en avait à son appartement. Du moins, il en était pratiquement sûr. S'il pouvait attraper un taxi pour rentrer chez lui, il pourrait payer le chauffeur. Il y avait aussi de la nourriture et bon sang, il était *affamé*. Il pouvait marcher, bien sûr, mais il était presque sûr d'être incapable de faire deux pas de plus.

Gordon suivit Minus le long d'une dernière allée, avec toujours plus de merde stockée sur les côtés, et enfin, ils tournèrent à gauche. Là, dans une sorte d'alcôve, se trouvait un lit de fortune. À côté, il y avait une lampe de chevet, posée sur une caisse en bois ainsi qu'une lampe de poche et un livre ouvert. Quelques affiches de films étaient punaisées au mur derrière le lit, et une commode se tenait là, semblant avoir été fauchée dans la poubelle de quelqu'un.

Aussi modestes que fussent les conditions de vie, c'était propre, ordonné et précisément arrangé. Bien plus propre et rangé que l'appartement de Gordon, en réalité, et une fois encore, il sentit le rouge lui monter aux joues.

Minus retira sa casquette et l'accrocha à un clou près du lit. Il secoua ses cheveux blonds et ôta son manteau. En dessous, il portait une chemise manches longues à rayures rouges qui semblait trois tailles trop grandes. Les poignets étaient parfaitement boutonnés. Contrairement au tee-shirt de Gordon, elle était propre. À ce stade de la nuit, Gordon était trop épuisé pour s'en soucier.

Il enleva ses chaussures froides et humides du bout des orteils.

— Assieds-toi, dit Minus.

Puisqu'il n'y avait pas de chaises, Gordon opta pour le bord du lit. Dès qu'il l'eut fait, il bondit sur ses pieds en s'écriant :

— Outch !

— Fais attention à la poignée, fit remarquer Minus avec un sourire.

Gordon retira les draps du bord du lit et regarda en dessous. Non seulement il n'y avait pas de matelas, mais il n'y avait pas de lit non plus. C'était une porte abandonnée posée sur quatre parpaings de béton avec six ou sept lourdes couvertures étalées, faisant office de matelas.

Gordon se frotta les fesses et fit à Minus un sourire penaud.

— Tu as tous les outils connus de l'homme dans cet endroit. Pourquoi ne pas enlever cette clenche ?

Minus haussa les épaules.

— Je l'aime bien ici.

— Oh.

— Assieds-toi, répéta Minus et cette fois, Gordon le fit avec plus de soin.

Dès qu'il fut confortablement installé, Minus s'assit près de lui.

Ils restèrent comme ça durant une poignée de battements de cœur, leurs cuisses et leurs coudes se touchant. Tous deux étaient éreintés de leur longue marche et de leurs aventures de la soirée. Avec ses pieds fatigués, posés à plat sur le sol, et son derrière pas si emballé par le lit dur de Minus, il se tourna vers son hôte.

— Merci encore.

Minus hocha à peine la tête, puis son visage s'illumina.

— As-tu faim ? J'ai des crackers.

Gordon n'aurait pas préféré autre chose, hormis peut-être une flopée de Royal Cheeses, mais puisque les hamburgers n'étaient pas une option, il répondit :

— Ce serait génial.

Minus fouilla sous son lit et en sortit un sac-poubelle noir. Il dénoua soigneusement le lien qui le fermait et mit la main dedans, comme le père Noël sur le point d'offrir un cadeau. Il en extirpa une boîte de gâteaux salés. Non ouverte. Puis un gigantesque pot de beurre de cacahuètes. Gordon manqua de s'évanouir de bonheur.

— Dieu merci, haleta-t-il, ce qui fit à nouveau glousser Minus.

Ce dernier sortit deux ou trois assiettes en carton et des couverts en plastique, ainsi que des sodas chauds. Quand tout fut posé devant eux, Gordon songea qu'il n'avait jamais vu un tel merveilleux festin de toute sa vie.

— Je t'ai nourri, maintenant c'est toi qui me nourris, lui fit remarquer Gordon. On est quittes.

— Vraiment ?

Gordon sourit.

— Eh bien, dès que je t'aurai sauvé la vie comme tu as sauvé la mienne ce soir. Ce sera le cas.

Les yeux de Minus prirent une lueur lointaine. Il se souvenait. Gordon put le voir sur son visage.

— Pauvre homme, dit-il. Mourir de cette façon.

Gordon hocha la tête. Il s'en souvenait également. Le rire moqueur, le crépitement des flammes, les hurlements. L'odeur de chair carbonisée.

Avec une expression toujours distante sur le visage, Minus ajouta d'une voix douce :

— Je pense que ces types iront en enfer pour ce qu'ils ont fait.

Gordon fut frappé par l'innocence et la simplicité de ces mots. Il ne voyait aucune raison sur terre à démentir les paroles de Minus.

— Oui. J'en suis sûr.

— Alors ils brûleront aussi. Ça s'appelle le karma.

Minus prononça ce dernier mot maladroitement, comme s'il venait juste de l'apprendre et que c'était la première fois qu'il franchissait ses lèvres.

— Le karma, en effet, chuchota Gordon en baissant les yeux sur la main que Minus venait juste de poser sur son genou.

Gordon la recouvrit de la sienne.

— Nous sommes en sécurité maintenant, Minus. Tu n'as plus à avoir peur.

Minus hocha la tête.

— Je sais. Je suis à la maison. Je suis en sécurité.

Gordon jeta un œil dans le minuscule espace.

— Oui. Tu es à la maison.

Contemplant à nouveau Minus, il finit par prononcer les mots auxquels il pensait depuis qu'ils avaient quitté le pont.

— Nous allons devoir le dire à la police, tu sais. Nous devons signaler le meurtre.

Minus posa ses étonnants yeux bleus sur son visage et Gordon se retrouva perdu dans leur profondeur.

Le chaume blond sur son menton semblait aussi doux que du duvet. Il mourait d'envie de tendre la main et de le toucher. Alors il le fit. Minus sourit, appréciant de toute évidence la sensation des doigts de Gordon courant sur sa joue. Il ne s'écarta pas.

Au lieu de ça, il dit :

— Pourquoi ? Je n'ai pas vu les visages des assassins. Et toi ?

— Non, dut-il admettre. Mais cet homme. Quelqu'un doit dire aux autorités où il est.

Minus eut l'air de trouver que c'était une chose étrange à dire pour Gordon.

— Il n'y est plus désormais. Il est au paradis. Ne penses-tu pas qu'il est au paradis ?

— Eh bien… Je l'espère vraiment. Après l'horrible façon dont il est mort.

Ils restèrent assis en silence alors que l'horreur dont ils avaient été témoins faisait rage une fois de plus dans leurs esprits. Même l'horreur ne faisait pas le poids contre la faim.

Gordon focalisa son attention sur la nourriture. Pour le moment, c'était tout ce à quoi il pouvait penser. Il réfléchirait au problème de la police plus tard.

Il tartina du beurre de cacahuètes sur un cracker, en posa un autre sur le dessus et enfourna le tout dans sa bouche. Minus se mit à rire en le regardant, puis il en fit de même. Ils restèrent assis là un peu plus longtemps, mangeant, croquant les biscuits, buvant leur soda chaud. Gordon fut surpris d'être si à l'aise en présence de Minus, comme si leur amitié avait commencé des années auparavant au lieu de quelques heures. Minus paraissait ressentir la même chose.

Quand les crackers furent finis, Gordon demanda la salle de bain. Minus lui indiqua la façon dont ils étaient venus. Une nouvelle fois, il longea les allées entre les étagères d'outils. La salle de bain se trouvait à l'opposé de la porte par laquelle ils étaient entrés.

C'était une salle de bains de commerce. Minuscule. Il n'y avait pas de douche ou de baignoire, mais Gordon trouva tout ce dont il avait besoin. Du savon, de l'eau, des serviettes en papier. Il se déshabilla et se lava avec une serviette trempée d'eau savonneuse. Il tamponna prudemment ses genoux écorchés, nettoyant le sang séché, puis s'essuya avec une autre poignée de serviettes en papier. Il aurait aimé avoir une brosse à dents, mais comme ce n'était pas le cas, il fit sans elle et se rinça la bouche plusieurs fois à l'eau froide du robinet.

Lorsqu'il fut aussi propre que possible, il renfila son pantalon crasseux. Il ne put supporter de passer le tee-shirt par-dessus sa tête alors il le jeta dans la poubelle. Avec une dernière poignée de serviettes, il essuya le lavabo et le miroir, nettoyant le bazar qu'il avait fait. Chaussures à la main, il traversa à nouveau les allées, retournant dans l'humble demeure de Minus.

Ce dernier l'attendait toujours assis sur le bord de son lit de fortune. Quand Gordon approcha, il tapota la place près de lui, puis s'allongea au-dessus des couvertures qu'il doublait comme matelas. Dans son jean fripé et sa chemise trop grande, Gordon réalisa qu'il était vêtu de la même manière que la première fois qu'il l'avait vu à la Soupe Populaire de Mama. Pendant qu'il était à la salle de bain, Minus avait enlevé ses chaussures et ses chaussettes. Ses pieds étaient fins, avec de longs orteils robustes. Ils paraissaient forts et d'une certaine manière, élégants. Une forêt de poils dépassait au-dessus de ses chevilles sous le bas de son pantalon, aussi clairs que ses cheveux.

Avec un doux sourire, Minus tapota à nouveau le lit, l'invitant à se joindre à lui. Il ne semblait pas surpris que Gordon revienne de la salle de bain à moitié nu.

— Dors, dit-il. Reste avec moi.

Alors, vêtu uniquement de son jean crasseux, Gordon s'étendit sur le lit étroit aux côtés de son nouvel ami, pressés l'un contre l'autre, car il n'y avait pas la place de faire autrement. Dès que sa tête fut sur le lit, il se détendit complètement. À cet instant, son épuisement prit les commandes. Même la dureté du matelas ne fut pas suffisante pour interrompre la sensation de bien-être de ne plus être sur ses pieds.

Il ferma les yeux, et lorsqu'il le fit, Minus posa une belle main pâle sur son ventre. Il se blottit contre son corps et posa sa tête sur son torse.

Surpris, Gordon baissa les yeux vers lui. Il sentait la vibration de sa respiration effleurer les poils de son torse. Il sentait le poids de sa main chaude appuyer doucement contre son ventre. Sans sa casquette, il put voir combien ses cheveux étaient longs et blonds. Ils étaient aussi raides que des baguettes, sans aucune vague, un peu comme ceux de Kevin Bacon, mais en blond.

Gordon repoussa doucement les cheveux de son visage afin de mieux le voir. Quand il le fit, ces grands yeux de cristal s'ouvrirent et le regardèrent innocemment. Gordon lui fit un clin d'œil et Minus lui adressa un charmant sourire.

— Quoi ?

— Rien, répondit Gordon. Dors.

Minus referma les yeux et enfouit son visage encore plus dans son torse nu. Il le fit comme un enfant l'aurait fait – en toute innocence et apparemment, sans la moindre arrière-pensée. Il ne semblait pas sexuellement curieux, pas particulièrement intéressé par le corps de Gordon. Il l'agrippa simplement comme un enfant pourrait le faire.

Et bientôt, il dormait. Gordon pouvait le dire à la façon dont sa respiration s'approfondit, dont ses longs cils cessèrent de trembler. Gordon trouva stupéfiant le calme qui régna sur cet homme. C'était presque comme si les horreurs de la nuit n'avaient pas eu lieu.

Doucement, afin de ne pas le déranger, Gordon releva la tête du lit et déposa ses lèvres sur ses cheveux. Il embrassa l'homme pour lui avoir sauvé la vie, même si Minus n'ouvrit pas les yeux pour l'accepter.

Lorsqu'il déposa un second baiser, le plus petit des sourires orna sa bouche. Même dans son sommeil, Minus semblait aimer son contact.

Gordon reposa sa tête et tenta de se détendre. Il fut abasourdi par la vague de désir qui traversa son corps, s'installant dans son bas-ventre. Ce désir était centré sur l'homme drapé contre lui. Mais même cette surprenante faim sexuelle ne fut pas suffisante pour le garder éveillé.

Las au-delà du soulagement, il s'endormit en moins de quinze secondes.

Quand Gordon se réveilla, il était seul. Il chercha Minus du regard, mais il n'était nulle part. À côté du lit de fortune, posé sur un seau renversé, se trouvait un tee-shirt propre, soigneusement plié. Sur le tee-shirt, deux billets d'un dollar et deux pièces de vingt-cinq cents.

Gordon passa le tee-shirt par-dessus sa tête avec reconnaissance. Il était un peu serré, mais ça allait. Il regarda bêtement l'argent, se demandant ce qu'il était censé en faire. Puis cela lui revint à l'esprit.

Un ticket de bus coûte deux dollars cinquante. Minus m'a laissé l'argent pour rentrer à la maison.

Après avoir rapidement ramassé ses chaussures et les avoir enfilées, il se fraya un chemin vers la porte menant dans la ruelle. Il fut surpris de voir un autre crépuscule assombrir le ciel en sortant. Il avait dormi toute la journée.

Une fois encore, il était affamé, mais maintenant, il pouvait rentrer. Il envoya une prière de remerciement aux cieux, dans l'espoir que Minus sache qu'en vérité, elle lui était destinée. Il verrouilla soigneusement la porte de la ruelle derrière lui et partit en direction de l'arrêt de bus le plus proche.

Alors qu'il attendait, évitant tout contact visuel avec les personnes autour de lui, car il savait combien il avait l'air mal en point, il ne put totalement effacer le sourire sur son visage.

Ce sourire provenait du souvenir du temps passé avec Minus.

Il ne lui vint que plus tard que c'était la première fois qu'il était tiré de sa misère depuis la nuit de l'accident.

D'une nuit mortelle à une autre – d'un corps mutilé tordu dans une épave à un corps silencieux fumant dans la poussière, avec une année et demie de chagrin entre les deux, Gordon ressentit brusquement l'envie de bouger. Peut-être même de récupérer sa vie.

Et tout cela grâce à Minus.

Debout près de l'arrêt de bus, il ferma les yeux et détourna ses pensées du fait qu'il ait une sale tête et qu'il sentait probablement le bouc, ce qui justifiait pleinement les regards méfiants qui lui étaient jetés. Quand il le fit, le premier souvenir qui remonta à la surface fut la sensation du souffle chaud de Minus sur son torse nu.

La seconde prise de conscience qui lui vint fut que c'était le premier jour depuis un an et demi qu'il n'avait pas bu une goutte d'alcool. Il supposa qu'il devait aussi remercier Minus pour cela.

Mais plus que tout, sans Minus, il savait qu'il serait mort sous ce pont – une briquette de charbon de bois gay incandescente.

Et ce genre de dette devait être remboursé.

Il se tenait à l'arrêt de bus, se demandant comment faire. Comment pouvait-il montrer à Minus sa gratitude ? Que pouvait-il faire pour le jeune homme ? Après un moment, une idée lui vint. Puis une autre. Son visage s'illumina peu à peu. Surpris par son soudain sursaut d'enthousiasme, il crut sentir un sourire envahir son visage. Il se tourna vers une vitrine pour en avoir un aperçu et s'assurer qu'il était bien présent. Waouh. Il l'était. Il l'était vraiment.

Quand le bus s'arrêta enfin en grondant devant lui, il grimpa les marches en fredonnant. Il y avait tellement de temps qu'il ne s'était pas entendu fredonner que le son lui parut étranger à l'oreille.

V

DE RETOUR à son appartement, Gordon commença par se brosser les dents, puis enleva son jean sale et s'écroula, nu, sur son lit. À nouveau, il s'endormit en quelques secondes. Il se réveilla le lendemain matin, reposé, mais un peu groggy d'avoir dormi si longtemps.

Sa première pensée fut pour ce tragique événement qui s'était déroulé sous le pont. Ne sachant pas vraiment ce qu'il devait faire à ce sujet, il appela Mama pour lui dire qu'il ne se sentait pas bien et qu'il avait besoin d'une journée de repos. Elle sembla suspicieuse, mais n'eut pas d'autre alternative que d'accepter.

Avec ce poids en moins sur les épaules, il prit une longue douche chaude, se rasa, se brossa les dents jusqu'à ce qu'il pense qu'elles allaient tomber s'il n'arrêtait pas, puis enfila des vêtements propres pour la première fois en trois jours. Il avala un solide petit déjeuner, composé de tout ce qu'il put trouver de comestible dans ses placards, puis, après avoir ouvert toutes les fenêtres pour laisser entrer l'air frais, il se mit à nettoyer son appartement négligé. Trouvant une bouteille de gin sous un coussin du canapé, il la jeta dans la poubelle avant de se donner une chance d'y penser.

Dans sa chambre, il changea les draps de son lit pour des propres. Tout en le faisant, il brancha son téléphone portable afin de le recharger pour la première fois depuis des semaines.

Alors qu'il lavait la pile d'assiettes dégoûtantes couvertes de vomissures dans l'évier, il alluma la télé en fond sonore, se demandant s'il y aurait des informations sur le meurtre sous le pont. Il savait qu'il aurait à appeler la police très bientôt, au moins pour les informer qu'un meurtre avait été commis, au cas où ils ne le sachent pas déjà. Mais il hésitait. Il y aurait beaucoup de questions sur la raison pour laquelle il se trouvait sous le pont à cette heure. Pourquoi s'était-il enfui au lieu d'essayer d'aider la victime ? Comment avait-il pu regarder un homme prendre feu sans tenter d'intervenir ?

Et des questions sur la personne avec qui il était à ce moment-là.

C'était cette dernière possibilité qui l'effrayait le plus. Il ne voulait pas entraîner Minus là-dedans. L'homme était trop fragile, trop timide.

Et vraiment, que pouvait dire Minus à la police que Gordon ne pouvait pas ? Ni l'un ni l'autre n'avait vu le visage des tueurs. Ni l'un ni l'autre ne connaissait l'identité des assaillants. Ni l'un ni l'autre ne pouvait faire d'identification ni reconnaître un visage derrière une vitre sans tain.

Et le plus important, comment Minus ferait-il face à toute cette attention ? Gordon ne savait pas pourquoi il vivait ce genre de vie, quelle blessure lui avait été infligée pour le faire tomber si bas, mais quoi que ce soit, Gordon ressentait le besoin de le protéger contre tout dommage supplémentaire.

Minus était sûrement la personne la plus douce qu'il ait jamais rencontrée. Douce et avec une âme d'enfant. Et, pour l'amour de Dieu, il lui avait sauvé la vie ! Cela ne serait pas le rembourser que de l'entraîner dans les problèmes, lui foutre une trouille bleue et faire de lui le centre de l'attention.

Trois fois, Gordon avait attrapé son téléphone à présent pleinement rechargé pour appeler la police, et trois fois, il avait changé d'avis. Qu'avait-il vraiment vu dans la pénombre de ce pont ? Que pouvait-il réellement dire à la police ? Quand il analysa ces questions, la réponse était toujours incontournable – *rien*. Il ne pouvait rien leur dire. À part la localisation du corps.

Gordon finit par admettre la vérité. Même si la localisation était tout ce qu'il savait, il devait tout de même passer cet appel.

Pour la quatrième et dernière fois, il prit son téléphone.

Et comme si Dieu était réellement là-haut à lui prêter main-forte, son problème fut tout à coup résolu quand il vit un reportage passer aux informations de midi. Avec le Coronado Bridge en toile de fond, un journaliste local parlait du meurtre près de Chicano Park d'un sans-abri encore non identifié.

Gordon cessa toute activité et regarda la télé, buvant chaque parole. Alors que le reporter racontait l'arrestation de quatre jeunes Chicanos soupçonnés de l'assassinat, il laissa échapper un soupir de soulagement pour la première fois depuis que ce meurtre avait eu lieu.

Les meurtriers étaient en garde à vue ! Non seulement ils étaient au courant pour le meurtre, mais ils avaient arrêté les assassins ! Dieu merci. Peut-être n'aurait-il pas à se manifester. La justice allait s'accomplir sans lui.

Les nouvelles écrasèrent Gordon de soulagement. Il s'effondra sur le canapé, portant toujours ses gants en caoutchouc, un torchon drapé sur son épaule. Il enfouit son visage dans ses mains et faillit pleurer. Jusqu'à cet instant, il n'avait pas su combien il était dévasté par cette situation dans laquelle Minus et lui avaient atterri.

Puis ses pensées se tournèrent à nouveau vers Minus. Il leva les yeux et regarda la flamboyante lumière du jour à travers la fenêtre du salon. Minus était dehors à cette heure. Gordon se demanda ce qu'il faisait. Il se demanda s'il devait aller faire un tour à Mission Hills et aller frapper à la porte de cette ruelle. Et il se demanda si Minus répondrait s'il le faisait.

Gordon aurait aimé le revoir. S'assurer que Minus allait bien après la nuit de merde qu'ils avaient partagée. Lui rembourser le ticket de bus. Lui rendre son tee-shirt. Peut-être essayer de construire une réelle amitié.

Cette pensée lui soutira un sourire ironique. Sa mère ne serait-elle pas ravie de savoir que son fils élargissait ses horizons sociaux en incluant les SDF ? Oui. Elle en glousserait durant des jours.

Mais alors, Gordon se souvint de la main de Minus, entourant la sienne. Le doux frisson érotique de son souffle chatouillant les poils de son torse tandis qu'ils étaient étendus sur ce lit affreusement dur à essayer de se détendre après cette horrible aventure.

Il se rappela ses innocents yeux bleu clair, les doux poils blonds du dos de sa main, l'odeur de ses cheveux quand il y avait pressé ses lèvres, allongés dans les bras l'un de l'autre. La surprise qu'il avait ressentie à la propreté de l'autre homme. En réalité, il sentait un million de fois meilleur que lui. Même maintenant, il avait encore honte en y repensant.

Gordon jeta un coup d'œil à l'horloge. C'était le milieu de l'après-midi. Il essaya d'imaginer comment se sentait Minus en ce moment, à quoi il pensait. Avait-il faim ? Cherchait-il de la nourriture ? Après tout, Gordon et lui n'avaient avalé que des crackers et du beurre de cacahuètes et il n'avait vu aucun autre aliment traîner dans la minuscule boîte de Minus.

Qu'en était-il de l'argent ? Bien que Minus ait un endroit pour dormir, il était quand même, à tous points de vue, un sans-abri. Combien d'argent pouvait-il avoir ? Mon Dieu, peut-être que les deux dollars cinquante qu'il lui avait donnés pour le ticket de bus étaient tout l'argent qu'il possédait. Ce serait comme s'il avait offert son dernier dollar pour aider quelqu'un d'autre. D'une certaine manière, Gordon en était certain, même s'il ne *connaissait* pas très bien Minus.

Non seulement Minus était physiquement beau, mais il avait un cœur en or.

Et en parlant de cœur, celui de Gordon commença à accélérer. Il devait le voir ! Il devait voir Minus ! Aujourd'hui ? Non. Demain. Peut-être Minus viendrait-il à la Soupe Populaire pour le petit déjeuner. Il le verrait là-bas. Et à ce moment-là, il pourrait lui demander de le retrouver plus tard, lorsque son service serait terminé. Peut-être passer du temps avec lui. Il pourrait à nouveau le remercier de lui avoir sauvé la vie. Il pourrait même essayer de découvrir comment remettre sa vie en ordre.

Et peut-être qu'en faisant ça, Gordon pourrait faire un pas pour remettre sa *propre* vie en ordre.

Si Minus et lui pouvaient se sortir de là, ils pourraient, éventuellement, se donner un coup de main mutuel. D'ailleurs, en devenant amis, ils pourraient aller jusqu'au bout et réellement changer de vie. Ne serait-ce pas un putain de miracle ?

Et s'ils ne pouvaient pas aller aussi loin que de ressusciter leur vie ruinée, ils pourraient au moins trouver du réconfort en la présence de l'autre. Gordon aimerait ça. Il aimerait beaucoup ça. Il ressentait une attirance pour Minus qui était un peu étrange dans son intensité. Même s'il était prêt à l'admettre. Et il pensait savoir pourquoi.

Même si Minus et lui étaient deux âmes meurtries, Minus avait réussi à soigner ses blessures. Les blessures pouvaient avoir endommagé sa vie extérieure, mais à l'intérieur, à l'intérieur de son cœur et de son esprit, là où se trouvait le véritable caractère d'une personne, ses blessures étaient guéries. Minus avait fait face aux dommages qu'on lui avait infligés, quels qu'ils fussent. Il était passé au-dessus et avait réussi à garder sa bonté intérieure – son puits intérieur de décence, de compassion et de gentillesse.

Les blessures de Gordon, quant à elles, n'étaient pas du tout guéries. Même son année dans la prison du comté n'avait pas apaisé sa culpabilité comme il le pensait. Parfois, semblait-il, même la punition et l'expiation ne suffisaient pas. Dans cet horrible endroit, avec ces interminables journées de silence s'écoulant péniblement les unes après les autres, la culpabilité suppurait. Elle rongeait votre âme jusqu'à étrangler votre vie. Sa culpabilité avait été incarcérée avec lui. Entre ces murs et derrière ces barreaux, sa culpabilité avait été inévitable. Tout aussi inévitable qu'elle l'était maintenant.

Non. Tout comme elle l'était *jusqu'à* maintenant. *Jusqu'à* ce que Minus déboule dans sa vie.

Minus avait fait la paix avec ses blessures. Il avait appris à guérir. Il avait découvert le secret. Peut-être pourrait-il lui apprendre aussi.

Il y avait une vérité instinctive pour – eh bien, appelons ça comme il se doit, se dit-il – pour son engouement pour Minus. Cette vérité instinctive était qu'avec Minus à proximité, Gordon était une meilleure personne. Une personne plus heureuse. La bonté de Minus et son sens de la paix rayonnaient vers l'extérieur, englobant et éclipsant même le chagrin de Gordon. Maintenant, Minus n'étant plus près de lui, il se sentait à nouveau perdu. Il se sentait vide. Comme un drogué ayant désespérément besoin d'une dose.

Gordon sentit sa culpabilité l'envahir pour le réclamer. Sa culpabilité d'avoir pris une vie humaine. Celle de Jeremy. Jeremy Aldritch Booth. Vingt-quatre ans. Une vie de perdue à cause de sa stupidité. Gordon ferma les yeux, repoussant la pierre tombale du jeune homme de son esprit, tentant de ne pas se souvenir. De ne pas se souvenir de l'odeur d'herbe tondue. Du lierre sur la clôture du cimetière. Des mauvaises herbes sur les trottoirs. Les cadavres en décomposition sous terre.

C'était les autres souvenirs, les autres sensations, qui n'étaient pas faciles à écarter. Essayer de ne pas entendre les cris de cette nuit lointaine, les cris dont il ne savait toujours pas si c'étaient les siens ou ceux d'une autre personne. De ne pas entendre à nouveau ce fracas de métal qui lui ébranlait l'esprit. Ces bris de vitres. Cette affreuse sensation de vertige alors que le monde subissait ce bouleversement au moment où sa voiture se retournait, mettant l'univers sens dessus dessous. La vue de son téléphone volant dans les airs, le message inachevé, jamais terminé, brillant toujours à l'écran. L'odeur de gasoil et de métal chaud tandis qu'il s'extirpait de l'épave, miraculeusement indemne. L'asphalte rugueux sous ses doigts, la lune, insensible, rayonnant au-dessus de sa tête. Son approche de l'autre voiture avec deux hommes à l'intérieur sur ses jambes branlantes. L'un d'eux pleurait de peur et de confusion du côté opposé de la voiture, là où Gordon ne pouvait le voir. L'autre plus près, sans vie, sur le siège conducteur. Jeremy Aldritch Booth. Mort sur le coup. Son beau visage ruisselant de sang, posé sur le rebord de la fenêtre. Ses yeux marron fixant la nuit, fixant Gordon, en une accusation aveugle.

Par la faute de Gordon. Entièrement par sa faute.

Gordon se secoua afin d'effacer ces images de son esprit. Essuyant impatiemment les larmes chaudes de ses joues, il repoussa désespérément les souvenirs et tenta de se concentrer sur Minus. Le doux Minus, ses cheveux blonds, et ses mains expressives. Sa façon simple de vivre sa vie.

Sa gentillesse. Son doux sourire et sa beauté époustouflante. Son innocence enfantine.

Il poussa un profond soupir tremblant, redoublant d'efforts pour recentrer ses pensées sur le visage de Minus. Sur sa bonté. Et ce fut comme si Minus l'aidait et qu'il tirait les pensées de Gordon vers lui. Le ramenait plus près de sa chaleur, lui permettant de rassembler ses forces et son réconfort.

Un peu plus tard, il sentit un sourire fendre son visage. S'il avait nourri le moindre doute sur la sagesse de ce qu'il prévoyait de faire, ce sourire inattendu sur son visage lui fit mordre la poussière.

Voilà. C'était réglé. Ce serait demain. Gordon ferait sa première proposition d'amitié *demain*. D'une manière ou d'une autre, il allait se frayer un chemin dans la vie de Minus. Parce que c'était très important. Curieusement, il pensait que sa survie pourrait en dépendre.

Spontanément, son esprit vogua vers le revolver dans le tiroir de sa salle de bain. Il ferma les yeux, tentant d'éloigner cette pensée. Il se força à se focaliser sur autre chose.

Donc. Au petit déjeuner. Il parlerait à Minus au petit déjeuner. À la Soupe Populaire.

Et ce fut cette petite lueur d'espoir qui le transporta pour le reste de la journée.

Cette nuit-là, il se coucha de bonne heure dans des draps propres et pour la première fois depuis des mois, il se coucha sobre. La dernière pensée qui frappa son esprit avant que le sommeil ne l'emporte fut le sourire facile de Minus et ses yeux de cristal, aussi bleus et innocents que le ciel de Californie. C'était presque un déchirement de contempler une telle innocence affichée et une telle lueur de bonté.

Le souffle chaud de Minus. Caressant son torse. Ça aussi, c'était dur à contempler. Une telle faim surgit dans son cœur en y repensant, faim et *désir*, qu'il appuya ses paumes sur ses yeux jusqu'à ce que le souvenir s'estompe.

Le sommeil de Gordon fut abyssal cette nuit-là. Une fois, en rêve, il appela le nom de Minus. Ce fut bien longtemps après minuit. En entendant sa propre voix, il se réveilla brièvement, mais dériva à nouveau rapidement.

Au matin, son rêve fut oublié. Pas Minus.

Minus emplissait encore son esprit au moment où Gordon ouvrit les yeux.

GORDON N'ÉTAIT pas arrivé depuis deux minutes ce matin-là que Mama Davis fondit sur lui comme un oiseau de proie, les ailes déployées, les tresses claquant. Elle l'attrapa par les épaules et le serra dans ses bras alors qu'elle ancrait ses yeux dans les siens. Un sourire jouait sur ses lèvres, lui offrant un aperçu de ses grandes dents blanches qui paraissaient pouvoir ronger un arbre. Elle émit un petit *bruit* de bonheur, lui donna une légère secousse, puis relâcha ses épaules. Posant ses mains fines et froides sur chacune de ses joues, elle se pencha et lui fit un câlin. Gordon attrapa une bouffée de chewing-gum aux fruits.

— Chéri, je pensais que tu étais malade ? demanda-t-elle en reculant, mais le gardant dans ses bras, ne lui permettant pas de s'échapper. Mais tu n'as pas l'air malade. Tu n'as pas bu non plus hier soir. Je peux le dire. Et tu souris. C'est le premier matin depuis tous ces mois que tu travailles ici que tu passes la porte en souriant. Et sans gueule de bois. Ne sois pas surpris, j'ai été entourée d'alcooliques toute ma vie. J'en reconnais un quand j'en vois un.

Gordon en eut presque le souffle coupé.

— Je ne suis pas alcoolique.

Mama Davis laissa libre cours à son sourire.

— Non, chéri. Pour la première fois depuis que je te connais, je dois dire que, peut-être, tu ne l'es pas. Que s'est-il passé ? As-tu trouvé Dieu, chéri ? Est-ce Lui qui a forgé ce changement en toi ? Est-ce Lui qui te fait à nouveau sourire ? Il le peut, tu sais. Il a ce qu'il faut en Lui pour le faire. Oh, oui, Il le fait vraiment. Dis-moi, chéri, s'il te plaît. As-tu trouvé Dieu ?

Tout le monde les regardait. Gordon pouvait les voir essayer de ne pas les fixer, mais sans succès. Étrangement, il s'en fichait. Il sentit la rougeur familière lui monter aux joues, mais il ne s'en préoccupa pas non plus. Alors que Mama se tenait devant lui, ses mains douces posées sur ses joues, il posa ses propres mains sur les siennes. À son plus grand étonnement, il sentit des larmes lui brûler les yeux.

— Peut-être ai-je trouvé Dieu, répondit-il. Ou ce qui s'en rapproche le plus.

Mama Davis pencha la tête, les yeux humides.

— Qu'est-ce qui se rapproche le plus de Dieu, chéri ?

— Un ami. Ce qui se rapproche le plus de Dieu est un ami.

Mama le fixa en silence durant dix bonnes secondes avant de retirer ses mains de sous les siennes. Elle sortit un mouchoir de sa manche et se moucha bruyamment. Lorsqu'elle eut fini et que le mouchoir eut à nouveau mystérieusement disparu dans sa manche, elle tendit la main et essuya une larme sur la joue de Gordon de ses doigts longs et minces.

— Garde ton nouvel ami près de toi, chéri. Ne le laisse pas s'échapper. S'il peut te changer à ce point, il a du bon en lui, c'est un fait. Amène-le-moi de temps en temps. Tu peux faire ça ? J'aimerais beaucoup rencontrer une âme puissante comme ça.

— Je te le promets, je le ferai.

Elle le tapota doucement sous le menton.

— Bien, dit-elle dans un fervent murmure. Maintenant, mets-toi au travail, Gordon. Tu es aux œufs ce matin. Et ne surdose pas. Nous pourrions ne pas en avoir assez.

Ne sachant pas si sa voix était encore là, il se contenta de hocher la tête et de se diriger vers la table vapeur, les yeux fixés sur la porte d'entrée. À la recherche d'un petit blond portant un manteau et une casquette.

Il ne lui vint pas à l'esprit que Minus pourrait ne pas se montrer.

Lorsque cela s'avéra être le cas, plutôt que de le plonger dans la dépression, cela réaffirma son engagement à apprendre à mieux le connaître. Et à l'aider, si possible.

GORDON AVAIT une heure de libre entre son service du matin et celui de l'après-midi. Il la passa à déambuler dans les rues du centre-ville, souhaitant avoir eu le temps de courir jusqu'à Mission Hills et frapper à la porte d'une certaine ruelle. Il n'était pas particulièrement inquiet que Minus ne se soit pas montré pour le petit déjeuner à la soupe populaire, même s'il était déçu. D'un autre côté, ça lui donnait le temps de faire les quelques courses qui devaient être faites avant de revoir Minus, avec un peu de chance, au repas du soir.

Son premier arrêt fut à la banque, où il retira trois cents dollars de son compte épargne. Le second fut chez Macy's, où il passa le reste de son heure déjeuner à acheter des chemises, des chaussettes, des sous-vêtements et deux ou trois jeans, qu'il pensait pouvoir aller à Minus. Quand il revint à la soupe populaire pour le second service, il mit ses sacs de côté et partit faire son travail, certain que cette fois, il verrait Minus passer la porte.

Mais, alors que la longue ligne de service passait devant lui à la vitesse d'un escargot et que les voix et les raclements des couverts en métal sur les plateaux enflaient autour de lui, ses espoirs sombrèrent progressivement. Lorsque Mama verrouilla les portes et déclara que les heures de repas étaient finies, il sut que ses pires craintes s'étaient réalisées. Minus n'était pas venu.

Tandis que Gordon remplissait les plateaux des derniers convives que Mama avait laissés entrer avant de fermer les portes derrière eux, il faisait des plans sur ce qu'il allait faire ensuite. Il sauterait dans un bus pour Mission Hills et livrerait personnellement les vêtements à Minus. Ce qui était mieux que de lui donner devant tout le monde de toute façon.

Des éclats de rire sarcastiques attirèrent son attention alors que la queue s'amenuisait. Gordon leva les yeux vers les derniers corps qui se frayaient un chemin devant lui, leur plateau partiellement rempli à la main. Son cœur chuta plus profondément qu'il ne l'était déjà. C'était la dernière chose dont il avait besoin.

Les trois gars qui avaient tourmenté Minus la semaine précédente chahutaient, se plaignant de l'aspect de la nourriture et créant une nuisance générale, comme ils le faisaient toujours. Ils semblèrent s'égayer brusquement lorsqu'ils virent Gordon servir le gratin de pommes de terre à quelques pas de la file.

Ils ricanèrent entre eux, puis concentrèrent leur attention sur Gordon tout en s'attardant devant lui.

C'étaient trois beaux jeunes hommes, du moins ils le seraient s'ils n'étaient si usés par la vie dans la rue. Pourtant, Gordon pouvait voir pourquoi certains hommes les trouvaient suffisamment séduisants pour se payer leurs services. À vrai dire, leurs services ne coûtaient presque rien. Les gigolos gays étaient treize à la douzaine dans les rues de San Diego. Tout ce que vous aviez à faire était de savoir où les trouver.

Même si, comme Minus, ces trois-là avaient l'air d'essayer de rester propres, il n'y avait pas une once de l'innocence que Gordon avait vue chez Minus, sur leur visage. En réalité, il y avait une certaine froideur sur laquelle Gordon n'arrivait pas à mettre le doigt, encore moins au moment où ils concentrèrent leur attention sur lui. Peut-être était-ce seulement l'expression désabusée qu'acquéraient progressivement tous les prostitués. Le sentiment blasé de défaite lasse et la lente réalisation que le monde autour d'eux n'était pas beaucoup mieux qu'eux, l'un méritant l'autre.

Cela l'attrista de penser que des garçons si jeunes en étaient venus à vivre leur vie en présence du désespoir, sans même réaliser qu'il avait pris le contrôle d'eux. Mais il était là. Il était là dans leurs éclats de rire sans joie, dans la lueur intransigeante d'un œil cruel, dans l'acceptation résignée de ce que la vie allait leur distribuer.

Lorsqu'ils atteignirent l'emplacement de Gordon dans la file, celui-ci grimaça à la façon froide et impitoyable dont ils le scrutèrent. Mais ce furent leurs paroles qui lui déchirèrent le cœur.

Le chef de bande était un roux avec des taches de rousseur et une chemise déboutonnée jusqu'au nombril, exposant sa peau pâle, de toute évidence vendue au plus offrant. Ou peut-être même le moins.

— Eh bien, le voilà, ricana le roux. Batman. Le protecteur des opprimés. Fan numéro un de Minus. Il est où ton petit blond ? Au lit, attendant que papa revienne lui labourer un nouveau sillon ?

Gordon plissa les yeux.

— Avancez, les durs à cuire. Il y en a d'autres derrière vous qui attendent pour manger.

L'un des autres gigolos, un jeune garçon qui paraissait avoir une quinzaine d'années et qui était de toute évidence au milieu d'une épouvantable poussée d'acné, mais dont le corps était beau et souple, donna un coup de coude au roux.

— Tu sais bien que non. Minus n'est pas vautré dans le lit de ce type. Il est en train de se faire cuisiner au poste de police.

Il eut un sourire diabolique quand il vit qu'il avait capté l'attention de Gordon. Le gamin baissa la voix, comme d'un conspirateur à un autre.

— J'ai entendu que c'était quelque chose de grave. Genre, un meurtre.

Puis il hurla de rire.

Le cœur de Gordon bondit dans sa gorge. Il laissa tomber sa louche dans les pommes de terre et il se pencha par-dessus la protection en verre, empoignant face-de-pizza par le devant de sa chemise et l'attirant à lui.

— De quoi parles-tu, putain ?

Face-de-pizza pouvait ne pas avoir plus de quinze ans, il vivait depuis assez longtemps dans la rue pour savoir qu'il ne devait pas montrer sa peur. Il dévisagea froidement Gordon, bien que ce dernier le traîne presque par-dessus la vitre, au-dessus de la cuve de cuisson vapeur des pommes de terre.

Il baissa les yeux là où le poing de Gordon serrait le devant de sa chemise.

— Tu froisses la marchandise. Si tu veux me malmener, tu dois payer pour avoir ce privilège.

Gordon l'attira encore plus près.

— Répète-moi ce que tu viens de dire ou tu déterreras les pommes de terre par les oreilles durant les trois prochaines semaines.

Le roux et l'autre ami de face-de-pizza, un maigrichon avec des mèches blond verdâtre, qui semblaient avoir été appliquées au Clorox, dans les cheveux, gloussaient devant l'inconfort de leur ami. Ils paraissaient aussi très impressionnés par la virilité de Gordon. Le rouquin tendit même la main pour caresser son biceps. Il avait l'air d'apprécier ce qu'il voyait.

Gordon relâcha face-de-pizza et se débarrassa de la main du roux, rebuté par son contact. Celui-ci ricana et rendossa son rôle de chef de bande.

— Ton pote est au poste de police, crétin. Je l'ai vu se faire escorter par deux inspecteurs. Le bruit court qu'il a quelque chose à voir avec le vieux qui a brûlé comme une chandelle il y a quelques nuits dans la baie. Tu devrais mieux choisir tes amis.

— Et tu devrais fermer ta gueule, aboya Gordon, ce qui fit éclater de rire les trois jeunes.

Gordon se détourna de la table vapeur et se dirigea vers la porte. Mama Davis le regarda partir. Il se retourna au dernier moment et lui envoya un regard interrogateur à travers la pièce. Elle lui fit un sourire inquiet et lui fit signe de partir, articulant les mots :

— Je te vois demain. Ne t'inquiète pas, chéri. J'enferme tes sacs dans le bureau.

Gordon tapota son cœur en signe de remerciement. Dans son désespoir, il avait presque oublié les vêtements qu'il avait achetés pour Minus. Quand tout fut sous contrôle derrière lui, il se tourna et sortit en courant, son esprit empli d'effroi.

Merde. Que pouvait bien vouloir la police à Minus ?

VI

LE POSTE de Police de San Diego n'était qu'à quelques rues de la mission, sur Broadway et la 16ème. Gordon y fut en dix minutes. Il se tint devant la porte un instant, en sueur de sa course, et tentant d'ignorer la bouffée de terreur qui se construisait derrière ses paupières.

Cette terreur provenait de ses souvenirs. Des souvenirs de la dernière fois qu'il s'était trouvé là. Menotté. Confus, effrayé, conscient qu'il venait de foutre sa vie en l'air pour toujours. Et comme si tout cela n'était pas suffisant, conscient qu'il venait de tuer un homme.

La simple pensée de ces quelques mots amena à nouveau cette honte et ce regret familiers à gronder en lui. Ses mains commencèrent à trembler. Son sang martela dans son crâne. Il inspira une grande bouffée d'air chaud, repoussa les cheveux de son visage et essaya de bloquer les souvenirs. Ce ne fut pas aisé. Ces sentiments, ces rappels, avaient pris le contrôle depuis si longtemps qu'ils étaient une partie de lui. Il se sentait presque vide quand ils n'étaient *pas* dans sa tête.

Gordon se reprit et se força à avancer.

Il passa la porte d'entrée en trombe, réalisant immédiatement qu'il ne se rappelait pas du tout cet endroit. Puis, il sut pourquoi. Le policer qui l'avait arrêté presque deux ans plus tôt l'avait fait entrer par le sous-sol après l'avoir mis en garde à vue sur les lieux de l'accident. Il n'avait jamais vu cette partie du bâtiment. Même lorsqu'il en était sorti, quelques heures plus tard, à nouveau menotté, il était sorti par le sous-sol, où une voiture de police l'attendait pour l'amener à la prison du comté sur Front Street, où il avait attendu sa mise en accusation et où il allait finalement passer la prochaine année de sa vie.

Il se secoua une dernière fois dans une ultime tentative pour rejeter ses pensées puis jeta un regard alentour. Il repéra un guichet d'accueil tenu par un officier de police féminin avec une main bandée. Il n'y avait personne d'autre dans le hall et la femme semblait s'ennuyer ferme. Puisqu'il n'y avait rien d'autre à regarder, elle concentra son attention sur Gordon, le regardant approcher.

Il grimaça sous son regard, car il savait, il savait ce qui allait arriver. Il le savait, car il vivait avec depuis sa sortie de prison un an plus tôt. Alors lorsque la lueur familière de reconnaissance s'alluma dans les yeux de l'officier, il ne fut pas surpris. Il ne fut pas surpris non plus par les premiers mots qui sortirent de sa bouche.

— Vous êtes l'ancien météorologue. Sur Channel 10.

Elle parlait sans un sourire. Elle se souvenait. Elle se souvenait de tout. Gordon le voyait dans ses yeux. Après tout, son procès s'était étalé partout dans les informations locales. Avant, il était une célébrité en quelque sorte. Les gens aimaient voir les célébrités se prendre les pieds dans le tapis.

Les yeux de l'officier étaient glacials. Il n'y eut aucune chaleur dans sa voix lorsqu'elle demanda :

— Que puis-je faire pour *vous* ?

Elle lui parlait comme s'il était une saleté sous ses semelles. Mais il y était habitué. Voilà comment les flics parlaient toujours aux criminels. Pour un policier, un criminel resterait toujours un criminel. Si vous aviez un casier, les flics vous considéraient comme un moins que rien. Vous conserviez cette cote de popularité jusqu'à ce que vous soyez six pieds sous terre.

Il s'arma de courage contre l'indifférence malveillante de la femme comme il avait à le faire maintes et maintes fois, et se focalisa sur les mots qui allaient sortir de sa bouche.

À nouveau, il repoussa les cheveux de son visage – un geste de nervosité plus qu'autre chose.

— Un ami a été arrêté, mais c'est un malentendu. Il n'a pas fait ce que vous pensez.

L'officier tripotait le bandage de sa main, semblant davantage se concentrer dessus que sur Gordon. Elle paraissait plus ennuyée que jamais.

— Que pensons-nous qu'il ait fait ?

Seigneur, Gordon détestait les flics. Il était persuadé que quiconque avait eu le malheur d'avoir affaire à la police les haïssait. Il n'était pas non plus assez stupide pour laisser échapper le fait que Minus et lui pourraient avoir des informations sur le meurtre sous le pont. Bon sang, pour ce qu'il en savait, les trois crétins de la soupe populaire pouvaient se tromper et Minus se trouvait là pour une tout autre raison. Si même il était là.

Lorsque Gordon ignora sa question, l'officier lui adressa un regard suspicieux, fit mine d'étouffer un bâillement, et comme si elle s'adressait à un idiot, elle demanda :

— Quel est le nom de votre ami ?

Elle tapa méticuleusement sur le clavier devant elle, tournant momentanément les yeux vers l'écran, attendant la réponse de Gordon.

Ce dernier cligna des yeux. Il put sentir le sang lui monter au visage. Mon Dieu, il ne connaissait pas le vrai nom de Minus ! Il n'en avait aucune *idée*.

Exaspérée, l'officier détourna les yeux de son écran et les riva froidement sur Gordon.

— Alors ? A-t-il un nom ? Je ne peux pas le chercher dans le système sans son nom. Je ne suis pas douée de clairvoyance. Je dois le faire à l'ancienne.

Gordon balbutia une réponse absurde. Plus tard, il ne se rappellerait même pas laquelle. Il finit par marmonner :

— Je suis désolé. J'ai fait erreur.

Il s'écarta du bureau au moment où le ding d'un ascenseur résonnait sur sa droite. Il se tourna pour voir qui c'était, sans aucune autre raison que celle d'éviter le regard de l'officier de l'accueil. Il regarda les portes de l'ascenseur s'ouvrir tout en se dirigeant vers la sortie sur des jambes tremblantes, dans l'espoir d'une retraite digne, mais échouant probablement misérablement. À mi-chemin, il s'arrêta, comme si quelqu'un avait cloué ses pieds au sol.

L'homme qui sortait de l'ascenseur était Minus, vêtu d'un pantalon de treillis qui avait connu des jours meilleurs et d'un tee-shirt noir à manches longues qui semblait flambant neuf. Il portait encore les lignes horizontales de l'emballage duquel il sortait. Aux pieds, il portait les mêmes tennis désagrégées que l'autre nuit. Comme d'habitude, une casquette de base-ball des Chargers était vissée sur sa tête, la visière bas sur son visage.

Minus était accompagné d'un autre homme. Un policier en costume. Gordon sut d'instinct que c'était un inspecteur. Et s'il devait émettre une supposition, probablement des Homicides.

Étonnamment, l'inspecteur avait la main sur l'épaule de Minus, pas à la manière d'une *interpellation*, mais du genre plus amical. Il souriait tandis que l'expression de Minus était dissimulée par son omniprésente casquette.

Gordon s'arrêta à quelques mètres de l'entrée principale et attendit que Minus le voie. Durant son attente, Minus et l'inspecteur stoppèrent à quelques pas de lui. L'inspecteur tendit la main et Minus la prit timidement dans la sienne.

— Merci d'être venu, Jerry. Vous avez fait ce qu'il fallait.

De l'autre main, il tapota l'épaule de Minus et ajouta :

— Faites attention à vous, d'accord ? Si j'ai besoin de vous, je sais où vous trouver. Et si vous pensez à autre chose, demandez l'inspecteur Browing. C'est moi.

Minus hocha la tête, mais ne répondit rien. L'inspecteur relâcha sa main et se tourna vers l'ascenseur. Un instant plus tard, les portes se refermèrent et l'inspecteur fut parti. Alors seulement, Minus leva les yeux et vit Gordon l'attendant à la porte.

Son visage s'illumina d'un sourire surpris.

— Gordon, dit-il si doucement que ce dernier l'entendit à peine.

Le sourire sur le visage de Minus estompa considérablement les craintes de Gordon. En fait, il envoya une autre ruée de sang imprégner ses joues. Il s'avança rapidement aux côtés de Minus et lui donna une accolade.

Du coin de l'œil, Gordon vit la femme à l'accueil secouer la tête de dégoût, mais il s'en fichait. Qu'elle aille se faire voir. Il prit la main de Minus et le conduisit vers la sortie.

Au moment où ils furent dehors, Gordon le força à s'arrêter et se baissa afin de jeter un œil sous la casquette.

— Tu vas bien ? demanda Gordon. Pourquoi étais-tu ici ?

Minus répondit d'une voix douce, comme il le faisait toujours. Il arborait un léger sourire sur le visage, encore étonné peut-être que Gordon ait été là à l'attendre.

— Je suis venu à cause de l'homme sous le pont. La police devait savoir ce que j'avais vu. Ce n'est pas grand-chose, mais je pensais qu'ils devaient savoir. Ai-je eu tort ?

— Non, bien sûr que non. C'était la bonne chose à faire. Qu'est-ce qu'ils ont dit ?

Minus haussa légèrement les épaules.

— Ils ont juste dit merci.

— C'est tout ?

Minus hocha la tête.

— Hum hum.

— Ils n'ont pas essayé de t'arrêter ?

Minus fit courir ses doigts sur le chaume de son menton, comme s'il réfléchissait à la question.

— Pourquoi feraient-ils cela ?

— Je ne sais pas. Leur as-tu dit que j'étais avec toi ?

Minus secoua la tête.

70

— Je ne pensais pas qu'ils avaient besoin de le savoir.

Avant qu'il ne puisse répondre, Minus tendit la main et la fit courir d'un air absent sur l'avant-bras nu de Gordon. Ce dernier frissonna au contact.

— Es-tu bien rentré chez toi l'autre jour, Gordon ?

Celui-ci sourit, posant sa main sur celle de Minus qui était toujours sur son poignet.

— Oui, grâce à toi.

Maintenant qu'ils étaient ensemble, Gordon ne voulait plus le laisser partir. Pas encore. En fait, il sut brusquement ce qu'il voulait faire.

— J'ai quelque chose pour toi.

Les yeux bleus de Minus pétillèrent de joie.

— Comme un cadeau de Noël ?

— Oui, répondit Gordon en lui rendant son sourire. Plusieurs même. Allons les chercher, puis je veux que tu viennes dîner à mon appartement. Ferais-tu cela pour moi ?

Minus haussa à nouveau les épaules.

— Bien sûr. Pourquoi ne le ferais-je pas ? J'ai vraiment très faim.

Gordon sourit.

— Bien.

Il fut à nouveau pris au dépourvu par la façon dont Minus simplifiait tout à sa plus simple expression, comme le ferait un enfant. Il assimilait des cadeaux à des présents de Noël. Il n'avait aucun scrupule à tendre la main pour toucher sa peau comme s'il était hypnotisé par sa texture et totalement éhonté du fait.

Il ne se souciait pas d'aller à la police pour leur dire ce qu'il avait vu, la nuit où ce pauvre sans-abri avait été incendié.

Gordon avait bafouillé et s'en était sorti assez facilement, mais pas Minus. Minus avait décidé qu'il était de son devoir de dire à la police ce qu'il avait vu.

Et ça, Gordon le savait, cela faisait de Minus une meilleure personne. Une nouvelle fois, il se retrouva empli d'humilité devant ce sans-abri au grand cœur généreux et à sa manière simple de gérer ce qui devait être une existence rude sans les mélodrames dans lesquels se débattait Gordon. Bien sûr, Minus n'avait tué personne. Ce qui faisait une différence, pas vrai ?

— Nous devons passer par la soupe populaire d'abord. Ça te va ?

Minus ôta sa casquette et la frappa deux ou trois fois contre sa jambe, comme pour déloger la poussière qui s'y était accumulée. Gordon regarda ses cheveux blonds scintiller au soleil, comme si eux aussi étaient en feu. Que Dieu lui pardonne, Gordon était sur le point de tendre la main et de passer ses doigts dans ses cheveux, juste pour expérimenter à nouveau leur finesse, mais au moment où il rassembla son courage, Minus avait remis sa casquette.

Ils marchèrent jusqu'à Broadway. Le soleil était bas dans le ciel à présent. Ils avançaient lentement, appréciant l'air plus frais sur leur visage, le respirant comme du parfum. Lorsque le crépuscule fut à son apogée et que les ombres commencèrent à s'approfondir autour d'eux, les réverbères s'allumèrent. De plus en plus, Gordon vit les phares des voitures s'éclairer. La nuit venait et le monde s'y préparait.

Gordon ne put s'empêcher de se demander ce que la nuit avait en magasin pour eux.

— Manqueras-tu aux gens de l'atelier d'électricité si tu rentres tard ? demanda-t-il. Gardent-ils un œil sur toi ?

Minus parut surpris par la question.

— Pourquoi le feraient-ils ? Je ne fais qu'y dormir. Ce n'est pas chez moi.

— Où est ta maison alors ? demanda Gordon.

Minus tapota le côté de sa tête d'un doigt fin et élégant.

— Ici. Ma maison est ici.

Gordon fut stupéfait par la beauté naïve de ces mots.

Tandis qu'ils marchaient, Minus lui prit à nouveau la main. Plus d'un passant leur adressa un regard étrange, mais Minus ne parut pas s'en préoccuper. Très franchement, Gordon non plus. Minus était propre, il était jeune et svelte, il était beau. Il n'avait pas l'air d'un SDF. Et même si ça avait été le cas, Gordon aimait penser qu'il n'aurait pas eu honte d'être vu main dans la main avec lui. Il aimait penser qu'il valait mieux que ça.

Mais il savait que ce n'était probablement pas le cas.

Tout en marchant, Minus effleurait chaque parcmètre devant lequel il passait, comme pour lui dire bonjour. Tout comme Gordon le faisait avec les pierres tombales lorsqu'il traversait le cimetière Sainte-Croix. Gordon le regarda faire en souriant. Puis il se souvint de quelque chose qu'avait dit l'inspecteur.

— L'inspecteur t'a appelé Jerry. Comme s'il te connaissait. Est-ce ton vrai nom ? Jerry ?

Minus baissa la tête et cessa de frapper les parcmètres. Il enfouit instantanément la main qui ne tenait pas celle de Gordon dans la poche de son pantalon et l'y laissa. Au lieu de regarder le coucher de soleil comme il le faisait avant, il regarda brusquement ses pieds.

— Je ne sais pas pourquoi il m'a appelé comme ça, répondit Minus. Il a dû me confondre avec quelqu'un d'autre. Je n'aime pas quand les gens m'appellent Jerry. Ça me rend triste.

— Pourquoi ?

— Je ne sais pas. C'est comme ça.

Il arracha son regard de ses chaussures et étudia le visage de Gordon. Lentement, un sourire plissa ses yeux. Il s'approcha un peu plus, de telle sorte que maintenant, leurs épaules se frôlaient lorsqu'ils marchaient.

— Tu es venu me chercher, dit-il. Tu étais inquiet pour moi. Je pouvais le voir sur ton visage quand tu attendais dans le hall.

Ce fut au tour de Gordon de hausser les épaules.

— Je pensais qu'ils t'avaient arrêté. Puisque je savais que tu étais innocent, j'étais venu pour essayer de te sortir de là. Je sais ce que c'est que de passer une nuit en prison. Ce n'est pas une belle expérience. J'aurais détesté te voir traverser cela.

— Mais ce n'est pas arrivé.

Gordon sourit.

— Non, ce n'est pas arrivé.

Minus indiqua un endroit droit devant lui.

— Voilà la soupe populaire. Est-ce là que se trouvent mes cadeaux ?

Gordon se mit à rire.

— Oui. Mais tu ne pourras les ouvrir que lorsque tu seras à la maison, d'accord ? Ils sont emballés.

— Mince, dit Minus, de toute évidence déçu.

Puis il gloussa en voyant l'expression sur le visage de Gordon.

— Je plaisantais, Gordon. Ça ne me dérange pas d'attendre. Tant que je suis avec toi, rien ne me dérange.

Cette seule déclaration déchira le cœur de Gordon, ricochant un moment avant de s'installer en une sensation de vrombissement qui amena un autre sourire sur son visage.

— Merci, Minus, répondit-il d'une voix rauque de sincérité. Quand je suis avec toi, rien ne me dérange non plus.

Les doigts de Minus se resserrèrent autour de sa main et Gordon sourit de les sentir là.

GORDON ET Minus arrivèrent à la Soupe Populaire de Mama Davis au moment où le dernier travailleur partait. Gordon saisit la porte avant qu'elle se referme et attira Minus à l'intérieur.

La salle de repas était propre et sentait le nettoyant au pin. Mama Davis était une croyante fervente en la propreté. Si elle ne l'avait pas été, la ville aurait fermé son établissement depuis longtemps.

Gordon ne voyait personne, mais il pouvait entendre un léger fredonnement provenir des cuisines derrière les tables vapeur dans le fond de la salle. C'était Mama Davis qui chantonnait son air favori, 'Standing on the Promises'. Gordon l'avait entendu au moins une centaine de fois. Lorsqu'elle était heureuse, lorsqu'elle était triste, lorsqu'elle n'avait rien d'autre à faire, ce qui était rare, elle fredonnait cette chanson. Sans jamais chanter les paroles, juste l'air. Cet hymne semblait faire partie d'elle. Et bien que Mama Davis soit corpulente, incompréhensible et intrépide, son fredonnement sortait comme les notes les plus délicates d'une vocalise – beau, flûté et clair, toujours précis. La voix d'une vieille femme.

Une vieille femme avec laquelle personne de sain d'esprit ne voudrait avoir affaire.

Au bruit de leurs pas, Mama Davis passa la tête dans l'entrebâillement de la porte de la cuisine pour voir qui était là. Lorsqu'elle vit Gordon, elle sourit de toutes ses grandes dents.

— Dieu merci, c'est toi, chéri. Je pensais que le croque-mitaine venait me chercher.

Elle s'avança à leur rencontre, essuyant ses mains sur un tablier noué autour de son cou et qui la couvrait du buste jusqu'aux genoux. Comme toujours, ses larges poches étaient encombrées d'objets en tous genres, ce qui faisait pendre le tablier d'une drôle de manière. Ses yeux parcoururent le visage de Gordon avant de se focaliser sur Minus. Ses traits s'adoucirent.

— Je suis venu chercher mes sacs, dit Gordon.

Mama hocha la tête, sans détourner le regard de Minus.

Gordon jeta un œil à son ami pour voir comment il prenait cet examen et fut surpris de trouver un grand sourire rayonnant sur son visage.

— N'est-il pas joli, dit Mama, en fonçant droit sur lui pour le serrer dans ses bras.

Minus lui rendit son étreinte, souriant pendant tout ce temps à Gordon, car il ne savait pas où d'autre poser les yeux. Quand Mama Davis le repoussa à bout de bras et donna une pichenette à la visière afin de mieux voir son visage, elle eut presque le souffle coupé à la vue de ses cheveux blonds coincés sous la casquette.

— Chéri, tu es un blondinet !

Puis elle éclata de rire lorsque Minus se passa la main dans les cheveux, comme s'il se demandait où était le problème.

Mama se tourna vers Gordon.

— C'est ton ami, n'est-ce pas ?

Gordon acquiesça.

— Mama, je te présente Minus. Minus, voici Mama Davis. Elle est la dame pour laquelle je travaille.

Mama lui donna une tape amicale sur la poitrine.

— Et une amie ! Ne l'oublie pas !

— Et une amie, ajouta-t-il humblement.

Mama pencha la tête, étudiant le visage de Minus, une lueur de chaleur entendue dans ses yeux, comme si elle voyait au-delà de ses yeux bleus insondables, de sa gentillesse, et de la façon dont il glissa sa main dans celle de Gordon alors qu'ils se tenaient devant elle.

— Je suis heureuse de te rencontrer, Minus.

Minus rougit tout en souriant.

— Moi de même.

Mama les observa l'un après l'autre.

— Avez-vous mangé, les garçons ? Il me reste de la nourriture. Vous pouvez la réchauffer dans le micro-onde si c'est froid.

Minus se racla la gorge et répondit d'une voix douce :

— Gordon m'emmène chez lui pour dîner. Nous mangerons là-bas.

Mama Davis fit un sourire rayonnant.

— N'est-ce pas génial !

Elle lança à Gordon un regard entendu.

— Je parie que tu es venu chercher tes sacs.

Elle donna à Minus une tape sur la joue et lui indiqua un siège.

— Assieds-toi, chéri, je vais montrer à Gordon où j'ai caché ses sacs. Ça ne prendra qu'une minute.

Minus s'exécuta obligeamment tandis que Gordon la suivait dans la cuisine.

Dès qu'ils furent hors de sa vue, Mama se retourna et l'attira dans ses bras.

— Je ne t'embarrasserai pas ni ton ami, plus que je ne l'ai déjà fait. Je te le promets. Je veux juste que tu m'écoutes une minute. Ce garçon est un ange, Gordon. Je peux le sentir. Il est fragile aussi. Je ne sais pas ce qu'il a traversé dans sa vie, mais peu importe ce que c'est, je pense qu'il est encore pur, si tu vois ce que je veux dire. C'est une âme bonne, mais endommagée. Traite-le convenablement. Veux-tu bien me le promettre ?

— Mama, je…

La vieille femme noire fit un pas en arrière et étudia son visage, un sourire étirant progressivement ses joues et creusant des rides autour de ses yeux.

— Je n'ai pas besoin de te le dire, chéri, n'est-ce pas ? Tu es épris de ce garçon.

Elle posa une main sur son cœur, puis l'autre sur celui de Gordon, comme pour créer un conduit entre eux.

Gordon ne comprenait pas vraiment ce qui se passait.

— Non, madame, je…

Mama éclata d'un rire joyeux, tapotant la poitrine de Gordon, tout comme elle tapotait la sienne.

— Pas de madame avec moi, Gordon Stafford. Tu ne peux pas me berner. Tout comme tu ne peux pas te berner. J'ai le sentiment que vous serez bons l'un pour l'autre. Laisse de la place à tes sentiments. Laisse-les sortir. Libère-les. Je suis peut-être une vieille femme trop religieuse, mais je ne le suis pas trop pour ne pas voir combien deux personnes vont bien ensemble, peu importe, qui elles sont ou quelles parties du corps sont concernées.

Elle se tordit le cou par la porte afin de regarder Minus, qui attendait patiemment à l'une des tables, faisant tourner sa casquette entre ses mains. Lorsqu'elle retourna son attention vers Gordon, ses yeux étaient emplis de larmes. Des larmes qui étonnèrent Gordon plus que tout.

Elle s'avança et prit à nouveau Gordon dans ses bras, tout comme elle l'avait fait plus tôt avec Minus. Alors qu'elle le serrait d'une étreinte d'ours, lui chassant pratiquement l'air de ses poumons, elle lui chuchota à l'oreille :

— Tu traites ce garçon comme un roi, Gordon. J'ai le sentiment qu'il est tout ce dont tu as besoin. Il te ramènera à la vie si tu le laisses faire. Et je sais que tu le feras. Et je pense que, peut-être, *tu* le ramèneras *lui* aussi.

J'en suis sûre. Il n'y a aucun chagrin au monde qui ne peut être surmonté, chéri. Souviens-toi de ça.

Elle appuya ses lèvres froides contre sa joue, lui donnant un baiser, avant de le repousser doucement. Gordon ne pouvait plus parler. Pas pour le moment du moins. Puis il retrouva sa voix.

— Il a déjà changé ma vie et je ne sais même pas comment. Tout ce que je sais c'est que j'ai envie d'être avec lui.

Mama sourit, affichant ses grandes dents.

— Alors, sois avec lui, chéri. Fais ce que tu peux pour ce garçon, je parie qu'il te le rendra au centuple.

Soudain, Gordon sentit un picotement derrière ses paupières. Ses larmes coulaient. Il aurait pu en être gêné, mais il ne l'était pas.

— Il me le rend déjà, Mama. Il me le rend depuis la première fois où j'ai posé les yeux sur lui.

Mama se mit à rire.

— N'est-ce pas génial l'amour, chéri ? N'est-ce pas plus génial que toute cette merde ?

Gordon la fixa, choqué qu'elle ait dit 'merde', et encore plus choqué qu'elle ait prononcé le mot en A., était-ce ce qu'elle pensait ? Qu'il était amoureux de Minus ? Qu'est-ce que tout cela voulait dire ?

Mama vit la surprise sur son visage et éclata de rire.

— Tu crois que c'est trop tôt, pas vrai ? Tu crois que tu ne le connais pas depuis assez longtemps ?

Gordon ne put qu'acquiescer. C'était exactement ce qu'il pensait.

Mama sourit.

— L'amour n'a rien à voir avec le temps, chéri. Ce n'est pas une chose bénie. Alors, ne t'inquiète pas. Tu comprendras lorsque tu seras prêt.

Elle ricana joyeusement.

— En attendant, je sais ce que je sais. Et un de ces jours, tu le sauras aussi. Seulement, sois gentil avec lui, d'accord ? Il a déjà des sentiments pour toi. Ne lui brise pas le cœur à nouveau.

Gordon regarda de l'autre côté de la pièce. Minus ramenait son pied devant lui, étudiant l'état lamentable de sa chaussure. Lorsqu'il eut fini de regarder la gauche avec attention, il souleva son autre jambe et passa à la droite.

— Peut-être devrais-je lui acheter de nouvelles tennis, dit Gordon, plus pour lui-même que pour Mama.

Quand elle entendit ça, Mama éclata de rire.

— Oui, fais donc ça, Gordon. Et après l'amour n'est pas impliqué.

Elle secoua sa vieille tête, comme si elle se demandait pourquoi les hommes devaient toujours être aussi stupides. Lorsqu'elle eut fini, elle attira Gordon au fond de la cuisine, où elle déverrouilla la porte de son bureau avant d'entrer. Elle lui indiqua les sacs de chez Macy empilés dans un coin.

Quand Gordon les eut en main, elle lui donna un dernier bisou sur la joue.

— Dès que tu auras compris par toi-même et que tu sentiras que c'est le bon moment, fais savoir à ce garçon ce que tu ressens pour lui. Feras-tu ça pour moi ?

Gordon acquiesça sans un mot, toujours un peu abasourdi par ce que sous-entendait Mama. Quand il retrouva sa voix, il répondit :

— Si ce que tu dis est vrai, je suppose que je le ferai plus pour moi que pour toi.

— Évidemment, gazouilla-t-elle, comme si enfin, Gordon montrait un peu de bon sens. Maintenant, vas-y. Partez tous les deux.

Elle sortit l'omniprésent mouchoir de sa manche et se moucha.

— Bonne chance, chéri, chuchota-t-elle tandis que Gordon repartait en jonglant avec sa brassée de sacs.

VII

Minus finissait sa quatrième part de pizza lorsqu'il leva les yeux vers Gordon au-dessus de la table et se racla la gorge.

— J'aime ton appartement.

— Merci, répondit Gordon, se demandant ce qu'il aurait pensé s'il était venu deux jours plus tôt, lorsqu'il y avait du désordre partout, une épaisseur de poussière de plusieurs centimètres et une couche putride de vomi recouvrant la vaisselle sale dans l'évier. J'essaie de le garder propre, mentit-il.

Il n'avait pratiquement jamais essayé de le conserver propre. La planque au sous-sol de Minus, où il se servait d'une vieille porte comme lit, était dix fois plus propre que son appartement et Gordon était le premier à l'admettre.

La nouvelle chemise et le jean de Minus lui allaient bien. Visiblement, Gordon était doué pour les achats. Tous les vêtements lui allaient parfaitement. En fait, les habits le transformaient tellement que Gordon commença à imaginer de quoi il avait l'air avant de finir dans la rue. Il n'avait toujours aucune idée de ce qui avait poussé Minus à vivre cette vie, mais on pouvait être sûr que ce n'était ni l'alcool ni la drogue. Minus avait les yeux clairs et sains d'une personne qui n'avait jamais abusé de quoi que ce soit. Avec ses cheveux blonds il paraissait — *pur.*

Sans parler de sa beauté.

Dans un moment de calme, quand la frénésie de la faim tirait à sa fin, Minus s'assit face à Gordon à la table de la salle à manger, observant par la fenêtre l'horizon scintillant au loin. Ses cheveux encadraient son visage comme la glace encadrait une corniche en hiver. La nuance de bleu de ses yeux était de la couleur qu'on voyait dans les tableaux de la Méditerranée. Azur. Insondable. Paisible.

Sa voix, quand il parla, fut douce. Tranquille. Elle était toujours tranquille.

— Gordon ?

— Oui ?

— Je t'aime bien.

Gordon sourit.

— Je t'apprécie aussi, Minus.

Gordon le regarda détourner son attention de la fenêtre. Leurs yeux se croisèrent pour la centième fois ce jour-là. Et chaque fois que cela se produisait, le cœur de Gordon faisait un bruit sourd dans sa poitrine.

— Merci pour les vêtements.

— Tu n'as pas à continuer de me remercier, Minus. Tu l'as déjà fait une dizaine de fois. De rien. Fin de la discussion.

— D'accord.

Minus tripotait sa fourchette, puis il se pencha vers Gordon et demanda :

— Puis-je laisser les vêtements ici ?

Gordon ne comprenait pas.

— Pourquoi voudrais-tu faire ça ? Ramène-les chez toi et porte-les. C'est pour ça que je te les ai achetés.

Minus commençait à avoir l'air mal à l'aise. Ce que Gordon ne comprenait pas non plus.

— Crois-tu que nous nous reverrons ? demanda Minus.

— Bien sûr. Je l'espère.

— Ici ?

— Oui. J'aime t'avoir ici.

— Alors je préfère les laisser là. Je pourrais les porter lorsque je viendrai te voir.

Gordon se pencha et posa sa main sur celle de Minus. Il la pressa légèrement pour attirer son attention.

— Que se passe-t-il ? Qu'est-ce que tu essayes si fort de ne pas me dire ?

Minus rougit. Il regardait partout dans la pièce sauf le visage de Gordon. Enfin, ce fut le dernier endroit restant où poser ses yeux.

— Si je les emmène chez moi, quelqu'un les volera. Les gens me volent toujours mes affaires. Les clients du magasin. Ils descendent pour utiliser la salle de bain et parfois, ils se servent dans mes affaires. Je ne veux pas perdre les vêtements que tu m'as achetés. Je ne veux pas te mettre en colère.

Gordon caressa les poils du dos de sa main de son pouce. Il aimait la sensation de la peau du jeune homme. Il l'aimait beaucoup trop peut-être. Mama Davis était trop intelligente pour son propre bien.

— Je ne pense pas que tu aies en toi de quoi me mettre en colère, Minus. Mais si c'est ce qui t'inquiète, bien sûr, tu peux les laisser ici. Ou peut-être, juste porter une tenue maintenant et la garder lorsque tu rentreras. Ils ne volent pas les vêtements que tu portes, tout de même ?

Minus se mit à rire.

— Non, pas encore.

Gordon sourit à le voir rire. Ça n'arrivait pas souvent alors quand c'était le cas, c'était un événement.

— Voilà ce que nous allons faire. Les habits que tu ne portes pas, tu peux les laisser là.

Minus lui fit un large sourire.

— Dieu merci.

— Encore une chose.

— Laquelle ?

— Quelle pointure fais-tu ?

— 41. Pourquoi ?

— Pour rien.

Minus sembla un peu confus par cette dernière série de questions, mais quand ce fut terminé, il parut content d'avoir réglé le problème. Ses yeux errèrent sur le visage de Gordon, puis sur la main qui tenait la sienne. Il enroula ses doigts fins autour du pouce de Gordon.

— Es-tu gay, Gordon ?

Gordon fut à la fois interloqué par la question et soulagé d'enfin l'entendre posée. Ce serait bien que certaines choses sortent à l'air libre. Ce serait bien de savoir exactement où il se tenait. Où Minus se tenait.

Il hocha la tête, espérant qu'il n'allait pas l'effrayer.

— Oui. Je suis gay. L'es-tu ?

— Oui. Je l'ai toujours été.

Gordon sourit.

— Moi aussi. Je suis gay depuis mes quatre ans.

Minus pouffa.

— Ce n'est rien ça. Je le suis depuis mes *trois* ans.

— *Deux*, le contra Gordon.

Minus se pencha plus près et le regarda de travers, tentant de paraître aussi macho que possible.

— *Un*, gronda-t-il.

Puis il partit dans une avalanche de rires gênés. Il n'était pas vraiment taillé pour être macho et apparemment, il le savait.

Gordon rejeta la tête en arrière et éclata de rire.

— Mince alors, je suppose que tu m'as battu.

À cela, tous les deux partirent dans un fou rire. Le rire de Minus était rauque, un baryton retentissant qui emplissait l'air comme des ballons de baudruche, amical, coloré et chaud au toucher. Celui de Gordon était une série indue de reniflements et de halètements qui l'embarrassèrent, bien que cela les fasse rire encore plus fort. Pendant un instant, le rire de Gordon se calma assez longtemps pour qu'il réalise qu'il y avait des mois qu'il n'avait pas ri si fort. À travers ses larmes de bonheur, il regarda les dents parfaites de Minus étinceler à la lumière du lustre bas de gamme de son appartement pendant au-dessus de leurs têtes. Gordon était quasi sûr de n'avoir jamais vu de sourire si beau de sa vie.

Durant tout ce temps, le jeune homme se cramponnait au pouce de Gordon, comme à l'un de ces ballons, craignant qu'il s'envole, de peur qu'il n'attrape les courants et s'élève toujours plus haut, jusqu'à ce qu'il disparaisse au loin, où Gordon ne le reverrait plus.

En regardant Minus, Gordon refoula une brusque bouffée de nostalgie. Il lui fallut chaque once de volonté qu'il possédait pour ne pas se jeter sur la table et embrasser ces lèvres rieuses. Mais il n'osa pas. Il y avait toujours une aura d'émotivité entourant Minus. Même au milieu de ses rires, il y avait un air de fragilité. Comme s'il pouvait facilement se briser. Les dégâts qui lui avaient été causés, peu importe lesquels, avaient laissé sa vie éthérée. Ténue. Il semblait parfois à peine s'accrocher à la vie. Ou du moins, au bonheur.

La seule pensée de lui causer encore plus de préjudices lui fichait une trouille bleue. Il comprenait le préjudice. Il comprenait à peine comment s'accrocher à la vie. Il comprenait tout ce que vous pouviez prendre, n'ayant rien avec lequel se battre. S'il pensait être celui qui poussait Minus vers l'endroit où il ne pourrait jamais retrouver son chemin, il ne se le pardonnerait jamais. Jamais.

Mettant ses pensées de côté, Gordon leva le carton de pizza et l'agita devant le nez de Minus.

— Il en reste une part. Mange-la. Je suis rassasié.

— Tu es sûr ?

— Certain.

Minus se saisit du morceau sans autre commentaire, ce qui fit sourire Gordon. Pour un si petit gars, il avait un bon coup de fourchette.

Alors qu'il était assis là, à regarder Minus finir sa pizza, toujours confortablement installé en sa compagnie, une pensée plus que surprenante surgit au cours de cette soirée qui en avait déjà offert plusieurs.

Sa voiture. Elle était toujours garée à quelques centaines de mètres sous ses fesses dans le parking du sous-sol de l'immeuble. Elle s'y trouvait depuis qu'il l'avait achetée à sa sortie de prison. Il l'avait conduite depuis chez le concessionnaire en ce premier jour de sa liberté renouvelée, puisque l'ancienne avait été détruite dans l'accident et, après moins de cinq kilomètres, il avait subi une telle attaque de panique qu'il avait à peine réussi à rentrer chez lui. Depuis lors, la voiture était stationnée sur sa place de parking. De temps en temps, il descendait et démarrait le moteur, le laissant tourner au ralenti pendant un moment, car il sentait qu'il le devait, mais depuis ce jour-là, il n'avait pas reconduit. Quelque chose que sa mère ne comprenait pas du tout. Malheureusement, c'était quelque chose qu'il ne pouvait pas lui expliquer. La peur. La peur froide. L'horreur de faire quelque chose de mal, quelque chose de stupide. De causer un autre accident.

De prendre une autre vie.

Il détourna le regard de Minus pour fixer son bureau à roulettes dans le coin de la pièce. Ses clés de voiture se trouvaient dans le tiroir du haut. Curieusement, il sut que c'était le moment de laisser cette peur s'en aller. Il était temps de recommencer à conduire.

Plus tard ce soir-là, quand la pizza fut finie depuis longtemps et que les yeux séduisants de Minus cherchaient le sommeil après qu'ils eurent passé une heure assis tranquillement sur le canapé à se tenir la main, Gordon dit les mots qui signifiaient probablement peu pour Minus, mais qui étaient tout pour lui.

Il se pencha et prit Minus dans ses bras. Ils ne s'embrassèrent pas, bien que Gordon en ait eu envie. Il repoussa les cheveux du front de Minus, passant son pouce sur son sourcil, ce qui fit se fermer les yeux fatigués du jeune homme, comme s'il appréciait le contact.

— Ça a été une longue journée et tu es sur le point de t'écrouler de fatigue, dit Gordon. Quand tu seras prêt, je te ramènerai.

Minus hocha la tête. Les deux hommes se levèrent et Gordon fut surpris lorsque Minus se jeta dans ses bras.

— Merci, murmura-t-il contre son épaule.

— Non, chuchota Gordon. Merci à *toi*.

Il l'attira un peu plus près tandis que sa tête s'emplissait des sons de son propre cœur tambourinant. Gordon ne se souvenait pas qu'un homme se soit ajusté si parfaitement dans ses bras.

Jamais.

— Je peux entendre ton cœur battre, dit Minus.

Et Gordon sourit.

— Bien.

GORDON DÉPOSA Minus dans la ruelle derrière l'atelier d'électricité. Avec un dernier signe timide de la main, celui-ci chercha sa clé dans la poche de son nouveau jean et entra. Gordon attendit jusqu'à ce qu'il soit en sécurité à l'intérieur avant de redémarrer.

Il se sentait bien. Il n'avait pas réalisé jusqu'à ce soir combien conduire lui avait manqué. Il descendit toutes les fenêtres, laissant le vent voler dans ses cheveux alors qu'il manœuvrait dans les rues de la ville. Lorsqu'il trouva une bretelle d'autoroute, il fit ronronner le moteur et se fondit dans la circulation en direction du sud.

La nuit était douce et la voiture réactive entre ses mains. Elle paraissait aussi soulagée que lui d'être de retour dans les rues, anticipant presque chaque mouvement, sachant où il voulait aller avant même qu'il le sache lui-même.

Tandis que les kilomètres défilaient, Gordon revivait chaque seconde de la soirée, chaque bout de conversation. Son cœur planait toujours de ces heures passées avec Minus. Un cœur qui planait était une nouvelle révélation pour lui. Mais bien que ce sentiment soit nouveau, Gordon n'était pas assez stupide pour ne pas savoir ce qu'il signifiait. Il se souvint de ce que Mama Davis lui avait dit de retour dans la cuisine de la soupe populaire et se demanda comment cette femme pouvait être si intelligente.

Lorsque la vitesse de circulation commença à l'ennuyer et qu'il sentit cette vieille panique familière commencer à s'installer dans ses tripes, il quitta l'autoroute pour rôder plutôt dans les rues de la ville, tentant de ne penser qu'à l'instant présent, pas au passé. Il réussit à garder ses souvenirs à distance en pensant au jeune homme : sa façon de parler, sa façon de manger, combien il tendait la main si souvent juste pour le toucher. La bonté dans ses yeux, la douceur de sa voix, la chaleur de sa main. Alors que la nuit avançait, et que les kilomètres au compteur augmentaient, il fit lentement le tour d'un rond-point pour rejoindre son immeuble, où il se gara sur sa place de parking, heureux d'être rentré sain et sauf. Lorsqu'il éteignit le moteur, il se pencha en avant et posa sa tête sur le volant en fermant les yeux. Son corps était épuisé, mais son esprit fonctionnait à toute vitesse.

— Merci mon Dieu, chuchota-t-il dans la pénombre de ses paupières. Merci pour ce que vous avez fait.

Minus, songea-t-il silencieusement. *Merci de m'avoir envoyé Minus.*

Gordon ouvrit les yeux et fixa à travers le pare-brise l'avenir qui l'attendait. De quoi avait-il besoin pour remplir ces années ? Quelle était la chose la plus importante dont il avait besoin pour vivre une vie décente, une vie productive ?

Un emploi, supposa-t-il. Tôt ou tard, il allait devoir se trouver du travail. Dans la météorologie ? Son seul domaine de compétences ? Il en doutait. À moins que ce ne soit un poste en arrière-plan, loin des caméras. Ses jours comme célèbre météorologue local étaient révolus et il le savait. Personne ne l'engagerait pour un emploi devant les caméras. Pas quand la ville entière connaissait son histoire.

Donc, en ce qui concernait le travail, il n'était peut-être pas encore tout à fait prêt. Pas tant qu'il n'y aurait pas réfléchi. Pas tant qu'il n'aurait pas trouvé un plan. Il avait suffisamment d'argent pour tenir un peu plus longtemps. Alors pour le moment, peut-être devrait-il se concentrer sur la seconde chose dont il avait besoin pour mener une vie productive et décente. Et cette seconde chose était nettement plus facile à trouver.

Il avait besoin de quelqu'un pour *partager* la vie qu'il était sur le point de se construire. Quelqu'un avec qui il voulait être, quelqu'un qui pourrait avoir envie d'être avec lui. Et pour atteindre cet objectif immédiat, les tergiversations n'étaient pas de mise. Pas d'hésitations mollassonnes. Pas de report. Il savait exactement ce qu'il voulait. Il savait exactement *qui* il voulait. Et demain, il commencerait à y remédier. Énorme pression.

Sortant de la voiture et empochant ses clés, Gordon eut un sourire somnolent et malicieux alors qu'il sifflotait en montant les escaliers jusqu'à son appartement.

Pauvre Minus. Le gars ne savait pas ce qui allait lui arriver.

VIII

AINSI COMMENÇA une étrange cour.

Tandis que Gordon redécouvrait les joies de la sobriété – heureux d'avoir survécu à tout cet alcool qu'il avait ingurgité au cours de l'année avec un minimum de dommages durables, ou du moins il l'espérait sincèrement –, il redécouvrait également le contentement. Ses cauchemars avaient disparu. Il recommençait à manger convenablement. Il avait gagné quelques kilos, ce qui le rendait heureux. Il avait l'air mieux, il se sentait mieux, et il avait même trouvé un chouia de spiritualité dans sa façon de regarder le ciel pour remercier quiconque se trouvait là-haut de lui avoir donné une seconde chance, et la providence qui lui avait transmis des gènes suffisamment résistants pour contourner la dépendance à l'alcool sans trop de traumatisme.

Même si les souvenirs de son passé le déchiraient encore, il apprenait à éviter la douleur en se focalisant sur d'autres choses, d'autres personnes. Mama Davis, par exemple. Ou Pistol Pete. Même les pensées de sa mère pouvaient être utiles pour reléguer ses péchés au second plan pendant un certain temps. Si ces pensées échouaient à détourner son attention de sa petite personne, il pouvait se rabattre sur le Mont Everest des distractions.

Minus. Minus pouvait chaque fois retenir son attention. Son visage devint la plus grande arme de l'arsenal d'astuces d'auto-préservation de Gordon. Le souvenir de ses yeux saphir, de ses boucles blondes, ou de la façon dont leurs mains s'emboîtaient à la perfection apaisait invariablement sa honte, son chagrin, sa culpabilité, du moins pour un temps. Lorsque son esprit était complètement *empli* des souvenirs de Minus, bien souvent il cessait ce qu'il était en train de faire et fermait les yeux afin de les verrouiller à l'intérieur. Dans ces moments, il ressentait toujours une sensation de légèreté s'installer en lui, là où auparavant, il y avait cette honte écrasante. Et lorsque cette légèreté s'ancrait profondément en lui, il sentait un sourire s'amorcer. Chaque fois.

Ce fut durant l'un de ces moments souriants à se souvenir de la bonté de Minus, de sa douceur, de sa sensualité, que l'arme dans le tiroir de sa salle de bain fut bannie dans une boîte à chaussures et ladite boîte fourrée tout au fond en haut d'une étagère de l'armoire de sa chambre. Il respirait plus facilement avec l'arme hors de sa vue. Souvent, il restait des heures sans y penser du tout.

Au moment où Gordon remarqua le changement en lui, les autres commencèrent à le voir également. Particulièrement Mama Davis. En sa présence, elle avait invariablement une lueur joyeuse dans les yeux, car elle comprenait le changement en lui, même si lui ne le faisait pas. Si Gordon pensait pouvoir duper son monde, il était cruellement à côté de la plaque en ce qui concernait Mama Davis. Elle voyait tout.

En plus de tous ces changements manifestes dans sa vie, il en connut un de plus, et celui-ci ne fut pas si évident. Ce changement était que son cœur battait à nouveau pour un but. Bien souvent, il ne se contentait pas de battre, il *vibrait*. Il était peut-être profondément enfoui en lui, là où il ne pouvait être vu, mais il se faisait assurément sentir.

Et Gordon devait remercier Minus pour ça, ce qui le ramenait à cette étrange cour dans laquelle il s'embarquait – dans laquelle ils s'embarquaient *mutuellement* en réalité. Car, si l'un d'eux s'était entiché, l'autre aussi. Pourtant, ils se rapprochaient prudemment, dans une étrange danse, irrésistiblement attirés l'un vers l'autre, mais frileux, craignant un rejet, méfiants à l'idée d'être blessés. Gordon savait combien le bonheur pouvait être rapidement arraché dans la vie. Il était à peu près certain que Minus devait lui aussi comprendre cette perte bien qu'il n'était pas homme à parler de sa douleur. En fait, il parlait rarement de lui.

Alors Gordon prenait les choses lentement.

Il était attiré par Minus d'une telle manière, avec une telle intensité, qu'il ne pouvait même pas l'expliquer. Ce n'était pas seulement une attraction sexuelle, même si cela en faisait certainement partie. Mais cela avait plus à voir avec l'aura d'innocence du jeune homme. Sa simplicité. Le fait qu'il semblait toujours en équilibre entre grand bonheur et grande tristesse, sans jamais réellement tomber d'un côté ni de l'autre. Il y avait une sorte de calme en lui. Il apaisait l'esprit de Gordon, calmait ses peurs. Cette tranquillité était comme une drogue et, plus le temps passait, plus il en désirait davantage.

Mis à part l'embarrassant béguin d'adolescent qu'il ressentait pour Minus, ce qui était exactement ce qu'il ressentait, Gordon avait une autre incitation à vouloir passer du temps avec son nouvel ami. Sa vie avait été vaine depuis si longtemps, à présent il pensait pouvoir avoir une réelle chance d'aider quelqu'un. D'aider Minus. De le relever de la vie qu'il menait. Une chance d'enfin faire quelque chose de bien dans le monde après tout le mal qu'il avait causé.

Cependant, il semblerait que les motivations de Minus à vouloir passer du temps avec *lui* étaient beaucoup plus simples. Il appréciait Gordon. Il le savait, car Minus lui avait dit. Souvent.

Maintenant, Minus venait chaque jour à la soupe populaire pour le petit déjeuner et chaque jour, bien nourri et souriant, il lui disait au revoir et attendait devant la porte de la ruelle que son service prenne fin. Puis, ils allaient se promener tous les deux, en toute simplicité, arpentant les rues de la ville jusqu'à ce que son service de l'après-midi commence. Parfois, ils parlaient à peine. Parfois, ils ne se taisaient jamais. Parfois, ils riaient beaucoup, et parfois, pas du tout. Mais toujours, *toujours*, Gordon était heureux d'être en sa compagnie, et il était pratiquement sûr que Minus ressentait la même chose.

Dans les rues plus tranquilles, lorsque rares étaient les passants qui foulaient les trottoirs, ils se rapprochaient, laissant leurs épaules se frôler tout en flânant. À d'autres moments, quand il n'y avait personne autour d'eux, leurs mains migraient l'une vers l'autre et s'arrimaient, se balançant paresseusement en marchant. C'était ces moments que Gordon aimait le plus.

Le soir, lorsque Gordon s'allongeait seul dans son lit dans son appartement surplombant le canyon, il choisissait des anecdotes de la journée et les revivait en pensées.

Gordon retirant malicieusement l'omniprésente casquette de la tête de Minus et la posant sur la sienne, juste pour pouvoir voir ses cheveux clairs scintiller au soleil…

La prudente capture de Minus d'un tout petit chien qui avait échappé à son collier et s'enfuyait dans la circulation, faisant mourir de peur sa propriétaire. Les larmes de remerciements dans les yeux de la vieille dame alors que Minus berçait le chien dans ses bras puis le lui rendait après avoir déposé un doux baiser sur le haut de sa tête…

Même si Gordon aimait les silences qu'ils partageaient parfois, c'était des mots qu'ils échangeaient qu'il se souvenait le plus.

Une fois, un jour où la pluie menaçait, Minus lui avait souri et dit pour la centième fois :

— J'aime être avec toi.

Gordon lui avait rendu son sourire et s'était rapproché, laissant leurs épaules se toucher.

— J'aime être avec toi aussi.

— Tes autres amis te manquent-ils ? avait demandé Minus.

— Que veux-tu dire ?

Minus avait haussé les épaules, mal à l'aise. Inquiet.

— Ils doivent te manquer puisque tu passes beaucoup de temps avec moi.

Maintenant, ce fut au tour de Gordon d'être mal à l'aise.

— Minus, je n'ai pas tant d'amis que ça. Et même si c'était le cas, je préférerais être avec toi.

— Vraiment ?

— Oui.

Et Minus ne reparla plus de ses autres amis.

Une autre fois, alors que les trottoirs étaient si chauds que c'était comme marcher sur des charbons ardents, Minus était entré dans une épicerie lorsqu'ils étaient passés devant et avait acheté deux sodas, en tendant un à Gordon.

— J'aurais aimé savoir ce que tu allais faire, avait dit Gordon. Je les aurais achetés moi-même.

Minus avait pris une longue gorgée de son soda et soupiré de bonheur. Puis il avait fait rouler la canette fraîche sur son front en sueur.

— J'aime faire des choses pour toi.

— Je sais, avait répondu Gordon. Mais tu n'as pas beaucoup d'argent. La prochaine fois, laisse-moi payer.

Minus eut l'air de trouver ça drôle.

— J'ai de l'argent. Je travaille.

C'était nouveau pour Gordon.

— Où travailles-tu ?

— À l'atelier d'électricité. Je nettoie l'endroit, je balaye les sols, réarrange les étagères quand les gens arrivent et range ce qui est au mauvais endroit. Ils me paient et me donnent un endroit où dormir. Donc voilà. Tu vois, j'ai de l'argent.

Ce fut le premier aperçu qu'eut Gordon des mystères de la survie de Minus dans les rues. Et une fois encore, cela lui causa une dose considérable d'embarras. Minus travaillait. Gordon, non. Minus était vraiment une meilleure personne. Plus gentille, plus généreuse, plus digne de confiance. Il occupait un emploi alors que lui non, à moins de considérer sa période de probation à la Soupe Populaire de Mama Davis comme un travail. Minus avait même eu le bon sens de se rendre à la police pour le meurtre sous le pont quand Gordon continuait de tergiverser, espérant qu'il ne serait pas du tout impliqué.

— Je reconnais mon erreur, avait admis Gordon en souriant. Merci pour le soda.

En réponse, Minus avait fait rouler la canette sur le front de Gordon pour changer, riant gaiement lorsqu'il avait soupiré de bonheur à la sensation de bien-être.

Gordon lui avait acheté une carte de bus, bien que Minus ne voulait pas qu'il le fasse, et, les week-ends, il lui rendait visite à l'appartement. Ils regardaient des films à la télé, jouaient au Monopoly sur la table de la cuisine, testaient les compétences culinaires de Gordon qui étaient minces, ou parfois, ils restaient simplement assis et discutaient calmement de choses sans importance jusqu'à ce qu'il soit temps que Minus rentre chez lui.

Un soir, ils s'essayèrent au Trivial Poursuite, et Minus le battit trois parties d'affilée. Ce fut la première fois que Gordon réalisa combien le jeune homme était intelligent. Même si ses capacités sociales étaient minimes, son mode de réflexion était nettement moins confus que celui de Gordon. Cet homme était intelligent. Très intelligent.

Gordon fut plus que ravi de cette découverte, son béguin d'adolescent grimpant d'un cran. Il commença à regarder Minus différemment. Plus comme un égal que comme un projet communautaire. Il était moins tenté *d'améliorer* la vie de Minus, et plus de simplement mieux le connaître.

Et devenir plus proche.

Chaque jour, Gordon mourait d'envie de faire évoluer leur amitié et chaque jour, il reculait. Sa faim pour Minus n'avait pas diminué d'un iota, mais il ne voulait pas le pousser. Il voulait que Minus fasse le premier pas. C'était pour lui la seule façon d'être sûr que Minus était réellement prêt et *désirait* vraiment une relation avec lui qui aille au-delà des limites de l'amitié.

Bien des nuits, au lieu de regarder en arrière sur des choses qu'ils avaient dites ou faites ce jour-là, il laissait son esprit remonter au commencement. À cette première, et seule nuit complète qu'ils avaient passée ensemble. Allongés ensemble sur l'affreux lit dur comme la pierre au sous-sol sous l'atelier d'électricité, tous les deux épuisés dans l'âme après les horreurs qu'ils avaient vues sous le pont.

Mais ce n'était pas de ces horreurs dont il se souvenait. C'était la sensation de la joue de Minus posée sur son torse nu. C'était la sensation de sa respiration endormie chatouillant sa pilosité. Le souvenir de son sexe en érection désirant plus cette nuit-là. Le désir qu'il avait expérimenté en imaginant ce que ce serait de le dépouiller de tout ce qu'il portait et de le savourer. La chaleur, la douceur, la faim qui courait réciproquement. La sensualité de la bonté de cet homme. Son sourire humble qui lui donnait envie de goûter ses lèvres.

Le besoin de Gordon d'aller jusqu'au bout, quel que soit l'éveil sexuel qu'ils choisiraient d'explorer.

Plus le temps passait, plus la faim de Gordon pour Minus grandissait. Et pas seulement sa faim de sexe. Ses sentiments grandissaient également.

Le jour où il apprit que Minus partageait ses sentiments fut le plus beau jour de sa vie. Ils en furent changés pour toujours.

Les choses atteignirent leur apogée le jour où le micro-onde de Gordon explosa.

GORDON ET Minus se tenaient dans la cuisine, respirant l'odeur céleste du pop-corn au beurre qui éclatait dans le micro-onde. Dans le salon, le DVD des scènes coupées de l'*Exorciste*, que Minus n'avait jamais vues, attendait de les effrayer. C'était la nuit d'Halloween, et ils avaient pensé qu'un film d'horreur serait un bon divertissement pour la soirée.

— Est-ce sanglant ? demanda Minus, se référant au film.

Gordon sourit.

— Sanglant au possible.

Une lueur espiègle passa dans ses incroyables yeux bleus. Le soupçon d'un sourire sournois étira les coins de sa bouche.

— Me tiendras-tu la main si j'ai peur ?

Gordon pencha la tête et sentit une vague d'excitation éveiller son corps.

Ils se voyaient quotidiennement depuis plus d'un mois maintenant. Gordon avait pris soin de garder leur relation sur une base strictement amicale, n'allant jamais plus loin que de se tenir la main, mais dernièrement, cette décision l'irritait au plus haut point. Il voulait faire évoluer les choses. Il savait qu'un jour il le ferait, mais il attendait simplement le bon moment. La dernière chose qu'il voulait était de le faire fuir.

Mais en cet instant, avec le sac de pop-corn claquant et valdinguant en arrière-plan et son cœur en faisant de même au premier plan, ainsi que ce petit sourire espiègle qui rendait le visage de Minus encore plus beau qu'il ne l'était déjà, Gordon n'hésita plus à enfin le faire. Apparemment, le destin l'avait convaincu que c'était le bon moment. Qui diable était-il pour aller contre la destinée ?

Sans avertissement, il s'avança et prit Minus dans ses bras. Leurs corps entrèrent en contact tandis que Gordon assistait à l'écarquillement de ses yeux de surprise.

Plus grand de presque une tête, Gordon coinça la tête de Minus sous son menton et embrassa ses cheveux couleur de neige. Il sourit en sentant la main du jeune homme hésiter un instant avant de glisser dans son dos et de lui rendre son étreinte. Il ferma les yeux lorsque les lèvres de Minus se pressèrent contre sa gorge.

— Tu n'as pas à avoir peur d'un stupide film, chuchota Gordon, visant la plaisanterie sans toutefois vraiment y arriver.

Sa voix était beaucoup plus rauque qu'il en avait l'intention. Mon Dieu, il était excité.

— Je te protégerai, ajouta-t-il.

— Tout comme moi, murmura Minus, taquin, mais échouant lui aussi, puis il inclina la tête afin de croiser son regard.

Son souffle était sucré. Ils avaient mangé des bonbons d'Halloween plus tôt. Des M & M's, des Baby Ruths, des KitKats et des Rolos. Alors qu'ils piochaient dans le saladier de sucreries, ils avaient éteint la lumière du couloir, afin de décourager les enfants, et leur ruse semblait fonctionner. Pas une fois la sonnette n'avait retenti. Après avoir fait une méchante brèche dans les confiseries, ils avaient eu envie de salé. Voilà pourquoi le pop-corn éclatait dans le micro-onde.

Gordon baissa la tête et goûta son sourire, un peu comme un amateur de bon vin testant un nouveau millésime de la plus petite des gorgées. Au moment où leurs lèvres se rencontrèrent, la main chaude de Minus remonta pour caresser sa nuque. Gordon ferma les yeux et se perdit dans le baiser. Son cœur martelait comme s'il était pris de frénésie et il put entendre celui de Minus en faire de même. Il sentit aussi les genoux de quelqu'un commencer à trembler, mais ils étaient si proches, se serrant si fort, qu'il ne pouvait dire si c'était les siens ou ceux de Minus.

Lorsqu'il sentit la langue de Minus s'insinuer dans le baiser, demandant gentiment à entrer, il écarta suffisamment les lèvres pour le laisser aller là où il le désirait. Le goût et la chaleur de sa langue sur la sienne firent tambouriner son cœur encore plus fort.

Ils étaient tous les deux durs à présent et Gordon sentit Minus se presser encore plus près. Confinés dans le tissu, leurs deux sexes se rencontrèrent pour une petite danse intime. La main de Minus se glissa sous sa chemise, sa chaleur se posant contre sa cage thoracique. Gordon frissonna sous le contact.

Juste au moment où il songeait à lui rendre la pareille, passer sous sa chemise afin d'explorer les merveilles qui s'y cachaient, le micro-onde explosa.

BOUM.

Minus et Gordon sursautèrent, toujours en érection. Leur baiser mourut d'une mort douloureuse lorsque leurs têtes se cognèrent en plein vol. Gordon lança immédiatement une prière aux cieux, remerciant Dieu qu'il ne se soit pas mordu la langue. Ou celle de Minus.

Ce dernier avait apparemment d'autres priorités. Il poussa rapidement le micro-onde sur le côté et tira sur la prise dans le mur, tandis que Gordon se tenait là, comme un imbécile essayant de ne pas se faire dessus. Ce *Boum* lui avait fichu une frousse de tous les diables.

— Putain de merde ! aboya-t-il.

Minus se tourna vers lui et ses yeux se plissèrent, d'abord de rire, puis d'autre chose. *Pas* de rire fut ce qu'il put trouver de mieux pour le décrire.

— Mon cœur a-t-il explosé ? demanda Minus.

Il ne semblait pas tout à fait plaisanter.

— Non, répondit Gordon en le ramenant dans ses bras. Mais je pense que mon micro-onde vient de se transformer en bombe atomique. Nous allons devoir renoncer au pop-corn. Est-ce que tu vas bien ?

Une soudaine puanteur emplit la pièce. Les deux hommes pivotèrent la tête et ils virent un épais nuage de fumée noire s'échapper de l'aération sur le côté de l'appareil. Puis la machine crachota une toux qui parut étrangement humaine, ainsi que quelques clics et une série de petits bruits sourds, comme une sorte de bégaiement, poussant son dernier souffle avant le silence. Ils entendirent une sorte de grésillement, comme du bacon grillant dans une poêle.

Gordon fit la moue.

— Le râle de la mort.

Minus éclata de rire. Il le fit la bouche appuyée à nouveau contre sa gorge. Gordon put sentir son sourire contre sa peau et Seigneur, il dut fermer les yeux pour apprécier pleinement cette sensation. Lorsqu'il eut terminé, il souriait lui aussi.

— Tu as un tournevis ? demanda Minus. Ses mains se glissant à nouveau sous son tee-shirt et caressant son dos.

93

Gordon dut, *une fois encore*, fermer les yeux. Cette fois, il sentit un tremblement secouer son corps de la tête aux pieds en sentant les doigts de Minus sur sa peau.

Puis les mots s'imprimèrent. Il ouvrit les yeux et baissa le regard sur son doux visage.

— Pourquoi veux-tu un tournevis ?

— Pour réparer ton micro-onde.

— Tu plaisantes ? Nous allons le réparer avec une carte de crédit.

— Comment peux-tu faire ça ?

— Nous en achèterons un nouveau.

Minus pouffa.

— Ça alors ! Tu as l'air si viril ! Où est le tournevis ?

— Tu es sérieux.

— Eh bien, oui.

Sans sortir de son étreinte, Gordon libéra un bras et ouvrit un tiroir de la cuisine à moins de deux pas d'eux. Fixant toujours tendrement, et un peu audacieusement, les incroyables yeux de Minus, il fouilla à tâtons jusqu'à ce qu'il trouve un tournevis dans ce bazar.

— Tiroir fourre-tout ? demanda Minus.

— Gagné. Tu ne pensais pas vraiment que j'avais une vraie boîte à outils, pas vrai ?

Minus fit courir ses lèvres sur son menton.

— Non, probablement pas. As-tu des pinces ?

— J'ai une pince à épiler. Est-ce que ça fait l'affaire ?

— Non. Et je ne vais pas te demander pourquoi tu as une pince à épiler.

Gordon grogna.

— C'est probablement plus sage.

Minus s'écarta de ses bras.

— Ça ne prendra pas longtemps. Tu te rappelles où nous en étions ? Tu sais, les baisers, les étreintes et tout ?

— Bon sang, oui. Je ne l'oublierai jamais.

Le visage de Minus s'adoucit, ses yeux plongèrent plus profondément dans ceux de Gordon. Il glissa ses doigts le long de sa mâchoire et lorsqu'il prit la parole, sa voix fut aussi tendre que son regard.

— Bonne réponse.

Ensuite, en professionnel, il se tourna vers l'appareil, qui attendait toujours sur le comptoir en grésillant et crachotant de la fumée. Minus ouvrit la porte du four et, se servant d'un bout de sa chemise comme manique, il sortit le sac de pop-corn noirci de la machine et le jeta dans l'évier.

Gordon le regarda extraire le plateau tournant de l'intérieur, utilisant cette fois de véritables maniques que Gordon lui avait tendues, et le poser soigneusement dans l'évier. Puis il souleva le micro-onde et le posa sur la table de la cuisine, face en bas, exposant l'arrière.

Les yeux de Minus s'écarquillèrent.

— Autant de poussière ?

Gordon se saisit à la hâte d'une poignée de serviettes en papier et essuya l'arrière du four.

— Ne sois pas insolent.

Minus réprima un sourire.

— Pardon.

En moins de quinze secondes, Minus avait enlevé le dos de l'appareil et regardait ce qui se trouvait en dessous, les sourcils froncés de concentration. Puis il renversa la machine sur le fond nouvellement exposé et fouilla dans le panneau avant qui contenait la fenêtre et le clavier numérique.

Gordon se pencha par-dessus son épaule, plus pour sentir sa chaleur que pour vraiment voir ce qu'il se passait. Pourtant, il pensait devoir au moins avoir *l'air* intéressé. Il pointa du doigt une masse de fils et de minuscules petits boutons.

— Qu'est-ce que c'est ?

— Le circuit imprimé. Il est raccroché au clavier numérique à l'extérieur.

— Que fait-il ?

— Tout.

Gordon montra autre chose.

— Et ça ?

Minus sourit.

— Un ventilateur. Il aspire l'air à travers les fentes pour refroidir le circuit électrique lorsque la cavité chauffe.

— La cavité ?

— L'intérieur du four. Là où tu mets tes trucs à cuire.

— Oh.

À nouveau, il tendit le doigt.

— Et *ça* ?

— Un autre ventilateur. Il aspire la chaleur de la cavité et il la souffle vers l'extérieur à travers les fentes à l'opposé afin de maintenir le reste de la machine au frais.

Gordon montra autre chose.

— Oh, et quel est ce machin bizarre ?

— C'est le magnétron. Le grand manitou.

— Important, hein ?

— Ouais. C'est le dispositif de génération des micro-ondes qui font la cuisson. Puisqu'elles ne pénètrent pas l'acier, il les envoie à travers cette petite fenêtre dans la cavité et voilà pop-corn, pizza, café, ou quoique tu cuisines.

Minus poussa un petit soupir.

— Veux-tu que je répare cette chose ou veux-tu continuer à en faire le tour ?

— Grincheux, ricana Gordon, en mimant une fermeture éclair imaginaire sur sa bouche.

Puisque Gordon était toujours debout derrière lui à regarder par-dessus son épaule, Minus frotta ses fesses contre son entrejambe en signe d'excuse.

— Désolé.

Gordon n'était pas désolé. Il s'était presque évanoui. Il déposa ses lèvres sur la nuque de Minus et celui-ci gloussa lorsque sa langue courut dans son cou.

— Tu n'aides pas, pouffa-t-il.

— Toi peut-être pas, mais, pour moi, ça fait des merveilles.

Son doigt se tendit une nouvelle fois et pointa les entrailles de son pauvre micro-onde démantelé.

— Qu'est-ce que c'est ?

— Le condensateur et la diode. Ils fonctionnent ensemble comme une pompe électrique pour envoyer les volts concentrés à travers le magnétron.

— C'est ce qui fait la cuisson ?

Minus hocha la tête.

— C'est ce qui fait la cuisson. En gros.

— Comment sais-tu ce genre de choses ?

Minus haussa les épaules.

— Je n'en suis pas sûr. Je le sais, c'est tout. Je suis *né* en le sachant, j'imagine.

— C'est impossible, Minus. Personne ne naît en sachant comment démanteler un four micro-onde. Ce n'est pas comme, tu sais, une fichue mémoire génétique.

Minus tripotait la diode, ou le magnétron, ou peu importe ce que, c'était. Gordon n'en était pas certain. De plus, il s'en fichait.

Il y avait deux questions qu'il voulait poser. L'une était nettement plus importante que l'autre. Il décida d'écarter d'abord de son chemin la question idiote.

— Donc, tu peux le réparer ?

— Oui, mais pas aujourd'hui.

Il montra une petite boule de caoutchouc fondue dans le circuit imprimé.

— Tu vois ça ? Le câblage a court-circuité. J'ai besoin d'un pistolet à souder pour le réparer. J'en apporterai un la prochaine fois que je viendrai.

Gordon était impressionné. Il n'avait jamais vu de pistolet à souder de sa vie. Il n'était même pas entièrement sûr de ce que c'était.

— Tu veux dire que tu as l'une de ces choses ?

— En réalité, j'en ai deux.

Gordon se gifla le torse, comme si une soudaine palpitation le faisait tourner de l'œil.

— Mon Dieu, c'est sexy !

Minus éclata de rire.

Alors qu'il riait, Gordon songea que c'était peut-être le bon moment pour poser la seconde question. La question *importante*. Il tendit la main et prit le menton de Minus en coupe, attirant son regard vers le sien.

— Bébé, je ne peux plus continuer. Mon circuit imprimé a fondu lui aussi. Veux-tu venir au lit avec moi ? Ce soir ? Tout de suite ? Est-ce que… Est-ce que je peux te faire l'amour, s'il te plaît ?

Coincé comme il l'était entre le torse de Gordon et la table de la cuisine, Minus se tortilla pour lui faire face. Ses yeux se plissèrent de concentration alors qu'il étudiait son visage, seulement à quelques centimètres du sien. Il darda le bout de sa langue et lécha son sourire naissant. Il repoussa les longs cheveux devant les yeux de Gordon. Son pouce caressa sa tempe, tandis que l'autre main se posait sur sa joue. Ses mains étaient chaudes au toucher. Gordon pouvait les sentir marquer sa peau.

Minus laissa sa tête retomber sur le torse de Gordon.

— Alors tu me veux de cette manière, chuchota-t-il contre le devant de son tee-shirt.

— Seigneur, oui, répondit Gordon en le rapprochant. Bébé, je te veux dans tous les sens du terme.

— Je n'en étais pas sûr.

Gordon pressa ses lèvres contre les cheveux de Minus, inhalant leur odeur, savourant leur douceur contre son visage.

— Je sais. Je suis désolé. Je te veux depuis cette première nuit. Mais j'avais peur de te faire fuir. Je suis fou de toi, Minus. Je veux être avec toi. Je veux que tu m'aimes… beaucoup.

Minus leva le visage et ancra ses yeux dans ceux de Gordon.

— Est-ce vraiment ce que tu veux ? Que je t'aime beaucoup ?

Gordon chancela. Cela ne dura qu'une seconde. La gentillesse, l'espoir, *l'excitation*, qu'il vit dans les yeux de Minus lui donna le courage dont il avait besoin pour faire un autre pas en avant. Pour ouvrir son cœur juste un peu plus.

— Non. Ce n'est pas du tout ce que je veux. Mais c'est tout ce que j'ai le courage de demander ce soir. Pourras-tu te contenter de cette réponse pour le moment ?

Gordon ferma les yeux, incapable de regarder son visage une seconde de plus. De peur de ce qu'il allait répondre. De peur de ce qu'il allait faire.

Minus se leva sur la pointe des pieds et déposa ses lèvres sur chacune de ses paupières. Puis il les fit glisser le long de sa joue jusqu'à sa bouche légèrement entrouverte. Il l'embrassa et, alors que leurs lèvres se rencontraient, il murmura :

— Ça a été une longue journée. Prenons une douche ensemble d'abord. Si tu veux toujours de moi, alors nous irons nous coucher. Veux-tu bien faire ça ?

— Que veux-tu dire, par si je veux toujours de toi ?

— Tu verras.

Confus, mais exalté, Gordon acquiesça.

Minus lui prit immédiatement la main et le conduisit à travers l'appartement. À la porte de la salle de bain, ils enlevèrent leurs chaussures. À nouveau, Minus se dressa sur la pointe des pieds, sa bouche frôlant les lèvres de Gordon tandis que ses doigts pâles commençaient à déboutonner sa chemise.

Gordon tendit des mains tremblantes pour en faire de même.

IX

GORDON SAVAIT que ce souvenir ne le quitterait jamais – le souvenir d'eux deux, se tenant dans le couloir de son petit appartement, se déshabillant mutuellement. Mais ce qui aurait pu être un merveilleux moment pour Gordon était tempéré par l'expression plus sombre sur le visage délicat de Minus. Il ne croisait pas son regard ni ne souriait. Il se concentrait uniquement sur le déboutonnage de la chemise de Gordon.

Celui-ci tira sur le dernier bouton de la chemise trop grande de Minus, prenant une petite inspiration lorsqu'elle s'ouvrit pour la première fois, lui donnant un aperçu de ce qui se cachait en dessous.

Minus était magnifique. Son torse imberbe et pâle, bien que plus finement musclé que ce à quoi il s'était attendu. Il posa ses doigts sur son ventre chaud et plat. Ils se glissèrent plus haut, effleurant sa chair laiteuse alors que Gordon ouvrait sa chemise en grand.

— Tu es beau, bébé, murmura-t-il, mais Minus ne croisait toujours pas son regard.

Gordon se pencha pour déposer ses lèvres sur l'un, puis l'autre, petit téton sombre de Minus.

Minus se crispa à la première sensation de la bouche de Gordon sur sa peau puis il sembla se détendre dans le baiser. Il renversa la tête jusqu'à ce que les tendons de son cou ressortent. Ses lèvres s'entrouvrirent légèrement. Puis il ouvrit les yeux et repoussa la chemise de Gordon de ses épaules, la regardant glisser le long de son dos dans le plus petit froissement de tissu avant de tomber en tas à ses pieds. Les épaules de Gordon étaient solides, sans imperfection. Une poignée de poils sombres s'éparpillait sur son torse. Minus se pencha, inspirant l'odeur de sa peau, les yeux grands ouverts, assimilant tout.

Minus trembla lorsque Gordon repoussa sa chemise de son beau torse pâle. Elle glissa dans son dos, mais ne tomba pas. Les boutons aux poignets la maintenaient en place. Gordon arracha son regard de sa peau d'albâtre et tomba à genoux pour prendre chaque poignet dans sa main, déboutonnant maladroitement les boutons qui freinaient sa progression. Lorsque les deux manches furent libres, la chemise de Minus chuta au sol.

À genoux devant lui, Gordon leva les yeux sur son visage alors que Minus baissait les siens et enfouissait ses mains dans ses cheveux longs.

Ce fut alors que Gordon vit les cicatrices. À l'intérieur de ses bras. De ses deux bras. D'innombrables ondulations de chair, plus blanche que celle les entourant. Ses avant-bras étaient marqués, transversalement, des coudes aux poignets, un nombre incalculable de fois. Gordon retourna le bras de Minus dans sa main pour mieux le regarder. Puis il fit la même chose avec l'autre. Il fit doucement courir son doigt sur la peau endommagée. Les bords des tissus cicatriciels semblaient bosselés sous ses doigts.

Gordon leva le regard vers son visage, les yeux tristes. Blessés.

— Bébé, que s'est-il passé ?

Minus ne put que secouer la tête, le visage rouge. Il était embarrassé, ce qui blessa davantage Gordon.

— Je ne sais pas, soupira Minus. Je ne me souviens pas. Je ne me souviens pas… de grand-chose.

Gordon drapa ses bras autour de ses hanches et le rapprocha, enfouissant son visage dans la chaleur de son ventre. Il l'embrassa juste ici, juste au-dessus de son nombril. Un frisson les traversa tous les deux lorsqu'il le fit.

Gordon alla chercher un sourire profondément en lui et leva les yeux vers Minus. Son sourire était comme une offrande.

— Tu te souviens que tu m'aimes bien, Minus ? Tu t'en souviens ?

Minus répondit au sourire de Gordon par l'un des siens. Ses yeux se plissèrent joyeusement.

— Oui, Gordon. Je m'en souviens chaque fois que je me retourne, chaque fois que je respire. À chaque battement de mon cœur. Je m'en souviens chaque fois que je me touche en pensant à toi.

Gordon en eut le souffle coupé. À nouveau, il attira Minus plus près, pressant son visage contre son ventre pâle et mince, inspirant l'odeur de sa peau. Désirant encore plus. Désirant tout. Il remonta les mains le long de sa cage thoracique jusqu'à ce que ses pouces effleurent ses petits tétons, ce qui fit frissonner Minus.

La voix de Gordon était rauque. Il était tellement excité qu'il arrivait à peine à exprimer ses pensées.

— C'est ce que tu fais, Minus ? Tu t'allonges vraiment sur ton petit lit et tu te touches quand tu penses à moi ?

Minus hocha la tête, sa main prenant en coupe sa nuque, le maintenant fermement contre lui. Il ne parla pas, il se contenta de baisser les yeux vers lui et d'acquiescer.

Gordon était dur. Il sentait son sexe faire pression contre le tissu, mendiant sa libération. Il faillit en oublier les mots qu'il voulait dire.

— Est-ce que tu jouis lorsque tu penses à moi ? Est-ce que tu te touches jusqu'à jouir ?

Minus déglutit. À nouveau, il hocha la tête.

— Parfois, ajouta-t-il. Puis il se reprit : Non, toujours.

Gordon sourit. Il posa ses lèvres sur les cicatrices de ses avant-bras. D'abord l'un, puis l'autre. Minus tenta de s'écarter, mais Gordon ne le laissa pas faire. Enfin, Minus s'abandonna à ses baisers, offrant ses blessures tout entières. Gordon sentait qu'il essayait de ne pas se sentir honteux. Qu'il essayait de lui donner les rênes pour aller où il voulait, faire ce qu'il voulait.

— Sont-elles hideuses ? demanda Minus doucement. Mes cicatrices ?

Gordon leva la main pour poser ses doigts sur les lèvres de son compagnon, pas pour le faire taire, mais pour ressentir. Pour caresser les mots.

— Non, murmura-t-il. Ces cicatrices sont une partie de toi. Ce qui les rend belles.

Après une courte hésitation, il ajouta :

— J'ai aussi des cicatrices, Minus. C'est juste que les miennes sont intérieures, là où personne ne peut les voir.

À la surprise de Gordon, Minus embrassa ses doigts et hocha tristement la tête.

— Tu as tort. Les gens peuvent les voir. Je l'ai fait. Je les ai vues dès le jour où je t'ai rencontré.

Minus prit une longue inspiration tremblante.

— Nous pouvons nous doucher maintenant si tu veux.

Toujours souriant et douloureux de désir, Gordon tendit la main vers la boucle de sa ceinture et tira dessus. Le jean large de Minus tomba immédiatement au sol.

Minus se tint alors nu et en érection devant lui.

TRÈS PROCHE dans la petite cabine de douche, chacun savonnait son propre corps, car ils étaient trop timides pour s'occuper de l'autre. Du moins, au début. Ce ne fut que lorsque Gordon sentit la lourdeur du membre érigé de

Minus contre sa jambe qu'il se sentit libre de toute contrainte et se laissa aller.

Il glissa sa main savonneuse autour de la dureté de Minus et se pencha pour presser ses lèvres contre son torse. Minus se dressa sur la pointe des pieds, poussant sa hampe dans son poing. Gordon pensa que c'était la chose la plus sexy que quiconque lui ait jamais faite. Son petit corps mince et sa grosse verge créaient une parfaite tempête de beauté aux yeux de Gordon. Il voulait Minus de toutes les façons imaginables. Il voulait tout de cet homme.

Lorsque les doigts de Minus encerclèrent son membre, tout comme Gordon le touchait, celui-ci ferma les yeux, manquant de fondre.

Il tendit la main au-dessus de leurs têtes et attrapa la pomme de douche, dirigeant le jet sur eux.

— Nous sommes assez propres, bon sang. Rinçons-nous. Je te veux dans mon lit. Maintenant.

Minus émit un rire plein de bulles, car le jet tombait pile sur son visage.

— Il ne serait pas bienvenu que je te noie.

Alors Gordon déplaça le pommeau pour le laisser respirer. C'était le moins qu'il puisse faire. Il n'était pas d'humeur pour les jacasseries et les mondanités. En cet instant précis, il n'avait jamais eu envie de quelqu'un autant qu'il désirait Minus.

Quand ils furent tous les deux rincés, Gordon ouvrit la porte de la douche et attrapa une serviette accrochée derrière la porte de la salle de bain. Avec ses cheveux qui dégoulinaient partout et, alors que Minus se tenait docilement devant lui, beau et dur, il passa la serviette sur son corps pour le sécher. Il lui essuya vigoureusement les cheveux jusqu'à ce qu'ils soient tout debout sur sa tête. Puis, plus doucement, il sécha amoureusement ses parties génitales, captivé par le poids de l'érection de Minus. Il était non circoncis et Gordon songea qu'il n'avait jamais rien vu d'aussi délicieux de toute sa vie. Comme un suppliant venant au culte, il s'agenouilla. Avec le plus adroit des mouvements, il repoussa le prépuce afin de le sécher complètement. Il lui fallut chaque once de volonté pour ne pas prendre cette verge parfaite dans sa bouche sur l'instant.

Lorsque Minus fut plus sec qu'il ne l'avait jamais été, et Gordon si excité qu'il pensait pouvoir entrer en combustion spontanée d'un instant à l'autre, il passa sommairement la serviette sur son propre corps et dans ses cheveux.

Quand il eut fini, il jeta la serviette par-dessus son épaule et poussa Minus en direction de sa chambre sous le bruit de ses rires. Au pied du lit, il se tourna pour le prendre tendrement dans ses bras. Leurs bouches se trouvèrent tandis que leurs corps se pressaient durement l'un contre l'autre. Le baiser fut doux. Gordon n'ouvrit pas les yeux, pas même une fois lors de cette longue dégustation. La sensation de leurs deux sexes, durs et avides, cognant du gland à la base, fit faiblir ses genoux. Lorsque la jambe de Minus se releva pour s'accrocher autour de son mollet, sa hampe poussant encore plus fort contre sa chair, Gordon le prit par les épaules et le souleva pour le mettre le dos au lit. Puis il l'allongea doucement sur le matelas.

Ce fut à cet instant, perché sur le bord du lit, Gordon se tenant nu devant lui, que Minus fit en sorte que chacun des rêves de Gordon devienne réalité.

Il empauma ses bourses lourdes et, se penchant en avant, fit courir sa bouche sur sa longueur. Gordon ferma les yeux sous les sensations qui le traversaient. Chaque muscle de son corps se raidit. Incapable de s'arrêter, il poussa plus profondément dans cette bouche de velours. Minus l'attira plus près, ses doigts poussant sur ses fesses et effleurant son sphincter.

Lorsque Gordon eut un frisson qui manqua de le renverser, Minus rit autour de son membre et le tira au-dessus de lui sur le lit.

Gordon chevaucha son torse, sa verge sondant les profondeurs de sa bouche affamée. Tendant la main derrière lui, il empoigna le magnifique membre de son amant. Quand Minus haleta au contact, Gordon libéra sa bouche assez longtemps pour se positionner près de lui sur le lit, dans la position du soixante-neuf. Puis il le rapprocha. Minus copia le mouvement et reprit son sexe dans sa bouche. Puis ce fut au tour de Gordon de vénérer la verge devant lui.

Celle-ci était belle, aussi dure que le roc et lourdement veinée. En dépit de son érection, le prépuce enfouissait toujours le gland entre ses plis satinés. Fasciné, Gordon posa ses doigts près de la pointe et repoussa doucement la peau, exposant le gland dodu et avide qui s'y cachait.

Il était parfaitement formé, bulbeux et rose. Une scintillante goutte cristalline de liquide séminal frissonnait à l'extrémité. Le cœur tambourinant dans sa poitrine, Gordon la lapa soigneusement, fermant les yeux en savourant son goût sucré. Il regarda, les yeux grands ouverts, les hanches de Minus se soulever du lit pour aller à sa rencontre, alors qu'il se livrait complètement aux besoins de Gordon.

Gordon sourit à sa réaction. De sa main libre, il caressa son flanc maigre, ses longues jambes hérissées de poils clairs. Le corps de Gordon trembla sous les bons soins de la bouche entourant son membre.

Minus l'attira plus près alors qu'il engloutissait son membre dur comme de l'acier jusqu'à la base. Sa bouche joua une mélodie de désir qui éveilla Gordon à de nouveaux sommets.

Quand les doigts de Minus tirèrent ses cheveux, sa verge poussant plus profondément dans sa gorge, son corps entier trembla de besoin et d'urgence. Gordon ne fut réduit qu'à la satisfaction des désirs de son amant. Il le prit aussi loin qu'il put et, avec les mouvements de sa langue et de ses lèvres, il fit savoir à Minus qu'il voulait sa libération autant que lui-même.

Et enfin, il jouit.

Alors que le dos de Minus s'arquait violemment et qu'il criait le nom de Gordon, son épaisse hampe explosa dans sa bouche, libérant jet après jet de sperme chaud. Le torrent se déversa si rapidement que Gordon put à peine suivre. Des filets de fluide s'échappèrent de ses lèvres et coulèrent sur son menton. Quand les vagues diminuèrent, sans vraiment s'arrêter, il attira le jeune homme aussi près que possible et prit ce long membre lourd dans le fond de sa gorge, soutirant jusqu'à la dernière goutte de ce doux élixir, ne voulant pas en gâcher davantage, ne le laissant s'effondrer sur le lit que lorsqu'il fut certain que son homme n'avait plus rien à donner.

Lorsque le corps de Minus s'écroula, celui-ci tendit une main tremblante et caressa la joue de Gordon un moment pour le remercier. Son cœur tambourinant toujours si fort qu'il pouvait l'entendre et ressentir les percussions contre sa peau, Gordon attendit que Minus retourne son attention vers son sexe qu'il avait laissé échapper, presque oublié au moment de sa propre éjaculation.

Le visage toujours pressé contre l'aine de Minus, inhalant la senteur de ses testicules et goûtant son sperme doux et épais sur ses lèvres, il ne lui fallut que quelques instants pour atteindre le point de non-retour.

Minus sembla savourer le jeu. Il se lova contre le corps de Gordon, ses jambes l'épinglant, ses mains se déplaçant en mouvements constants sur la peau surchauffée de son amant. Sa langue erra dans une danse affamée autour de son sexe tandis que sa bouche chaude encerclait, caressait et soutirait les fluides du corps de Gordon, le cajolant, le narguant, suppliant que Gordon se laisse aller. Tout comme il avait imploré la libération de Minus dans sa gorge, se languissant d'expérimenter son orgasme remplissant sa bouche, le faisant sien, il sentait maintenant l'envie de Minus de goûter son essence. De le contrôler. De le savourer. De le revendiquer, tout comme Gordon l'avait revendiqué.

Il ferma les yeux, sentant le fourmillement dans son aine annonçant sa libération. Son corps était une masse de fils vivants, tremblant et frissonnant sous le toucher léger de Minus, sous son insistance. Chaque mouvement de sa langue le faisait haleter, chaque doigt caressant sa peau le faisait supplier pour plus.

Parce qu'il ne put en supporter davantage, son dos se cambra, comme le dos de Minus s'était cambré, et il sentit le moment exact où la déferlante jaillit. Explosa.

— Oui, bébé, oui, marmonna Minus autour de son membre.

Minus haleta et se mit à rire lorsque le sperme chaud de Gordon surgit dans sa bouche et éclaboussa le fond de sa gorge. Il avala, exhorta, implora, tandis que Gordon tremblait et ruait sous lui. Les fluides emplirent sa bouche avide et Gordon put pratiquement sentir le refus obstiné de Minus de perdre la moindre goutte de sa précieuse crème.

Minus l'attira à lui, ses lèvres soutirant tout ce qu'elles pouvaient extraire du corps de Gordon. Chaque goût. Chaque goutte. Chaque frisson d'excitation, chaque tremblement de passion que sa bouche pouvait éveiller. Il n'y avait qu'un seul besoin animant Minus en cet instant, et Gordon pouvait le sentir par chaque fibre de son être, c'était celui de le rendre heureux. De lui donner un moment qu'il n'oublierait jamais et ce faisant, que Minus lui non plus n'oublierait jamais. Pour qu'il comprenne implicitement que Minus appréciait son orgasme encore plus que lui. C'était énorme de le réaliser.

Tandis que les dernières gouttes de sperme lui étaient pieusement soutirées comme l'eau d'un puits béni, le corps de Gordon se détendit sous l'insistance incessante de son jeune amant. Au moment où Minus le libéra de sa bouche, Gordon l'attira dans ses bras, le déplaçant dans le lit et le soulevant au-dessus de lui, pressant son visage dans le creux de son cou et enfouissant son propre visage dans ses cheveux toujours humides de la douche.

Minus se blottit dans ses bras avec un doux soupir et Gordon ferma les yeux, le serrant simplement.

Ils se réveillèrent au milieu de la nuit. Après que Gordon eut essayé de donner un sens aux draps enchevêtrés, y parvenant enfin, Minus se glissa entre ses bras, comme si c'était l'endroit exact où il voulait être. Exactement où Gordon voulait qu'il soit.

Alors que Gordon reposait paisiblement, enveloppé dans son odeur, tenu entre ses petits bras pâles et protecteurs, il sut qu'il avait trouvé l'amour pour la première fois de sa vie. Il sut que s'il voulait être heureux pour toujours, être un homme complet, il devait le faire sien.

Il regarda les étoiles par la fenêtre de sa chambre jusqu'à ce qu'il dérive au-delà de la conscience de la nuit l'entourant, mais pas au-delà de la sensation du souffle doux de Minus chatouillant les poils de son torse, la sensation de ses bras divins le retenant, le serrant d'une étreinte ferme.

Il enfouit ses lèvres dans les cheveux aussi pâles que l'hiver, leur senteur emplissant son esprit. Il pouvait sentir leurs deux cœurs battre plus calmement à présent, l'un contre l'autre. Les doigts froids de Minus se posèrent contre son cou et Gordon tourna la tête pour poser ses lèvres sur les cicatrices de son avant-bras.

— Je suis désolé pour les cicatrices, murmura Minus.

— Ne le sois pas, répondit Gordon, enroulant ses bras plus fermement autour de son dos chaud, le serrant, le tenant en toute sécurité. Ne sois jamais désolé avec moi. Tu n'as aucune raison de l'être. D'accord ?

— D'accord, Gordon, soupira Minus contre sa peau, ses cils effleurant son torse comme les ailes d'un papillon. J'essaierai.

Juste avant que le sommeil ne l'emporte totalement, un sourire se forma sur sa bouche et il sut qu'il persisterait toute la nuit.

Lorsque les rayons du soleil levant cueillirent Gordon au matin, le réveillant avec une douce pointe d'excitation de découvrir que Minus était toujours entre ses bras, lui souriant d'un air endormi, il sut que sa vie avait changé.

Ce fut la première pensée qui pénétra son esprit.

X

GORDON SE tenait à la fenêtre de sa cuisine, le regard vissé sur la rue, attendant. Puis cela arriva. À quelques mètres de là, Minus se retourna pour voir si Gordon le regardait et lorsqu'il le vit à la fenêtre de son appartement, son visage s'illumina. Il sourit, agita la main, ses doigts touchant ses lèvres, comme s'il envoyait un baiser dans sa direction. Gordon sourit et lui rendit son signe de la main. Il tapota son cœur pour que, Minus le voie, et le sourire de ce dernier s'élargit. Ses dents brillèrent sous le soleil. Puis Minus se retourna. Tête haute, il déambula gaiement vers l'arrêt de bus de la rue, vêtu de l'une des tenues que Gordon lui avait achetées. Rentrant chez lui. Gordon ne pouvait pas l'entendre, bien sûr, mais il était presque certain que Minus sifflotait un air joyeux en marchant. Du moins, il l'espérait.

Il lui manquait déjà.

Alors même que Minus n'était plus en vue, il fut impossible pour Gordon d'effacer le sourire de son visage. *Quelle nuit !*

Il fixa le coin de la rue où avait disparu Minus, attendant de voir s'il réapparaîtrait pour une raison ou une autre. Lorsqu'il ne le fit pas, Gordon finit par se détourner de la fenêtre et commença à redresser l'appartement. Il ramassa ses affaires sales et les jeta dans le panier à linge. Puis s'achemina vers sa chambre et commença à faire le lit. Tout à coup, il se retrouva figé au milieu de la pièce comme une statue, serrant l'oreiller de Minus contre son visage, inhalant son odeur. Puis il s'allongea sur le lit et enfouit son visage du côté où avait dormi Minus. Les draps portaient toujours son odeur musquée et entêtante. Il resta allongé là, respirant l'odeur de lessive mêlée de sexe et de peau chaude endormie jusqu'à ce qu'il ait l'impression d'être un pervers. Il sauta hors du lit et réarrangea les draps.

Doux Jésus, quelle nuit !

Son seul regret était que Minus ne lui ait pas permis de le ramener chez lui. Il lui avait dit qu'il pouvait facilement prendre le bus – après tout, il avait une carte maintenant – et que cela donnerait à Gordon du temps pour lui avant de commencer sa journée. Gordon se fichait d'avoir du temps pour lui. Il aurait préféré avoir les quelques minutes supplémentaires avec Minus que lui aurait données le fait de le ramener. Mais il ne voulait pas paraître mièvre. Il ne voulait pas l'étouffer. Il avait toujours cette peur horrible de l'effrayer, ce qui n'allait pas du tout.

Gordon faisait déjà des plans dans sa tête. Et le faire sortir de sa vie serait comme jeter une bombe sur chacun de ses plans.

Le lit fait, la tête toujours emplie des souvenirs de la nuit, il sursauta lorsque son téléphone sonna. Il était resté déchargé si longtemps sur sa commode qu'il en avait presque oublié la sonnerie.

Il le ramassa, sachant parfaitement bien qui était à l'autre bout. Et il eut raison. Assez étrangement, il fut presque heureux d'entendre la voix familière rabâcher :

— Allô ? Allô ? Réponds, bon sang ! Allô ?

— Bonjour, maman, gazouilla Gordon.

Durant quelques battements de cœur, il n'y eut que le silence. De toute évidence, sa mère ne s'était pas attendue à ce qu'il réponde. Elle ne s'était même pas attendue à ce que cette fichue machine fonctionne tout court. Gordon se demanda combien d'autres fois, combien d'autres matins, elle s'était tenue de l'autre côté de la ville à écouter une voix enregistrée dire : Ce numéro n'est pas disponible. Veuillez rappeler plus tard.

Quand elle finit par retrouver la parole, sa mère semblait très étonnée.

— Mon Dieu, Gordon, tu as chargé ton téléphone. Tu l'as chargé et tu réponds quand il sonne.

Gordon sourit. Sa mère ne pouvait pas le voir, mais c'était sûrement une bonne chose.

— C'est vrai.

Sa mère en parut tout aussi étonnée, voire *plus* étonnée, quand elle dit :

— Et tu as l'air heureux. Grand Dieu, Gordon, la dernière fois que tu as eu l'air heureux, tu devais avoir six ans, ta dent de devant venait de tomber et tu croyais te remplir les poches grâce à la fée des dents. Je me souviens avoir coincé un billet de cinq dollars sous ton oreiller et tu as pensé que tu t'étais fait arnaquer.

Gordon essaya de se souvenir de lui à six ans, mais rien ne vint, alors à la place, il pensa à Minus pris dans les affres d'une éjaculation puissante. N'était-ce pas une brillante idée ? Il ne put empêcher les mots de s'échapper de ses lèvres.

— Si tu avais passé la nuit que j'ai passée, tu aurais aussi l'air heureux. Et cinq dollars pour une partie de mon corps *est* une arnaque.

Toute cette bonne humeur sembla considérablement décontenancer sa mère. Ce fut l'un des rares moments dont put se souvenir Gordon où elle se trouvait à court de mots.

— Eh bien, c'est bien, chéri.

Elle buta un peu sur les mots, semblant toujours abasourdie.

— Je veux dire, au sujet de ta merveilleuse nuit. Je suppose que dans tout ce bonheur euphorique et ce ravissement, tu n'as pas recommencé à conduire. Ce serait fonder un peu trop d'espoir, pas vrai ?

Gordon n'arrivait pas à se souvenir de la dernière fois où sa mère l'avait appelé chéri.

— Pour tout te dire, j'ai repris le volant hier.

— Bordel de merde ! Peut-être devrais-tu tout me dire sur ce miracle que tu viens de vivre. Je ne peux pas croire que j'ai dit bordel de merde.

Gordon se mit à rire. Ce n'était pas souvent qu'il prenait sa mère au dépourvu, il appréciait pleinement. Puis il rit encore plus fort lorsqu'il se rendit compte qu'il venait juste de se prendre au dépourvu *lui-même* en appréciant ce moment avec sa mère. Il tenta de contenir sa joie avant qu'elle ne le fasse interner.

— Tu voulais quelque chose ?

Gordon put entendre le sourire dans sa voix lorsqu'elle répondit :

— Il devait y avoir quelque chose, mais que je sois damnée si je m'en souviens.

— Peut-être est-il temps de laisser quelques centaines de dollars chez ton thérapeute, dit Gordon en souriant.

Il ne pouvait pas le voir, bien sûr, mais il put sentir sa mère lui rendre son sourire.

— Peut-être, oui.

Brusquement, Minus commença à nouveau à remplir les coins de son esprit et, avec un sourire fendant son visage d'une oreille à l'autre, il dit :

— Je dois y aller, maman. Je viendrai dîner un de ces soirs. Peut-être amènerai-je un ami pour te le présenter.

La voix de sa mère baissa d'une octave, mais elle semblait heureuse.

— Oh, alors c'est de cela qu'il s'agit. D'accord, chéri. Quiconque peut te faire descendre de ce train morbide et te faire sourire à nouveau est déjà l'une de mes personnes préférées. Je suis impatiente de t'avoir pour dîner.

— Je t'aime, dit Gordon avant de pouvoir s'en empêcher.

Sa mère prit un long moment pour s'en imprégner. Puis elle répondit d'un tremblant :

— Je t'aime aussi.

Et Gordon put entendre l'émotion dans sa voix.

Il décida qu'il valait mieux raccrocher avant de la tuer complètement. Quand le téléphone fut silencieux dans sa main, il le reposa prudemment sur la commode et s'écroula sur le lit comme quelqu'un à qui on venait de couper les jambes.

C'est grâce à Minus, se dit Gordon. *Il n'est même pas dans la pièce et il rend deux personnes heureuses.*

Il ferma les yeux et réfléchit à la beauté de la chose, ignorant le fait que ses joues commençaient à lui faire mal à force de sourire si fort. Il tendit la main dans l'obscurité de ses paupières et prit le souvenir de Minus dans ses bras.

Le souvenir était loin d'être aussi bon que la réalité.

L'OFFICIER DE probation de Gordon était assis à son bureau couvert de papiers éparpillés. Gordon se percha sur une chaise devant lui, le dos droit, attendant que l'homme cesse de jouer. Ils se trouvaient dans le bâtiment de l'administration du comté au pied de Broadway, à pas plus d'une trentaine de mètres de la baie. Le Coronado Bridge, où Gordon et Minus avaient été témoins du meurtre du malheureux sans-abri, était à quelques kilomètres de l'autre côté du centre-ville.

Son agent de probation ne savait pas qu'il avait assisté à un meurtre, et Gordon avait l'intention que cela reste comme ça.

À travers la fenêtre du bureau, maintenue ouverte avec un gros livre de loi quelconque, Gordon put entendre la sirène d'un navire hurler du canal, poussant probablement un voilier hors de son chemin. Il n'y avait pas beaucoup de vent flottant par la fenêtre, mais cette petite brise sentait l'eau de mer et les churros d'un vendeur au bas de la rue. Il y avait toujours une ambiance de fête sur le front de mer durant l'été à San Diego, avec tous ces bateaux de croisières et d'excursions embarquant et débarquant leurs vacanciers toutes les cinq minutes. L'air festif pénétrait même occasionnellement dans le bureau de probation guindé et poussiéreux, où son agent et d'innombrables autres larbins du pays exerçaient leurs diverses professions.

Tom Rhiner avait dans la cinquantaine. Il avait une chevelure gris acier incroyablement belle, et paraissait en forme avec sa cravate et sa chemise, et au grand étonnement de Gordon, il semblait aussi un peu déconcerté en cet instant. Gordon ne pouvait pas imaginer pourquoi puisqu'il venait juste de lui dire qu'il était prêt à commencer à chercher du travail, ce que l'homme le pressait de faire depuis ces six derniers mois.

Le brassage de papier était de toute évidence une ruse pour masquer son inconfort, même si Gordon ne comprenait toujours pas pourquoi son agent de probation serait mal à l'aise.

Finalement, il pensa qu'il ferait mieux d'y aller franchement et de poser la question :

— Quelque chose ne va pas ? Ils ne vont pas me rejeter en prison, n'est-ce pas ?

M. Rhiner sursauta comme si quelqu'un l'avait piqué avec une épingle. Puis il se moqua de lui-même.

— Non, Gordon. Vous vous en sortez bien. Et je suis content d'entendre que vous avez décidé de chercher du travail. Il est grand temps pour vous de rejoindre la race humaine.

— Alors quel est le problème ? demanda Gordon.

M. Rhiner le fixa quelques instants, son visage rougissant lentement sous le regard de Gordon. Il passa une main sur son chaume de quelques heures – la journée touchait presque à sa fin – puis détourna le regard vers la fenêtre pour regarder dehors. Ne voyant aucun moyen de s'échapper par là, M. Rhiner tourna son regard vers Gordon avec tout l'enthousiasme d'un homme sur le point de subir sa première dévitalisation.

— Gordon, je me demandais… eh bien, il a été porté à mon attention que… non, attendez. Je… euh… j'aimerais vous demander une faveur. En fait non, ce n'est pas une faveur… Oh, merde !

Le visage de M. Rhiner était à présent si rouge que Gordon se demanda s'il n'allait pas faire un AVC.

Gordon se pencha en avant et posa ses mains sur le bureau.

— Bon sang, M. Rhiner, crachez le morceau ! Puisque la pire chose que je puisse imaginer est qu'ils me renvoient en prison, mais que vous m'avez dit que ce n'était pas le problème, je suis sûr que je peux supporter ce que vous essayez désespérément de ne pas me dire.

— Bien sûr, mon garçon, répondit M. Rhiner, choquant Gordon jusqu'aux orteils.

111

La dernière chose à laquelle il s'attendait était que M. Rhiner l'appelle 'mon garçon'.

M. Rhiner inspira une grande bouffée d'air, comme s'il venait de nager sous l'eau depuis plus de dix minutes, puis il fit courir une main dans ses cheveux. Lorsqu'il retira sa main, ses cheveux gris étaient tout debout sur sa tête, comme une haie crevée.

Gordon retenait son souffle, se demandant où diable l'homme tentait d'en venir.

Il n'eut pas à se le demander longtemps.

Toujours aussi rouge qu'un panneau stop, M. Rhiner trouva enfin le courage de dire ce qu'il essayait de dire.

— Gordon, je me demandais si vous considéreriez comme un manquement à l'éthique que je demande à votre mère de sortir dîner.

Dès que les mots furent prononcés, M. Rhiner s'affaissa sur son fauteuil comme quelqu'un à qui l'on venait de retirer son plug.

Gordon cligna des yeux. Une fois. Deux fois. Puis un sourire fendit son visage d'une oreille à l'autre et M. Rhiner, en voyant ça, devint encore plus rouge.

Enfin, il retrouva sa voix.

— Elle m'a dit que vous aviez discuté. Je supposais que c'était de moi.

Si M. Rhiner continuait à rougir, il allait s'embraser comme une bougie.

— C'*était* à propos de vous, Gordon. Elle s'inquiète de votre bien-être. Nous nous inquiétons.

Gordon étudia le visage de son agent de probation juste assez longtemps pour le rendre encore plus mal à l'aise qu'il ne l'était déjà puis décida d'être indulgent.

— Bon sang, M. Rhinel, foncez ! Je ne suis pas sûr que vous sachiez dans quoi vous vous embarquez, mais si c'est ce que vous voulez, allez-y ! Tentez votre chance. Ma mère a besoin d'un homme dans sa vie. Peut-être alors *me* laissera-t-elle tranquille.

Après un instant de considération, il ajouta :

— Je blague. C'était une blague.

M. Rhiner desserra sa cravate. Peut-être essayait-il de drainer le sang de son visage avant qu'il ne commence à lui suinter par les oreilles.

— Vraiment, mon garçon ?

— Ouais, c'était vraiment une blague.

À présent, M. Rhiner mâchouillait son stylo. Ce gars était une loque humaine.

— Non, Gordon. Je voulais dire, est-ce vraiment d'accord si je demande à votre mère de sortir avec moi ?

Gordon se mit à rire.

— Tant que vous n'êtes pas déjà marié ou que vous ne souffrez pas d'une horrible MST, ou que vous ne cachiez pas le fait que vous êtes en réalité un alien venant d'une autre planète pour prendre le contrôle de l'humanité et nous réduire en bouillie, alors oui. Vous avez ma bénédiction.

M. Rhiner balbutia, les yeux écarquillés :

— Je suis veuf.

Gordon gloussa de sympathie puis décida qu'il était stupide de glousser alors il hocha la tête.

— Eh bien, d'accord. Tant mieux. Ma mère est veuve. Ça vous fait déjà un point en commun.

Cela étant résolu, M. Rhiner essaya de rendosser son costume d'agent de probation. Il était toujours rose et donnait l'impression de le savoir, mais il ne paraissait plus sur le point de prendre feu. Il fit glisser une feuille de papier sur le bureau.

— Prenez ça, Gordon. Ce pourrait être votre meilleure chance. Je vous souhaite tout le bonheur du monde. Vraiment.

Gordon fixa le papier, presque effrayé de le ramasser.

— Pourquoi ? Qu'est-ce que c'est ?

M. Rhiner lui adressa un sourire chaleureux. Ce sourire fut presque aussi surprenant pour Gordon que le fait que son agent de probation veuille sortir avec sa mère.

M. Rhiner tapota la feuille du doigt et la glissa un peu plus près de Gordon.

— Cela pourrait être votre meilleure opportunité de redevenir météorologue. Ce n'est pas votre ancienne station, mais elle est locale, et je connais personnellement cet homme. Il m'a promis de vous porter toute son attention dès que vous vous sortirez la tête du cul et… dès que vous décideriez de retourner travailler et d'arrêter d'envoyer des textos alors que vous conduisez en état d'ébriété.

Les yeux de Gordon s'écarquillèrent brusquement. Il dut avoir l'air abasourdi et blessé, car M. Rhiner fit marche arrière.

— Je suis désolé, Gordon. C'était censé être une plaisanterie. J'imagine que ce n'était pas drôle.

— Pas drôle du tout.

— Je suis désolé, mon garçon. Je suis toujours un peu ébranlé au sujet de votre mère.

Gordon acquiesça d'un air absent, sans toutefois prendre le bout de papier.

— Est-ce ma mère qui a manigancé ça ?

— Non, Gordon. C'est moi. Ce qui vous est arrivé il y a deux ans aurait pu arriver à n'importe lequel d'entre nous. Vous n'avez rien fait de malveillant. Vous avez seulement fait une erreur de jugement. Conduire ivre et envoyer des messages par-dessus le marché était stupide et je suis sûr que vous le savez maintenant. En fait, je doute que qui que ce soit le sache mieux que vous. Je ne devrais pas vous le dire, mais il m'est arrivé de faire la même chose. Du moins, je le faisais. Depuis que je vous ai rencontré, je suis certain de ne plus le refaire.

— Pourquoi ne m'avez-vous pas parlé avant de ce travail ?

M. Rhiner se pencha en avant. Une partie de son sang avait quitté son visage. Il avait même aplati sa tignasse de cheveux gris et ne paraissait plus aussi fou. Bien sûr, Gordon songea qu'après quelques rendez-vous avec sa mère, Rhiner deviendrait probablement à nouveau complètement cinglé. Pauvre homme. Mais il allait laisser l'homme le découvrir par lui-même.

— Je suis désolé, Gordon. Je ne vous en ai pas parlé plus tôt parce que je savais qu'il fallait que vous le vouliez. Vous deviez être prêt à vous remettre en selle, pour ainsi dire. Être prêt à remonter à cheval.

Gordon fit une moue bon enfant.

— Les clichés aident toujours.

Le visage de M. Rhiner s'adoucit dans un sourire. Le rouge lui remonta aux joues.

— Désolé.

Gordon acquiesça.

— Moi aussi.

Il lutta pour repousser les pensées de ce qui lui était arrivé cette nuit-là, deux ans auparavant, lorsque sa vie s'était effondrée, et au moment où il le fit, une vague d'excitation se construisit dans son estomac. Puis cette petite pointe d'excitation se fraya un chemin plus haut, se propageant jusqu'à ses lèvres dans un sourire. Il refusait toujours de toucher ce bout de papier. Il ne pouvait supporter de se laisser à espérer que M. Rhiner dise vrai. Qu'il avait réellement une chance de retrouver son ancienne profession.

— Je ne sais pas quoi dire, balbutia Gordon. Je ne sais pas… comment vous remercier.

M. Rhiner lui adressa un sourire rayonnant.

— Acceptez ce travail et je serai heureux. Et glissez peut-être un mot en ma faveur à votre mère.

Gordon se mit à rire.

— Je vous porterai aux nues. Elle pensera que vous êtes Jésus Christ en personne quand j'en aurai fini avec elle.

M. Rhiner rougit à nouveau.

— Ne vous emportez pas, dit-il, mais il avait l'air heureux.

Il se leva et tendit la main.

— Bonne chance, Gordon. Si vous obtenez ce travail, je trouverai une autre façon de satisfaire vos travaux d'intérêt général. Je m'arrangerai avec Mama Davis à la mission. Est-ce que ça vous convient ?

Gordon hocha la tête, ne croyant toujours pas à sa bonne fortune. Bien sûr, il n'avait pas encore le job, mais au moins, il avait une chance. C'était suffisamment bien pour le moment.

— Bien sûr, répondit Gordon en lui serrant la main. Mais si je l'obtiens, j'aimerais le dire moi-même à Mama Davis. Elle a été merveilleuse pour moi.

M. Rhiner lui donna un sourire narquois.

— Si j'en crois votre mère, avec qui j'en ai parlé ce matin, il y a aussi quelqu'un d'autre à qui vous aimeriez parler de tout ça.

À présent, ce fut au tour de Gordon de rougir.

— Elle vous l'a dit ?

M. Rhiner acquiesça.

— C'est génial, Gordon. Tout le monde a besoin d'un peu d'amour dans sa vie.

Puis il rougit une nouvelle fois.

Gordon fut ravi de le remarquer. De sa main libre, il ramena le papier vers lui du bout du doigt et le fourra dans sa poche. Son autre main continuait de serrer celle de M. Rhiner.

— Merci, dit-il, et son agent de probation hocha la tête.

— Vous pouvez y aller maintenant. Tenez-moi au courant. Votre prochain rendez-vous avec moi est le 15. Ne soyez pas en retard.

— Je le serai. Je veux dire, non, je ne le serai pas. Et…

M. Rhiner leva la main.

115

— Plus de remerciements. Souhaitez-moi bonne chance aussi. Je pense que nous allons tous les deux avoir besoin d'un coup de pouce du destin.

Gordon se mit à rire et, parce qu'il ne sembla pas pouvoir se retenir de le faire, il se pencha par-dessus le bureau et prit M. Rhiner dans ses bras.

Puis, avant que la surprise ne quitte le visage de son agent de probation, il tourna les talons et sortit du bureau, refermant doucement la porte derrière lui.

Comme convenu, il trouva Minus assis sur un pilotis au bord de la baie, nourrissant de chips un rassemblement de mouettes, qui piaillaient bruyamment et tentaient d'arracher les chips directement dans la main de Minus. Celui-ci riait de leurs pitreries.

Lorsqu'il leva les yeux et vit Gordon approcher, son sourire devint éblouissant.

Sans se soucier de ce que quiconque pouvait penser, Gordon attira Minus dans ses bras.

— Salut, bébé.

Minus repoussa sa casquette hors du passage et jeta un œil sur le rideau de cheveux de Gordon.

— Emmène-moi à la maison, dit-il d'une voix douce. J'ai envie de toi.

Gordon hocha la tête, le cœur si grand dans sa poitrine qu'il restait à peine de la place pour autre chose.

— Rentrons, chuchota-t-il en retour.

GORDON CARESSAIT le dos nu de Minus, accroupi sur lui sur le lit. Minus était dur et son sexe reposait, chaud, contre le ventre de Gordon. Les deux hommes étaient nus, leurs corps lacérés par les rayons du soleil couchant éclatant à travers la fenêtre de la chambre, se déversant sur le lit.

Les lèvres de Minus étaient pressées sur sa bouche, goûtant, explorant. Gordon ferma les yeux alors que Minus se nourrissait de lui. Il était si excité que ses mains tremblaient au contact de la peau de son amant, si chaude, douce et accueillante. Les jambes pâles de Minus l'étreignaient fermement alors que son membre glissait contre la chair de Gordon. Alors que seules les mains de Gordon tremblaient, le corps entier de Minus frissonnait. Gordon pouvait sentir son souffle irrégulier sur sa bouche.

116

Minus arracha ses lèvres et se décala sur le lit, faisant errer sa bouche sur le torse de Gordon alors que ce dernier enfouissait ses doigts dans ses cheveux. Le dos de Gordon s'arqua tandis que les lèvres de Minus voyageaient plus au sud, frôlant son ventre. Minus tira espièglement sur les poils de son pubis avec ses dents.

Lorsque sa bouche se posa sur ses testicules, suçant l'un, puis l'autre, dans sa caverne avide et humide, Gordon haleta, son dos se cambrant davantage :

— Oh, mon Dieu.

Minus libéra ses bourses et glissa ses lèvres le long de sa hampe. Gordon était si dur qu'il pensait que sa verge allait exploser et si Minus continuait comme ça, il *savait* qu'il le ferait.

Minus enroula tendrement ses lèvres soyeuses autour de son gland et, toujours aussi lentement, il fit coulisser sa bouche jusqu'à ce que son membre soit tout entier enfoui dans cette paradisiaque humidité brûlante. Alors que Minus exerçait sa magie, ses mains jouaient sur le torse de Gordon, taquinant encore et encore chaque ondulation, chaque nervure sous-jacente, chaque grain de chaleur grésillant.

Sans que Gordon ne sache vraiment d'où il venait, Minus commença à dérouler un préservatif sur la hampe dure comme le fer de Gordon aussitôt qu'il la libéra de sa bouche. Gordon ouvrit les yeux et contempla la longueur de son corps. Minus le vit faire et lui adressa un sourire sexy, appuyant une nouvelle fois ses lèvres sur ses testicules tandis qu'il finissait de dérouler le préservatif jusqu'à la base.

Satisfait, il serra doucement le gland entre ses doigts, son sourire s'élargissant quand les hanches de Gordon décollèrent du lit pour aller à la rencontre de sa bouche.

— Ferme les yeux, bébé, roucoula Minus.

Gordon obéit, savourant la sensation de son sexe protégé étant caressé et serré par les doigts talentueux de Minus.

La soudaine odeur de lotion emplit la pièce et tout ce que sut Gordon ensuite était que Minus rampait sur son torse, goûtant sa peau en chemin, jusqu'à ce que sa bouche se pose contre ses lèvres, sa langue le suppliant de la laisser entrer. Son corps tremblait si violemment que celui de Gordon commença à trembler lui aussi. Savoir combien Minus était excité était hautement excitant.

Même avec les yeux fermés durant leur baiser, il pouvait dire aux mouvements de Minus qu'il faisait quelque chose en dessous. Quelque chose à lui-même. Quand Minus haleta, Gordon comprit qu'il se pénétrait d'un doigt.

— Laisse-moi faire, marmonna Gordon contre sa bouche et il le souleva et le reposa doucement sur le lit, sur le ventre.

Gordon enjamba le corps pâle et parfait du jeune homme et ce fut à présent à son tour de prendre le contrôle. Il pétrit son dos et ses flancs alors que Minus enfouissait sa tête dans l'oreiller. Gordon sourit en touchant la peau soyeuse de ses fesses et écarta tendrement ses globes. Il y avait du lubrifiant là où Minus se l'était appliqué un instant auparavant et, avec le cœur tambourinant comme fou sous l'excitation, il cercla d'un doigt son ouverture rose, souriant lorsque Minus écarta ses jambes plus largement pour lui donner un meilleur accès.

Appliquant une pression, il glissa un doigt dans cette chaleur étroite et l'enfouit lentement dans son orifice. Minus souleva les fesses afin de rencontrer son doigt et ses jambes s'écartèrent encore davantage. Les muscles de ses mollets et de l'arrière de ses cuisses étaient noués et frissonnants.

Gordon déposa un baiser à l'intérieur de chaque cuisse puis, avec son doigt toujours profondément enfoui, allant et venant progressivement, il se positionna sur le corps de Minus, ses lèvres survolant son oreille.

— Dis-moi ce que tu veux, bébé, chuchota-t-il. Dis-moi de quoi tu as envie.

Minus tendit la main afin de le rapprocher de lui. Son cul se releva pour répondre à la pression de la verge dure de Gordon contre le bas de son dos. Il haleta d'anticipation. Gordon l'entendit, sentit le besoin de Minus pour lui. Sa faim.

— Baise-moi, Gordon. S'il te plaît. Je ne peux plus attendre.

Minus tourna la tête, ses lèvres rencontrant celles de Gordon et, alors qu'ils s'embrassaient, Gordon le libéra de son doigt. L'entourant de ses bras, il sentit Minus tendre la main sous eux et le conduire à la maison.

Il plaça le gland de Gordon contre son sphincter et, alors qu'il se forçait à se détendre complètement, Gordon ne put s'empêcher de pousser ses hanches en avant. Dans un halètement, Gordon pénétra son puits de chaleur. Son membre glissa toujours plus lentement dans les profondeurs du corps de Minus et, tandis qu'il se perdait dans les sensations, il pressa sa bouche sur sa nuque, essayant de ne pas pleurer de plaisir.

— Oh mon Dieu, marmonna Minus, les lèvres enfouies dans les poils de l'avant-bras de Gordon.

Il pinça cet endroit, cambrant davantage le dos, acceptant Gordon en lui. Alors que celui-ci commençait à bouger les hanches, d'abord doucement de peur de lui faire du mal, il ouvrit largement sa bouche et suça sa nuque. Il fut si excité par le goût de son homme et par l'érotisme de la pénétration que les battements frénétiques de son cœur emplirent son esprit comme si rien d'autre n'existait.

— Oh mon Dieu, répéta Minus tandis que Gordon se retirait presque entièrement avant de revenir, encore et encore.

De longues minutes de doux pilonnage s'écoulèrent. Quand ils crièrent tous les deux, se cramponnant durement, heureux de prendre et de s'offrir, Gordon sut qu'il ne pouvait plus continuer. Son sperme tourbillonnait dans ses bourses, mendiant sa libération. Son cœur martelait si fort qu'il pensait qu'il allait briser ses amarres et rebondir sur le sol comme un fichu ballon de basket.

La tête de Minus roulait d'un côté à l'autre, montrant à quel point il était perdu dans les sensations de la verge de Gordon profondément enterrée en lui. Il continuait de cambrer le dos sous les poussées de Gordon, gémissant de plaisir à chaque nouvelle pénétration.

Lorsque Gordon se rapprocha de l'orgasme, Minus sembla le savoir.

— Oui, haleta-t-il. Viens. Viens pour moi. S'il te plaît, Gordon. Utilise-moi. Jouis en moi.

En réponse, Gordon enfonça plus durement son membre dans l'orifice avide de Minus. Maintes et maintes fois. Il aperçut Minus glisser une main sous lui et sentit le rythme de ses caresses sur son sexe jusqu'à l'aboutissement. Quand Gordon cria, remplissant le préservatif de sa semence, les fesses de Minus se relevèrent dans les airs pour une fois encore aller à la rencontre de ses poussées, puis ce fut à son tour de de crier. Gordon passa sa main sous son ventre juste à temps pour sentir son sperme chaud se déverser dans la paume de sa main.

Gordon le serra plus fort dans ses bras et, alors que les dernières gouttes de sperme s'écoulaient, remplissant le préservatif, Minus tourna à nouveau la tête à la recherche de sa bouche. Leurs lèvres se trouvèrent tandis que leurs corps expulsaient le reste de leur passion. Passion que Gordon savait qu'ils partageaient. Passion qu'ils partageaient l'un pour l'autre.

— Merci, marmonna Minus dans le baiser, son corps tremblant à nouveau.

Il semblait savourer la sensation des bras de Gordon le tenant si fort, la sensation de son membre ramollissant en lui, tout comme Gordon.

Minus frissonna une dernière fois, ses terminaisons nerveuses surpuissantes ondulant sur sa peau comme des vagues d'électricité.

— Merci, dit à nouveau Minus, mais si doucement que Gordon put à peine l'entendre.

Il sentait les lèvres de Minus s'attarder sur les siennes, les dégustant.

Gordon se recula juste assez pour étudier son visage. Surpris, il vit une larme glisser le long de sa joue rougie. Ému, il posa son front contre celui de Minus tout en l'attirant plus près entre ses bras.

— Reste avec moi, murmura Gordon. Reste avec moi pour toujours.

Minus lutta en vain pour retrouver sa voix. Au lieu de ça, il pressa son visage dans le creux de son cou et hocha la tête.

Gordon sentit ses larmes chaudes sur sa peau. Ce ne fut qu'alors qu'il se rendit compte qu'elles étaient mêlées aux siennes.

XI

Tandis que Minus, fraîchement douché, allait fouiller dans le frigo à la recherche de quelque chose à manger, Gordon prit une douche rapide, pour se rafraîchir plus qu'autre chose. Ce faisant, il réfléchit.

Le sexe avec Minus était comme un voyage sur la route du paradis. Il poussa son visage sous le jet froid et sourit en repensant à l'heure que Minus et lui venaient de passer ensemble.

Et aux paroles qu'il avait prononcées à la fin de celle-ci.

Il ne pouvait pas croire qu'il ait fait ça. Il avait pratiquement demandé à Minus d'emménager avec lui. Pas vrai ? Et Minus avait dit oui. *Pas vrai ?*

Mais ce n'était pas l'aspect le plus bizarre. Le plus étrange de tout cet épisode était que Gordon était éperdument amoureux d'un homme dont il ne connaissait même pas le nom !

C'était foutrement merveilleux. Sa mère ne serait-elle pas ravie d'entendre ça !

Seigneur !

Il allait remédier à cela dès maintenant. Il éteignit l'eau, secoua vivement la tête pour disperser l'eau de ses cheveux trop longs et sortit de la douche pour se sécher. Après cela, il enfila un caleçon et déambula dans l'appartement pour trouver Minus assis à la table de la cuisine, à manger un sandwich au saucisson.

Celui-ci sursauta lorsque Gordon entra dans la pièce.

— Tu veux un sandwich ? Je vais t'en préparer un.

— Non, merci, répondit Gordon avec un sourire. Assieds-toi et mange. Je veux te parler.

Minus était nu. La seule chose qu'il portait était un bracelet en plastique aux couleurs de la Gay Pride qu'il avait trouvé dans la commode de Gordon. Gordon pensa qu'il n'avait jamais vu de plus bel homme de sa vie – les lignes pâles et épurées de son corps mince se tenant parfaitement droit, juste assez musclé pour être beau, les poils blonds sur ses jambes sexy, correspondant à la pâleur de ses cheveux, son sexe lourd, même au repos, se balançant avec délectation dans l'air. Gordon le contempla dans une sorte d'émerveillement amoureux se laisser tomber sur la chaise de cuisine et reprendre son sandwich. Il n'en était pas certain, mais il pensa détecter un soupçon d'appréhension dans sa contenance. Juste une pointe de malaise.

Gordon pensa savoir ce qui le rendait mal à l'aise. Minus se demandait de quoi Gordon voulait lui parler. Peut-être pensait-il qu'il voulait revenir sur ses mots qu'il avait prononcés alors qu'ils étaient allongés dans les bras l'un de l'autre quelques minutes auparavant. Déterminé à ne pas le laisser s'inquiéter une seconde de plus, Gordon se lança. Mieux valait tout déballer maintenant. Ils pourraient se détendre et apprécier la compagnie de l'autre.

— Bébé, je le pensais quand je t'ai demandé de rester avec moi. Je n'ai pas sorti ces mots au milieu du sexe parce que ça semblait être la bonne chose à dire. Je te veux ici, avec moi. Je suis fou de toi. Je veux que nous soyons réunis. Une famille. Des partenaires. Je veux que nous soyons des partenaires.

Gordon déglutit difficilement.

— Je t'aime, Minus.

Minus posa son sandwich de côté et tendit la main au-dessus de la table pour la poser sur celle de Gordon. Il entrelaça ses doigts à ceux de Gordon et celui-ci attira sa main à son visage pour y presser ses lèvres.

— Dis-moi que tu ressens la même chose, Minus. S'il te plaît.

À nouveau, un voile de larmes brouilla les yeux de Minus. Il fixa le visage dans l'attente de Gordon un long, long moment des profondeurs de ses yeux saphir et quand il parla, il serra les doigts de Gordon entre les siens.

— Oui, répondit-il. Je veux être avec toi chaque minute. Et… et je sais que tu m'aimes, Gordon. Je le savais avant que tu prononces ces mots à l'instant. Je peux sentir ton amour pour moi chaque fois que nous sommes ensemble. Tu dis que tu veux que nous soyons partenaires, mais je pense que nous le sommes déjà. Je pense au plus profond de mon cœur que nous sommes partenaires depuis la première fois où nous nous sommes vus. Ce jour-là chez Mama Davis. Tu te souviens ? Le jour où tu es arrivé sur ton cheval blanc pour me sauver de ces brutes. Je pense que nous le sommes depuis lors. Je pense que tous les jours depuis, je t'aime de plus en plus.

Gordon se rendit compte que Minus avait raison. Il tenait une place dans son corps depuis cette toute première rencontre.

Et merveille des merveilles, Minus ressentait la même chose que lui ! Minus était attaché à lui !

— J'ai des choses à te dire d'abord, Minus. Il y a des choses que tu dois savoir sur moi. Et… et…

— Et quoi, Gordon ?

— Et il y a des choses que je dois savoir sur toi.

Minus glissa sa main hors de l'emprise de Gordon et se leva. Il apporta son assiette et son couteau qui portait une tache de moutarde, dans l'évier de la cuisine. Il se tint là, nu et sans honte, le dos tourné à Gordon, avant de laver et rincer son assiette et son couteau et de les replacer soigneusement dans le tiroir près de l'évier. Quand il eut fini, toujours de dos, il regarda par la fenêtre de la cuisine. Le jour prenait fin. Il ferait bientôt nuit. Gordon se rendit compte que s'ils allumaient les lumières, ils allaient devoir soit s'habiller, soit fermer les rideaux. Voilà quelles étaient ses pensées terre-à-terre.

Les pensées de Minus semblaient plus sérieuses.

Tranquillement, il parla à la fenêtre, comme s'il s'adressait au soleil couchant.

— Il y a beaucoup de choses que je ne peux pas te dire, Gordon. Je ne peux pas te les dire, car je ne m'en souviens plus. Quelque chose m'est arrivé. Quelque chose de… mauvais. Mais je ne sais pas ce que c'est. Je… je vis comme ça depuis un certain temps maintenant. Peut-être un jour m'en souviendrai-je. Les médecins disent que oui. Peut-être un jour pourrai-je te dire toutes ces choses que tu veux savoir. Mais tu vas devoir être patient avec moi.

Minus se détourna enfin de la fenêtre dans toute sa belle nudité et il dévisagea Gordon, assis à la table à le contempler.

— Peux-tu faire ça, Gordon ? Peux-tu attendre que je me souvienne ?

Gordon ne comprenait pas, mais il croyait ce que Minus disait. Il avait lu de telles choses à l'université. Si quelque chose du passé de Minus avait été si horrible qu'il ressentait le besoin de bloquer son esprit, alors Gordon serait patient, comme il lui avait demandé de l'être. Il l'aimait suffisamment pour faire ça. N'est-ce pas ?

Le sourire de Gordon fut destiné à le rassurer. Le comprendre et le rassurer.

— Oui, dit-il. Je peux attendre. Je peux attendre éternellement si c'est ce qu'il faut.

Minus traversa la pièce jusqu'à l'endroit où Gordon était assis en boxer à la table de la cuisine. Il s'assit sur ses genoux et enroula ses bras autour de ses épaules en posant sa joue sur son chaume – ils avaient tous les deux besoin de se raser – et, alors que Gordon l'entourait de son bras pour le rapprocher, Minus pressa ses lèvres contre son épaule.

— Je ne crois pas n'avoir jamais aimé quelqu'un comme je t'aime, Gordon. Je ne crois pas en avoir *envie*. C'était trop dur de t'aimer et de ne pas t'avoir entièrement à moi. C'était trop dur de penser que je savais ce que tu ressentais sans le savoir avec certitude parce que tu n'avais jamais vraiment dit les mots.

Gordon enfouit son visage dans son cou, inhalant sa délicieuse odeur, aimant sa chaleur, sa douceur, la *vie* qu'il offrait de lui-même.

— J'ai dit ces mots maintenant, chuchota-t-il. Tu n'as plus à te le demander à présent. D'accord ?

Minus hocha la tête.

— D'accord.

— Et je n'ai plus à me le demander non plus. N'est-ce pas ?

Minus recula suffisamment pour croiser son regard.

— Non. Je t'aime aussi, Gordon. Je t'aime plus que tout.

Le visage de Minus prit une jolie teinte de rose et Gordon lui sourit.

— Tu n'as pas l'habitude de prononcer ces mots, pas vrai ?

Minus lui rendit son sourire.

— Hum hum.

Gordon passa ses doigts dans ses cheveux blonds alors qu'il caressait les poils de ses cuisses de l'autre main. Son excitation se réveillait et puisque Minus était assis sur ses genoux, il était sûr qu'il en était conscient.

— Maintenant que tu as dit ces mots à voix haute, ce n'est pas si mauvais, n'est-ce pas ? demanda-t-il.

Minus secoua doucement la tête.

— Je suis content que nous les ayons dits. J'ai l'impression que nous sommes – *complets* maintenant. Comme si nous avions scellé un accord ou quelque chose comme ça.

— Nous avons scellé un accord. Nous sommes ensemble maintenant. Je suis à toi. Tu es à moi. Je veux que tu emménages dès maintenant. D'accord ? Je t'aiderai à déménager tes affaires de la boutique. Tout sauf cette fichue porte dont tu te sers comme lit. Elle reste. La clenche et tout le reste.

De toute évidence, Minus avait plus de bon sens que Gordon. Il ne gloussa pas au sujet du lit.

— De quoi allons-nous vivre ? Aucun de nous n'a beaucoup de travail.

Minus se décala sur les genoux de Gordon et glissa sa main entre ses jambes pour saisir son érection. Il le fit apparemment sans arrière-pensée. Il voulait simplement la tenir dans sa main. Quand il le fit, Gordon ferma les yeux une seconde, c'était trop bon, puis il posa sa propre main sur l'entrejambe de Minus où, oh surprise, une autre érection avait surgi. Gordon l'entoura de ses doigts frais, repoussant le prépuce autant que possible. Son pouce effleura sa fente et fut récompensé de son geste par un Minus frissonnant entre ses bras.

Gordon sourit.

— J'ai une piste pour un emploi et si ça marche comme prévu, on sera tranquilles. Tu n'es pas idiot. Je suis sûr que nous pouvons te trouver un meilleur travail que nettoyer cette maudite boutique d'électricité et balayer le bazar des autres. Même le merveilleux monde du fast-food serait mieux que cela. Quoi qu'il se passe sur le front de l'emploi, j'ai suffisamment d'argent pour qu'on s'en sorte pendant un moment. Alors ne t'inquiète pas pour ça, d'accord ? Contentons-nous de nous concentrer l'un sur l'autre pour le moment. Et concentrons-nous sur le fait que tu ailles mieux. Ma mère connaît un thérapeute qui pourrait t'aider. Nous pourrions la voir si tu...

Minus se raidit entre ses bras.

— J'ai fait tout ça. Je le fais toujours, Gordon. Ça n'est d'aucune aide.

Gordon le réduisit au silence.

— Alors nous trouverons autre chose. Ne t'inquiète pas. Nous sommes tous les deux un peu endommagés. Mais ensemble, nous ferons un tout spectaculaire. Tu ne penses pas ?

L'appréhension dans les yeux de Minus s'estompa. Alors que ses lèvres se retroussaient dans un petit sourire, ses doigts bougèrent avec plus d'urgence, caressant le membre de Gordon, qui en fit de même.

Gordon se mit à rire.

— Nous allons retourner au lit, pas vrai ?

— J'espère bien, répondit Minus en baissant les yeux, observant le pouce de Gordon essuyer la première goutte de liquide séminal sur la pointe de son sexe.

Les yeux grands ouverts, ils se concentrèrent sur le visage de l'autre. Leurs lèvres se réunirent, doucement, mais avec urgence.

— Mes jambes vont s'engourdir, murmura Gordon contre sa bouche.

Minus pouffa de rire. Il sauta sur ses pieds et tira Gordon de sa chaise, toujours en érection.

— Alors, allons au lit, vieil homme. Je vais faire ce que je peux pour faire repartir ta circulation sanguine.

Gordon baissa les yeux sur leurs deux érections et sourit.

— Je pense que tu l'as déjà fait.

Tandis que l'obscurité de la fin de la journée commençait à prendre ses droits sur l'appartement, leurs deux corps une fois de plus lovés l'un contre l'autre, pour la première fois de sa vie, Gordon fit l'amour à un homme à qui il avait déclaré son amour. Pas un étranger, pas un coup d'un soir. Un homme qu'il aimait de tout son cœur. Un homme qui l'aimait en retour.

Gordon savait que ce ne serait jamais plus pareil.

Plus tard, alors qu'ils gisaient repus, recouverts par la pénombre, Gordon posa la question qu'il voulait poser depuis longtemps.

— S'il te plaît, Minus. Dis-moi ton prénom. Juste une fois. Dis-moi au moins ça. Laisse-moi l'entendre de ta bouche.

Minus était blotti près de lui, sa joue posée sur son torse. Le silence emplit la pièce sombre. Un silence qui ne se rompit pas. Minus fit semblant de dormir. Gordon savait qu'il ne dormait pas vraiment au frôlement de ses cils sur sa peau.

Il pressa ses lèvres contre ses cheveux, glorifiant leur senteur et leur douceur. Lorsque quelques battements de cœur s'écoulèrent, il permit au silence de prendre ses droits sur la pièce. Laissant la question sans réponse.

Pour le moment.

Plus tard, au petit matin, les deux hommes se réveillèrent. Agités.

— Allons chercher mes affaires, dit Minus. Il n'y aura personne à l'atelier pour me poser des questions. Nous pouvons être revenus en vingt minutes. Je donnerai des explications au patron quand j'irai travailler demain pour nettoyer l'endroit. Pouvons-nous faire ça, Gordon ? Je ne veux pas avoir à m'expliquer devant tout le monde maintenant.

— As-tu honte de dire à ton patron que tu es gay ? demanda Gordon. Est-ce que c'est ça ?

— Non, balbutia Minus. Il le sait déjà. Mais, eh bien, il est très protecteur envers moi. Il ne va pas aimer le fait que je parte. Je veux lui en parler quand mes tâches seront finies. Ça sera plus facile comme ça. Alors, pouvons-nous le faire ? Pouvons-nous y aller pendant qu'il n'y a personne ?

Gordon ne put trouver aucune raison de ne pas le faire.

— Bien sûr, répondit-il. Habillons-nous.

Tandis qu'ils enfilaient leurs vêtements, Gordon s'arrêta brusquement, une jambe en l'air, l'autre dans son pantalon, figé sur place comme une statue à moitié nue.

— Je t'aime, Minus.

Celui-ci cligna des yeux de surprise heureuse. Puis une tendresse mélancolique adoucit son visage rayonnant.

— Je t'aime aussi, roucoula-t-il, en tendant la main pour caresser sa joue. Vraiment.

Gordon ferma les yeux pour mieux savourer son toucher.

PUISQUE MINUS ne possédait presque rien, ses affaires ne remplirent même pas le coffre de Gordon. Ils furent entrés et sortis de la réserve de la boutique en moitié moins de temps que les vingt minutes estimées.

— Comment peux-tu vivre comme ça ? demanda Gordon, perplexe, rangeant la troisième et dernière boîte à l'arrière de sa voiture.

— Parfois, nous devons faire ce que nous avons à faire, répondit Minus, d'une voix sombre et monotone.

Ils se trouvaient dans la ruelle derrière la boutique, le lampadaire jetant une étrange lumière jaune sur eux à travers le brouillard qui était descendu sur la baie. Gordon leva les yeux à l'inflexion triste dans la voix de Minus. Alors seulement, il réalisa qu'il n'aurait pas dû dire ce qu'il avait dit.

— Je suis désolé, Minus. Je ne voulais pas que ça sorte comme ça.

Minus hocha la tête. S'il était embarrassé, il essayait de le cacher.

— Je sais.

Gordon prit la dernière pile de vêtements des bras de Minus et les jeta au-dessus des boîtes dans la voiture, claquant le capot du coffre. Immédiatement, il se tourna et prit Minus dans ses bras.

— Je ne veux plus jamais que tu vives comme ça. Je vais prendre soin de toi maintenant.

Celui-ci se détendit dans son étreinte.

— Nous allons prendre soin l'un de l'autre, ajouta-t-il doucement. Tu n'auras pas honte de moi, Gordon. Je vais chercher un bon travail. Je te le promets. Je te rendrai fier de moi. Je le ferai.

Gordon posa ses lèvres sur son front.

— Je suis déjà fier d'être avec toi.

Minus se tendit entre ses bras.

Gordon recula pour le regarder dans les yeux.

— Qu'est-ce qu'il y a, bébé ? Qu'est-ce qui ne va pas ?

Minus marmonna quelque chose d'inintelligible puis fit un effort visible pour se faire comprendre.

— C'est mon patron. Il s'inquiète pour moi. Juste pour un moment, si c'est d'accord, j'aimerais continuer à recevoir mon courrier ici, à la boutique. Comme ça, mon éloignement ne lui semblera pas si permanent.

— Il doit beaucoup t'aimer, dit Gordon.

Minus acquiesça.

— Alors, fais ce que tu crois juste. Ça n'a pas d'importance pour moi. C'est toi que je veux, pas ton courrier.

Minus soupira, de toute évidence soulagé.

Un pigeon roucoula, quelque part sur les avant-toits au-dessus de leurs têtes. Puis il roucoula de nouveau. Ils levèrent le regard, mais ne purent le repérer.

— Nous dérangeons la faune, dit Gordon. As-tu verrouillé la porte du magasin ?

— Oui. Tout est fermé.

— Alors, rentrons à la maison.

— La maison, répéta Minus. J'aime cette idée.

Gordon fit contourner la voiture à Minus, lui ouvrant la portière côté passager comme un bon gentleman.

— Tout comme moi, bébé. Tout comme moi.

XII

GORDON ET Minus s'étaient installés en tant que partenaires sans beaucoup d'agitation et encore moins de doutes. Ils savaient tous les deux que vivre sous le même toit était la bonne chose à faire. Après tout, ils étaient fous l'un de l'autre. Pourquoi ne *devraient-ils* pas vivre ensemble ?

Il ne fallut pas longtemps à Gordon pour découvrir que Minus était un partenaire aimant et généreux. Le parapluie d'incertitude et de timidité sous lequel ils avaient commencé leur relation avait rapidement disparu dans la réorganisation de leur emménagement pour ne jamais réapparaître. Les heures paisibles qu'ils passaient ensemble à discuter doucement, partager et planifier leur avenir n'étaient surpassées que par les heures qu'ils passaient nus dans les bras l'un de l'autre. Pour Gordon, le sexe était devenu plus que du sexe. C'était devenu une expérience cinq étoiles. Une dont il ne se lassait jamais. La simple pensée des mains de Minus sur lui était douloureuse. Le souvenir de sa bouche, goûtant, tirant, le câlinant jusqu'à l'orgasme, le faisait trembler dans ses bottes, peu importe où il était – dans la rue, dans la voiture, servant du bacon à une file de vagabonds sans-abri. Se souvenir des nombreuses fois où sa dureté se glissait en Minus, des nombreuses fois où ce dernier criait de plaisir sous le martèlement, son corps pâle frissonnant sous lui, était un émerveillement sans fin pour Gordon. C'était ses moments favoris, quand il était capturé et retenu par ses pensées, entraîné là où il était heureux. Et il était très heureux.

Dire qu'ils ne se lassaient pas l'un de l'autre était un euphémisme. Ils étaient mordus. Joyeusement et incontestablement mordus.

— Est-ce le grand amour ? demanda Gordon, une nuit, alors qu'ils étaient allongés dans les bras l'un de l'autre, le cœur tambourinant, le corps alangui, une pellicule de sperme miroitant sur leurs lèvres.

Minus acquiesça, cherchant sa voix.

— Oui, finit-il par marmonner, la bouche contre la gorge de Gordon, son endroit favori. Oh, oui.

Gordon continua à travailler à la Soupe Populaire de Mama Davis durant un certain temps. Même s'il savait ce qu'il faisait, bien sûr. Il s'accrochait à la musique de la vie décousue qu'il avait menée ces deux dernières années de peur de ramper hors de la coquille de protection qu'il s'était créée. Il s'était suffisamment ouvert pour laisser entrer Minus, mais il craignait toujours de donner au monde une autre chance de l'atteindre. Tandis que les jours s'écoulaient, cependant, son bonheur avec Minus et le bonheur de celui-ci avec lui commençaient à prendre le contrôle. Il avait changé. Pour le meilleur. Il commençait à être un peu moins effrayé par le monde – un peu moins effrayé par lui-même. Sa confiance en soi grandissait.

Alors que Gordon restait à la soupe populaire, Minus continuait de travailler comme concierge à l'atelier d'électricité. Ils n'avaient pas parlé de changer d'emplois, mais dans l'esprit de Gordon, cela semblait toujours là, en arrière-plan, attendant qu'ils ressuscitent enfin et entreprennent d'en faire une réalité. Pourtant, ils ne semblaient pas pressés. C'était drôle comme les vérités inconfortables de la vie pouvaient être camouflées par l'amour. Même si l'amour ne pouvait cacher toutes les vérités. Par exemple, l'argent de Gordon commençait à diminuer, il le savait. Il allait bientôt falloir y remédier, ou les *deux* hommes se retrouveraient à la rue.

Ils avaient encore un peu de temps et Gordon laissait son courage se rassembler à son propre rythme. Lorsqu'il serait temps d'agir, il le saurait. Quand il serait prêt à faire face au monde à nouveau, il le saurait. Il n'en doutait pas un seul instant.

Minus était nerveux au sujet de rencontrer la mère de Gordon, alors celui-ci lui promit un peu de temps pour s'habituer à cette idée avant de l'exhiber à l'approbation de sa mère. Heureusement, cette dernière était occupée avec un certain M. Rhiner, qu'elle trouvait intéressant ainsi qu'un changement plaisant d'avec ses amis de l'immobilier.

Elle parlait de lui de temps à autre au téléphone, ce qui était assez pour déclencher la sonnette d'alarme de Gordon. Sa mère était la personne la plus secrète qu'il connaissait. Si elle appréciait assez l'agent de probation de son fils pour le mentionner, Gordon s'imaginait qu'elle était éprise.

Il était assez surpris d'être heureux pour elle. Et aussi pour M. Rhiner. Même s'il n'était pas sûr que le pauvre homme sache dans quoi il s'engageait en s'impliquant dans un tête-à-tête avec sa mère.

Mais Gordon était un peu trop enveloppé dans sa propre histoire d'amour bouleversante pour se soucier de celle de sa mère. Pour faire simple, il était bien trop heureux dans sa vie pour en avoir quelque chose à fiche de la sienne.

La culpabilité dévorait toujours Gordon et il lui fallut un moment pour réellement comprendre pourquoi. La vérité le frappa un matin, au moment où il ouvrit les yeux sur un nouveau jour avec son amant confortablement niché dans ses bras, leurs corps satinés et chauds de sommeil.

Il sortit calmement du lit, laissant Minus dormir. Il se tint à la fenêtre de la chambre et fixa le canyon sous ses yeux endormis. Il se souvint du coyote hurlant des mois avant qui avait initié son cauchemar avec le loup. Toutes ses erreurs passées ressurgirent brusquement dans son esprit alors qu'il se tenait nu devant la fenêtre, Minus ronflant doucement dans le lit derrière lui. Cette vieille douleur familière s'installa dans son cœur tout comme elle le faisait avant que Minus n'arrive pour remplir son cœur d'amour à la place. Même avec la senteur paradisiaque de Minus sur sa peau, il sut immédiatement d'où venait cette culpabilité.

Elle venait de cette petite parcelle d'herbe fraîche, brillant au loin sur la colline du cimetière Sainte-Croix. L'endroit qui n'avait jamais complètement quitté son esprit. Jamais.

Ce jour-là, entre son service du matin et celui de l'après-midi à la soupe populaire, il conduisit jusqu'à Sainte-Croix et avança péniblement dans les allées couvertes de touffes d'herbes jusqu'à Guadalupe Circle, où Jeremy Aldritch Booth moisissait dans le sol chaud, cuit par le soleil de la Californie brûlant au-dessus de sa tête.

Au moment où il atteignit la pierre plate gravée du nom de Jeremy, les larmes coulaient sur ses joues. Trop affaibli et le cœur trop blessé pour se soucier si quiconque le regardait ou pas, il tomba à genoux au pied de la tombe et enfouit son visage dans ses mains.

Lorsqu'il eut un semblant de contrôle sur ses émotions, il ôta ses mains et essuya ses larmes de ses pouces. Il posa ses mains sur l'herbe réchauffée par le soleil et parla dans un murmure au jeune homme endormi.

— Je n'ai aucun droit de demander ça… commença Gordon, mais sa voix céda, perdue dans un sanglot.

Il se racla la gorge, essuya une nouvelle vague de larmes sur son visage et essaya de nouveau.

— Jeremy, je suis venu demander la permission de… de te laisser partir. Je dois avancer dans ma vie maintenant. Si je ne le fais pas, je ne le ferai jamais. J'ai trouvé l'amour là où je ne pensais jamais le trouver. J'ai découvert un bonheur que je sais ne pas mériter. Mais… j'ai besoin de ta permission pour me livrer à lui. Je sais que je ne pourrai jamais payer le prix de ce que je t'ai ôté, mais je t'en prie, mon chagrin ne te ramènera pas. Ça ne le fera jamais. Je le sais maintenant. S'il te plaît, sois-le plus fort et permets-moi d'essayer de faire quelque chose de ma vie à nouveau. Je ne t'oublierai jamais. Je le sais. Et je ne me pardonnerai jamais pour ce que je t'ai fait. Mais s'il te plaît. S'il te plaît, Jeremy. Laisse-moi avoir ça. Laisse-moi avoir Minus. Laisse-moi avoir… *l'amour.*

La voix de Gordon se brisa à nouveau et avec un dernier 's'il te plaît', il enfouit une nouvelle fois son visage dans ses mains. Il pleura doucement jusqu'à ce qu'il réussisse à se ressaisir.

À cet instant précis, une chose merveilleuse se passa.

Une brise fraîche souffla sur sa peau. Il ouvrit les yeux. Il leva la tête et laissa l'air apaiser son visage fiévreux. Baissant les yeux, il vit une petite coccinelle escalader la pierre devant lui. Celle de Jeremy. L'odeur d'herbe fraîchement coupée lui emplit soudainement les narines.

Levant les yeux vers le ciel d'azur, il cligna des paupières pour chasser ses larmes et se releva. Il se pencha et, ce faisant, il passa ses doigts sur la tombe de Jeremy – la tombe de l'homme qu'il n'avait jamais rencontré de sa vie, mais dont il connaissait intimement la mort. Au moment où ses doigts touchèrent la pierre, la coccinelle déplia ses ailes et s'envola.

— Au revoir, chuchota Gordon.

Il se détourna de ce petit carré d'herbe pâle sur la colline où son âme était enterrée et retourna à sa voiture sur des jambes chancelantes.

Le vide qu'il ressentait était nouveau. Ce n'était pas le vide de l'insouciance. C'était différent. Mais cela signifiait-il ce qu'il espérait que cela signifie ? Avait-il été pardonné ?

Il supposait qu'il le saurait un jour. Mais pas aujourd'hui. Bon sang, peut-être jamais.

Les jours passèrent. Des jours paisibles. La vie de Gordon continua. Son bonheur avec Minus se poursuivit. D'une certaine manière, son agitation intérieure avait été calmée. Du moins pour un temps. Que ce soit par le vœu pieux ou le pardon réel de l'homme mort, Gordon reprit les rênes de sa vie avec le cœur plus léger, un but plus clair.

Trois semaines plus tard, il trouva enfin le courage de faire ce que lui avait suggéré son agent de probation. Il prit son téléphone et composa le numéro sur le petit bout de papier que M. Rhiner lui avait donné. Le correspondant répondit à la deuxième sonnerie.

Une rencontre fut fixée.

Trop peu sûr de lui pour se vanter de toutes les possibilités qui pourraient découler de cette simple entrevue, il ne le dit à personne. Ni à Minus. Ni à sa mère. Personne. Il osait à peine y penser lui-même.

Enfin, ce jour arriva. Gordon portait son plus beau costume et tentait de rester calme. Son entretien d'embauche dura deux heures. Quand ce fut fini, Gordon se tint sur le trottoir à l'extérieur des studios de Channel 9 et ferma les yeux, inspirant une grosse bouffée d'air chaud d'été, parfumé des senteurs de chèvrefeuille. Plissant les yeux dans le soleil couchant, il regarda autour de lui, repérant finalement la source de cette odeur. Il y avait une palissade dans le fond du parking inondée de vignes de chèvrefeuille en fleurs. Gordon songea qu'il n'avait jamais rien vu d'aussi beau de sa vie. Ou rien qui sentait aussi bon.

Bien sûr, même Gordon crut qu'il devait être pardonné pour son état d'esprit expansif. Après ce qui venait de se passer, qui ne serait *pas* expansif comme un fou ?

La vérité était que Gordon ne pouvait pas y croire. L'entretien s'était extrêmement bien passé. Ce fait le frappa très clairement lorsqu'il baissa les yeux sur la liasse de papiers entre ses mains. Un contrat. Non signé encore, mais quand même un contrat. L'offre était sur la table. Il devait simplement l'accepter.

Jackson Price, le directeur de la station KTSI, un homme d'âge moyen, qui fumait comme un pompier, avec une bedaine et un front dégarni qui était sur le point de le laisser aussi chauve qu'une boule de bowling, avait été amical, ouvert et enthousiaste sur les perspectives de Gordon. Le salaire offert était raisonnable, bien que loin de celui qu'il touchait sur Channel 10. Les créneaux horaires pour ses bulletins météorologiques étaient en prime time et, bien que ce soit toujours en pourparlers, il pourrait se voir offrir un court bulletin météo sur l'émission matinale de la chaîne, A.M. San Diego, avec une prime de salaire en accompagnement.

Même si c'était d'excellentes nouvelles pour un homme qui avait passé les six derniers mois de sa vie à servir des œufs brouillés instantanés et des galettes de saucisses à une bande de va-nu-pieds et de personnes âgées, même lui devait admettre qu'il y avait eu un moment dans sa vie où il aurait été consterné de travailler pour cette filiale particulière des informations de San Diego.

La vérité était que si on lui avait offert un emploi de météorologue à Channel 9 avant que sa vie ne s'autodétruise, il aurait ri à cette idée. Channel 9 était le bas de l'échelle dans les chaînes d'informations locales de San Diego. Pour la plupart, leurs présentateurs étaient des gens comme Gordon, des gens qui ne trouvaient pas de travail autre part – des gens qui avaient eu leur heure de gloire, mais qui avaient tout gâché ou des gens qui étaient restés trop longtemps sur le marché et avaient peut-être dépensé beaucoup trop dans les liftings pour rester viables. Il était de notoriété publique dans le business que le monsieur-tout-le-monde n'était pas trop chaud sur l'idée d'avoir des informations ou des bulletins météos jetés au visage à l'heure du dîner par une bande de vieux fossiles. Monsieur-tout-le-monde préférait obtenir ses nouvelles de la part d'une personne qui était au moins à moitié agréable à regarder.

Channel 9 San Diego était la seule station en ville à inverser cette tendance.

En d'autres mots, Channel 9 News était presque entièrement pourvue de gens sortis du système d'une manière ou d'une autre. Âge, problèmes personnels, incompétence. Et étrangement, en dépit de tout ça, ils avaient une assez bonne émission d'informations, si vous n'étiez pas trop esthétiquement prétentieux pour la regarder. Ils avaient même glané quelques trophées locaux en chemin pour le prouver.

Mais pour montrer combien Gordon était devenu humble après toutes ces terribles conneries qu'il avait traversées au cours de ces deux dernières années, un déchirant procès pour homicide involontaire aboutissant à une année de prison et pour couronner le tout, des mois et des mois de culpabilité, de honte et d'innombrables visites au cimetière pour pleurer l'homme qu'il avait tué, sans parler des heures incalculables qu'il avait passées à fixer ce maudit revolver dans le tiroir de sa salle de bain juste avant de partir d'un pas chancelant pour la soupe populaire afin de distribuer la nourriture aux opprimés – ouf ! – en dépit de tout cela, Gordon ne ressentait que de la gratitude que Channel 9 soit prête à l'engager.

À présent, avec cette sécurité de l'emploi s'il choisissait de l'accepter, au moins pour un an, son visage serait le plus jeune et le plus beau de l'équipe de la chaîne, du moins, c'est ce dont l'avait informé M. Price. Sa jeunesse et sa belle gueule seraient suffisantes pour mettre un pied dans la porte de l'opinion publique. Ensuite, il resterait à voir si le nouveau public serait enclin à dépasser son passé.

Et c'était réellement un gros si.

Bien que M. Price ne l'ait pas dit clairement, Gordon avait compris qu'une extension de son premier contrat d'un an avec la chaîne dépendait entièrement si l'audimat prenait la route et lui pardonnait ses transgressions passées. Après tout, les habitants de San Diego connaissaient de loin son histoire. Le public avait été bombardé de mises à jour quotidiennes au cours de son procès et plus tard, à nouveau au moment de sa sortie de prison.

Toute célébrité télévisuelle, même petite comme un météorologue local, est toujours à la merci des gens de l'autre côté de l'écran. Gordon le savait mieux que personne.

— Franchement – M. Price ne l'avait pas dit aussi clairement, bien qu'il aurait pu le faire –, ce sera entièrement à vous, Gordon, de charmer le public afin d'en retirer votre résurrection. Si vous pouvez mettre les gens de votre côté, avait-il *dit*, vous pourriez très bien avoir une maison chez Channel 9 aussi longtemps que vous le désireriez.

En se souvenant de ces mots, un sourire stupide étira ses lèvres. Voilà mesdames et messieurs, aussi longtemps qu'il le voulait ! C'était ce qu'avait dit cet homme !

Un tel frisson d'adrénaline le traversa qu'il poussa un cri de joie et courut jusqu'à sa voiture. Il devait annoncer ces bonnes nouvelles à Minus.

En chemin, aussi excité qu'il fût, il maintint la voiture sous la limite de vitesse autorisée, à la fois sur l'autoroute et en ville. Il ne toucherait pas à son téléphone portable pour un million de dollars, peu importe combien de fois il gazouilla, bourdonna et vibra dans la poche de son pantalon. Il aurait pu ramper hors de sa poche et lui claquer le visage avec un poisson mouillé qu'il n'aurait toujours pas répondu. Un message ? Oubliez ça ! Il n'avait pas enduré ces deux dernières années sans apprendre *quelque chose*.

Sa surabondance de prudence passa par la fenêtre dès qu'il se gara sur son emplacement dans le parking sous son immeuble. Il se jeta hors de la voiture, se lança dans les escaliers, contrat en main, et franchit en trombe le seuil de l'entrée.

— Minus ! Bébé ! Où es-tu, bon sang ? J'ai de bonnes nouvelles !

Mais Minus n'était pas là. Gordon vérifia chaque pièce.

Il attrapa le téléphone mural de la cuisine. Peut-être travaillait-il à la boutique. Gordon songea à l'appeler et lui donner les nouvelles par téléphone. Il devait le dire à quelqu'un. Il le *devait*.

Alors qu'il composait le numéro, un journal ouvert sur la table attira son attention. Les yeux de Gordon brûlèrent aux deux photos en page de garde.

C'étaient deux photos de lui. Côte à côte. Des photos d'identité judiciaire. Une vue de face et une de côté. Granuleuses, comme le sont souvent les photos des journaux, prises la nuit de l'accident deux ans plus tôt. Il se tenait, hirsute, les yeux rougis, en total état de choc, son costume à quatre-vingt-dix dollars déchiré au col, les cheveux ébouriffés. Il tenait une pancarte sous son menton avec un numéro de confirmation dessus. Il avait une coupure sur la joue droite, qui avait été recouverte d'un pansement par les ambulanciers plus tôt.

Les photos avaient été prises moins d'une heure après l'accident – l'accident qui avait tué Jeremy Aldritch Booth et transformé sa vie en naufrage.

Fixant les photos avec de grands yeux horrifiés, il sentit le téléphone lui glisser des mains et s'écraser au sol. Le contrat dans son autre main lui échappa, oublié. Ce ne fut qu'alors que Gordon remarqua la tache de nourriture sur le mur. Et l'assiette brisée au sol dans le coin.

Son excitation vira à la peur en un battement de cœur. Il arracha ses yeux du désordre et saisit le journal sur la table.

XIII

GORDON FIXAIT le journal, l'esprit si rempli d'émotions contradictoires tourbillonnantes qu'il ne savait pas par où commencer pour les trier. Dans ce maelstrom qui faisait rage entre ses oreilles, aucune pensée cohérente ne semblait capable de remonter à la surface.

Enfin, l'une d'entre elles se *fit* connaître. Et elle était horrible.

— Oh, non.

Froissant le journal dans son poing, Gordon courut jusqu'à sa chambre et ouvrit la porte de son armoire à la volée. Les vêtements de Minus étaient encore là, soigneusement suspendus parmi les siens. Il ouvrit les tiroirs de la commode. Les sous-vêtements de Minus étaient où ils étaient toujours, pliés avec soin, contrairement à ceux de Gordon qui étaient coincés n'importe comment sans aucun sens de l'ordre.

Au-dessus de la commode, l'argent de Minus, quelques billets froissés et une poignée de monnaie, posés dans une assiette en céramique, là où il le posait toujours quand Minus rentrait à la maison.

Gordon poussa un soupir de soulagement, mais il fut de courte durée.

Il aperçut les tennis de Minus, la paire neuve que Gordon lui avait achetée quelques semaines plus tôt, cachées sous le lit. C'était la seule paire que possédait Minus. Gordon avait jeté l'autre à la poubelle lorsqu'il avait acheté celle-ci.

Encore plus confus, il essaya de réfléchir. Que s'était-il passé ici ? Il fixa les chaussures. Pourquoi Minus serait-il parti sans ? L'étincelle d'inquiétude de Gordon se transforma en une flamme de peur.

Où diable était-il ?

Puis son esprit dériva à nouveau vers le journal froissé dans sa main. Il baissa les yeux, tentant d'ignorer le tremblement de terreur naissant en lui.

Le journal datait d'il y a deux ans. Il avait une pile de vieux journaux cachés dans une taie d'oreiller au fin fond de son placard. C'étaient des journaux relatant le procès. Son procès. Celui dans sa main était l'un d'entre eux. Les photos d'identité qui avaient attiré son attention dans la cuisine lui retournaient toujours l'estomac chaque fois qu'il posait les yeux sur elles.

Gordon détestait ces photos. Il détestait tout ce qu'elles lui rappelaient.

Il revint vers le placard et écarta les vêtements. Effectivement, la taie d'oreiller était posée au sol, mais les journaux étaient éparpillés. Dispersés. Fouillés. Tout ce qui lui était arrivé de mal dans sa vie était chroniqué dans ces maudits journaux. Tout sur l'accident. Tout sur ses suites. Son humiliation publique. La perte de son travail sur Channel 10. La rétractation de sa prochaine nomination aux Emmys. Son temps de prison. L'histoire de l'homme qu'il avait tué. Tout.

Et Minus avait tout vu ! Mon Dieu, cela serait-il suffisant pour anéantir son amour pour Gordon ? C'était stupide, n'est-ce pas ? Leur amour n'était pas fragile. Il avait eu l'intention de tout lui dire depuis longtemps déjà, bien sûr, mais le temps était passé et son passé était resté enfoui loin des yeux de l'homme qu'il aimait. Commodément ? Peut-être. Il ne voulait pas révéler à Minus l'horrible chose qu'il avait faite. Qui le voudrait ? Mais il aurait *dû* lui dire. Il aurait dû le faire asseoir et l'obliger à écouter. Mais il ne l'avait pas fait. Peut-être maintenant était-il trop tard.

Mais ils avaient tous les deux des secrets qu'ils ne voulaient pas partager, n'est-ce pas ? Le passé de Gordon. Celui de Minus. Et même le vrai nom de Minus. Celui-ci avait évité le sujet tout aussi sûrement que Gordon avait évité ses propres vérités humiliantes. Et Gordon l'avait laissé faire.

Seulement maintenant, il commençait à se poser des questions. Pourquoi Minus avait-il continué à insister pour recevoir son courrier à l'atelier d'électricité où il travaillait ? Pourquoi se détournait-il à la moindre mention de son vrai nom ? S'il avait un passé honteux à cacher, Gordon aurait compris. Seigneur, comment ne pouvait-il *pas* comprendre ? S'ils étaient tous les deux des mensonges vivants, comment l'un pourrait-il blâmer l'autre pour ce dont il était aussi coupable ?

Gordon regarda les titres éparpillés à ses pieds, chacun d'eux lui provoquant une douleur au cœur. Un météorologue local accusé d'homicide involontaire. Procès du météorologue local, l'événement le plus couru de la ville. La victime de Stafford était en troisième année de droit – premier de sa classe. Le météorologue reconnu coupable – la justice a été rendue. Stafford condamné à un an de prison. Le procureur chargé du dossier dit que le météorologue s'en sort bien.

Gordon ferma violemment les yeux, bloquant les mots. Il sentait le sang affluer à son visage. Même maintenant, la honte de tout ce qui s'était passé était presque trop dure à supporter. La seule chose qui l'avait rendue plus tolérable était Minus. L'amour qu'ils s'étaient découvert l'un pour l'autre l'avait ramené à la vie.

Était-ce fini à présent ? Était-ce trop à supporter, même pour Minus ?

Était-il parti pour de bon ?

Pour la première fois depuis des semaines, Gordon leva les yeux vers l'étagère au-dessus de sa tête – l'étagère où il avait caché son revolver.

Ce putain de revolver.

Son pouls tambourinait à ses oreilles. Il leva la main, pas vers l'étagère, mais pour fermer la porte du placard. Il la ferma, verrouillant l'arme – et son passé – à l'intérieur.

Il appuya les paumes de ses mains de chaque côté de sa tête et essaya de réfléchir. Il ne pouvait pas renoncer si facilement. Il devait trouver Minus. C'était sa priorité. Il s'occuperait du reste plus tard.

D'abord, il devait trouver Minus.

Il attrapa ses clés de voiture sur la table de la cuisine et se dirigea vers la porte. En chemin, il passa la tête dans la laverie pour s'assurer que Minus n'y était pas. Il n'y était pas, bordel !

Il commença à conduire lentement à travers le quartier, regardant à chaque coin de rue, chaque ruelle, vérifiant les trottoirs et les devantures de magasins. Pas de Minus. La journée tirait à sa fin. Il ferait nuit dans quelques heures. Gordon conduisit, rongeant sa lèvre inférieure, démoralisé de penser qu'il avait gardé sa vie cachée de Minus. Même si ce dernier avait fait la même chose avec lui.

Comment deux personnes pouvaient-elles s'aimer autant que Minus et lui et ne s'ouvrir sur *rien* ? C'était comme s'ils avaient passé chaque moment ensemble à ne vivre que pour le présent, mettant leur passé dans un coin, laissant leur histoire à l'extérieur de leur relation. Pourquoi avaient-ils fait cela ? Leur histoire faisait qui ils étaient. Si vous prétendiez aimer quelqu'un, vous deviez tout savoir sur lui. N'est-ce pas ? Sinon, vous viviez – et aimiez – un mensonge.

Gordon savait que Minus avait des problèmes émotionnels dans sa vie. Il avait dit qu'il y avait beaucoup de choses dont il ne se souvenait pas. Gordon ne savait pas si ça signifiait des choses de son enfance ou des choses qui lui étaient arrivées plus tard. Il n'avait jamais fait pression sur lui pour le savoir. Pourquoi ? Pourquoi était-il si terrifié que de plonger dans le passé de Minus ouvre le sien ?

Puis il y avait la question de ces nombreuses et horribles cicatrices sur les bras du jeune homme. De toute évidence, de l'automutilation. Minus en avait parlé avec honte au début de leur relation, mais ne les avait jamais plus mentionnées. Il y avait un médecin quelque part qui l'aidait à gérer sa perte de mémoire – Gordon le savait –, mais il ne savait pas comment mettre la main dessus. La seule chose qu'il savait était que Minus allait la voir à son cabinet en ville deux fois par mois, il ne connaissait même pas son nom. Il n'avait jamais vu de factures. Il n'avait aucune idée d'où se trouvait son cabinet.

Seigneur ! Comment avait-il pu être aussi stupide ? Comment avait-il pu dire à Minus qu'il l'aimait de tout son cœur puis se détourner des problèmes contre lesquels son amant se battait comme s'ils ne voulaient rien dire ? Quel genre de compagnon ferait ça ?

Mais pour en revenir à des questions plus pressantes, où Minus pouvait-il aller sans chaussure ni argent ? Encore plus important, *où* était-il allé ? Il ne pouvait penser qu'à une seule réponse.

L'atelier d'électricité. L'endroit qu'il avait une fois appelé maison. Apparemment, il y avait des amis. Une fois encore, des amis que Gordon n'avait jamais rencontrés. Qu'il n'avait jamais *essayé* de rencontrer.

Même si Minus ne l'avait jamais proposé, il aurait dû faire quelque chose à ce sujet.

Il dirigea sa voiture vers Mission Hills, vérifiant l'heure en chemin, se demandant à quelle heure fermait cet endroit. Seigneur, il ne savait même pas *ça*.

Gordon frappa la paume de sa main sur le volant. Merde, merde, merde !

Il accéléra. Il s'inquiétait à présent. Il s'inquiétait *vraiment*.

Lorsqu'il repéra la boutique encastrée entre une épicerie et une petite librairie, son enseigne lumineuse brillant dans la lumière du soir, il poussa un soupir de soulagement. Au moins, elle était toujours ouverte.

Se garant sur la première place de parking qu'il put trouver, il courut jusqu'à la boutique, ses clés cliquetant dans sa main. Il était tellement sur les nerfs qu'il sursauta quand la clochette au-dessus de la porte annonça son entrée.

Il n'était jamais venu dans cette partie de la boutique avant. Juste dans la réserve. C'était une autre partie de la vie de Minus qu'il n'avait pas pris la peine d'essayer de partager.

Un homme plus âgé derrière le comptoir leva les yeux lorsque Gordon passa la porte.

Gordon sentit la désapprobation de l'homme avant même d'avoir fait deux pas dans le magasin.

Ce qui l'arrêta dans son élan.

Ce n'était pas la première fois que Gordon voyait de l'aversion sur le visage d'étrangers. Il se souvint de cette femme flic au commissariat de police le jour où il cherchait Minus. Cet homme avait le même regard, la même expression. Méfiante. Suspicieuse. Froide. Comme s'il connaissait le passé de Gordon et ne l'approuvait pas. Pas. Le moins. Du monde. Et Gordon l'acceptait. Il l'avait vue de trop nombreuses fois avant pour y faire attention maintenant.

De toute façon, chez l'employé derrière le comptoir, le regard de suspicion froide s'était déjà transformé en pure haine. Cela s'était produit avant même que Gordon ait pu faire trois pas dans la boutique. Son intensité était dans l'air, comme une odeur de viande rance. Gordon pouvait même presque voir les actualités se jouer dans l'esprit de l'homme lui rappelant l'histoire de sa chute sordide. Il pouvait même voir les gros titres imaginaires fabriqués sous l'impulsion du moment par l'échange hyperactif de synapses étincelant dans les cellules cérébrales de l'homme. La célébrité vaniteuse et surpayée se comporte comme un connard et tue quelqu'un ce faisant.

Jolie une, se dit Gordon. Couvrant joliment les faits.

Il se raidit sous le regard noir de l'homme et reprit son approche en direction du comptoir.

L'employé lança une main en l'air comme un flic faisant la circulation.

— Je n'ai rien pour vous ici. Vous feriez mieux de faire demi-tour et de sortir par là où vous êtes entré. Nous sommes fermés.

Gordon vit deux autres clients parler à un autre employé à l'arrière de la boutique. *Fermé, mon cul,* pensa-t-il.

Mais il se décida pour le miel. Le vinaigre n'attirait pas les mouches.

— Je ne suis pas ici pour vos services. Je cherche quelqu'un.

L'homme pencha la tête sur le côté, son aversion parsemée d'un peu de confusion.

— Qui pourriez-vous chercher ici ?

— Minus, répondit Gordon, ne comprenant toujours pas l'intensité de l'aversion de cet homme. Je cherche Minus.

La réaction qu'il obtint fut si excessive qu'elle en fut presque drôle. Gordon ne pensait pas que l'employé aurait sursauté plus haut s'il avait sorti un aiguillon à bétail de son pantalon.

Franchement perplexe à présent, puisque la réaction de l'homme était bien au-delà de tout ce qu'il avait déjà vu chez quiconque, il recula d'un pas lorsque l'employé contourna brusquement le comptoir.

Il traversa le magasin en trombe sur ses grandes jambes. Cet homme était grand. Dans la cinquantaine, peut-être, il ne semblait pas avoir beaucoup de graisse. Si les choses se détérioraient en combat, Gordon savait qu'il serait dépassé. Mais avant qu'il ne puisse vraiment faire quoi que ce soit à ce sujet, son bras était serré dans une poigne de fer et il était propulsé vers la porte. De toute évidence, l'homme avait l'intention de le jeter à la porte, comme le méchant d'un film ringard.

Ce qui l'énerva.

Gordon dégagea son bras et repoussa l'homme afin de mettre un peu d'espace entre eux.

— Que croyez-vous faire, bordel ?

Si l'homme fut surpris que Gordon riposte, il ne le montra pas. Il empoigna le devant de la chemise de Gordon et le rapprocha.

— Ne pensez-vous pas que vous avez fait suffisamment de mal à ce garçon ? Maintenant, sortez d'ici ! Et si jamais je vous revois ici, je vous arrache la tête. C'est compris ? Vous n'êtes pas le bienvenu ici. Vous ne serez jamais le bienvenu, M. Stafford. Maintenant, foutez le camp !

À nouveau, Gordon se débarrassa de la prise de l'homme.

Encore plus confus qu'il ne l'était avant, il essaya de comprendre.

— Je comprends. Je ne suis pas votre personne préférée. Croyez-moi, je comprends vraiment, alors ne pensez pas blesser mes sentiments. Mais bon sang, je dois trouver Minus. C'est important. Je pense qu'il se passe quelque chose. Tout ce que vous avez à faire est de me dire s'il est là. Peut-être au sous-sol sur son lit merdique. S'il est là, j'aimerais le voir. Minus et moi devons parler.

Tout au long de la tirade de Gordon, les yeux de l'homme ne firent que s'agrandir encore et encore, comme s'il ne pouvait croire aux paroles sortant de la bouche de Gordon.

— Comment savez-vous pour le lit de Minus ? Comment savez-vous qu'il vit dans le sous-sol ? Et en quoi diable est-ce vos affaires, de toute façon ?

Gordon ne voulait pas créer de problèmes à Minus, mais ça devenait ridicule. Ce putain de pitbull protégeait Minus comme si Gordon allait le tuer ou autre.

— J'en connais probablement plus sur Minus que vous, *Monsieur*. Nous partageons un appartement ensemble, si vous voulez tout savoir. Je suis surpris qu'il ne vous l'ait pas dit. Maintenant, il s'est passé quelque chose et...

Ce fut au tour de l'homme de faire un pas en arrière.

— *Vous êtes* l'homme que fréquente Minus ? *Vous* ?

Gordon ne comprenait toujours pas ce qui se passait.

— Oui. Lui et moi...

Mais il ne put aller plus loin.

Toute couleur se draina du visage de l'homme. Il avait l'air d'être sur le point de s'effondrer. Les mots que l'homme avait prononcés plus tôt frappèrent Gordon. 'Vous ne pensez pas que vous avez fait suffisamment de mal à ce garçon ?' Que diable cela voulait-il dire ?

L'employé du magasin sembla avoir l'air harassé. Il chercha un endroit pour s'asseoir autour de lui et finalement, posa les fesses au bord d'un tonneau rempli d'articles à vendre. Il paraissait y avoir un peu de tout dans ce tonneau : des ampoules, des pignons, des lampes-stylos, des tournevis, des rubans de chatterton. Du bric-à-brac poussiéreux, resté trop longtemps sur les étagères peut-être, à présent réduit à récolter encore plus de poussière dans un tonneau à un dollar devant la porte.

Gordon repoussa les cheveux de son visage. Sa main revint humide. Il transpirait.

— Bon sang, qu'est-ce qui ne va pas avec vous ? Qu'est-ce que je vous ai fait ? *Ou* à Minus, puisque vous semblez être si consterné que nous nous connaissions.

L'homme fixa Gordon, bouche bée. Juste bouche bée. Puis il frotta les paumes de ses mains sur les genoux de son pantalon. Peut-être transpirait-il aussi.

Puis son visage prit une expression de stupéfaction. Quand il parla, sa voix était tout aussi abasourdie.

— Mon Dieu, vous ne savez pas, n'est-ce pas ? Vous ne savez pas qui est Minus ?

— Non, je...

— La ferme, M. Stafford. Laissez-moi réfléchir.

L'homme frotta les poils de son menton. Il avait besoin d'un rasage.

Un petit monologue prit place, l'homme se parlant plus à lui-même qu'à Gordon.

— Et Minus ne sait pas qui vous êtes non plus. Comment le saurait-il ? Il a tout bloqué. Il ne se souvient de rien de tout cela.

— Se souvenir de quoi ? demanda Gordon. De quoi Minus ne se souvient-il pas ?

L'homme posa les yeux sur Gordon et poussa un profond soupir, comme s'il se forçait à se calmer.

— Ce n'est pas qu'il ne se souvient pas, M. Stafford. C'est qu'il a choisi de ne pas s'en souvenir. Les médecins appellent ça une amnésie sélective. Mais vous ne savez rien de tout cela, n'est-ce pas ?

Gordon secoua la tête.

— Non. Il m'a dit qu'il avait des problèmes de mémoire. Il m'a parlé des médecins. Mais c'est tout ce que je sais. Il ne m'a pas dit… pourquoi.

— Pourquoi, répéta l'homme en secouant la tête en signe d'incrédulité.

Ses yeux contenaient moins de colère et de haine à présent. Il paraissait simplement fatigué.

— Non, je suppose qu'il ne vous en a pas parlé. Le pourquoi de tout cela est la raison exacte pour laquelle Minus fait un blocage sélectif de son esprit. Je suis un peu moins sûr de l'autre raison.

— L'autre raison ?

— Oui, M. Stafford. Pourquoi avez-vous choisi de ne pas dire la vérité à Minus à propos de *vous* ?

— Mais…

— Vous auriez dû lui dire. Même s'il ne comprenait pas.

— Comprendre quoi, pour l'amour de Dieu ?

L'homme se contenta de le fixer.

— Écoutez, dit Gordon. Si vous voulez tout m'expliquer, super. Mais avant, s'il vous plaît, dites-moi si Minus est en bas. Il est parti sans ses chaussures ni argent ou…

— Non, répondit l'homme. Il n'est pas là. Je le saurais sinon. J'imagine que nous ferions mieux de le retrouver alors.

Cette déclaration rendit Gordon encore plus confus.

— Nous ?

— Oui, M. Stafford. Nous. Et pendant que nous le cherchons, je vous expliquerai.

Comme si une pensée le frappait pile entre les deux yeux après coup, il le regarda avec une expression embrouillée. Il se parlait à lui-même plus qu'à Gordon et celui-ci le savait.

— Comment diable vous êtes-vous retrouvés ensemble ?

La question sembla rhétorique alors Gordon n'essaya même pas d'y répondre. Ses priorités étaient autres.

— Si nous devons le chercher, alors allons-y maintenant. Il commence à faire nuit.

L'homme acquiesça.

— Oui. D'accord.

Il se souleva du bord du tonneau et appela l'autre employé qui débitait toujours des informations aux deux clients dans le fond de l'atelier tout en pointant une sélection de lampadaires accrochés au mur.

— Dan, je dois y aller ! Si je ne suis pas revenu à l'heure de la fermeture, ferme pour moi.

Gordon regarda Dan acquiescer avant de reprendre son relationnel client. Les lampadaires ne se vendaient pas tout seuls après tout.

— Venez, lui dit l'homme plus doucement, le regardant avec un peu moins de soupçons maintenant, mais pas de beaucoup. Allons trouver Minus. Ma voiture est en panne. Nous allons devoir prendre la vôtre si vous en avez une.

— J'en ai une, répondit Gordon en se dirigeant vers la porte.

La clochette au-dessus de la porte annonça leur départ. Cette fois, Gordon ne sursauta pas lorsqu'elle tinta au-dessus de sa tête. En fait, il ne l'entendit même pas. Il avait trop de choses en tête.

L'homme le suivit dans la rue, s'allumant une cigarette en chemin. Il ne paraissait toujours pas très amical.

145

XIV

GORDON S'INSÉRA dans le trafic d'heure de pointe.

— Où allons-nous ?

— Je ne sais pas, répondit l'homme. Laissez-moi réfléchir. Contentez-vous de conduire.

Alors Gordon conduisit.

L'homme descendit sa vitre latérale afin de laisser s'échapper la fumée de sa cigarette. Il n'avait même pas pris la peine de demander à Gordon si ça le dérangeait qu'il fume. Et Gordon n'en avait pas grand-chose à foutre. Il essayait encore de comprendre les réponses aux questions plus importantes.

— Quel est votre nom ? demanda Gordon. Et quelle est votre relation avec Minus ?

L'homme jeta un regard glacial dans sa direction puis tira longuement sur sa cigarette, se demandant apparemment s'il allait répondre ou non. Enfin, il le fit.

— Jerry travaille pour moi.

— Jerry ?

Gordon se rappela que l'inspecteur au commissariat avait appelé Minus Jerry. Il s'était douté que c'était son vrai nom, mais lorsqu'il avait abordé le sujet à l'appartement, celui-ci avait esquivé, changeant de sujet.

— Oui, répondit l'homme. Son nom est Jerry. Je suis Sam.

Il ne proposa pas de se serrer la main, Gordon non plus.

Gordon dépassa une voiture en panne au moment où les réverbères le long du boulevard clignotaient, annonçant l'approche de la nuit.

— Vous avez engagé Minus pour nettoyer votre atelier et vous lui avez donné un endroit pour dormir. C'était ce qu'il fallait faire. Merci.

Sam jeta impatiemment son mégot par la vitre.

— Je n'ai pas embauché Minus pour faire le ménage dans l'atelier, M. Stafford. Il a sombré quand ses autres compétences… l'ont quitté.

— Ses autres compétences ?

— Oui, ses autres compétences. Celles qu'il exerçait avant que vous n'arriviez et ruiniez sa vie.

Ce fut au tour de Gordon de sursauter sous l'imaginaire aiguillon à bétail.

— Je n'ai pas ruiné sa vie ! Nous nous aimons. Nous sommes amoureux. Je suis désolé si vous ne saviez pas que Minus était gay, mais...

— Je savais qu'il était gay, répondit doucement Sam. Mais vous avez quand même ruiné sa vie, que vous le sachiez ou non.

Gordon sentit la chaleur gagner sa nuque. Il devenait fou. Il commençait à faire sombre, ce qui amenuisait sérieusement ses chances d'apercevoir Minus dans la rue. Ce qui le rendait encore plus fou. Il alluma ses phares.

— Minus et moi sommes bons l'un pour l'autre. Je me fiche que vous le croyiez ou non. Mais j'aimerais savoir pourquoi vous pensez que j'ai ruiné sa vie. Expliquez-moi. Donnez-moi le fond de votre pensée, Sam. J'aimerais entendre votre version des choses.

Sam se tourna dans son siège, débouclant sa ceinture de sécurité pour le faire, afin de pouvoir regarder directement Gordon.

— Attachez votre ceinture, dit Gordon. Je n'ai pas envie d'avoir une amende.

Sam ricana et laissa sa ceinture détachée.

— Non, je suppose que non. Vous avez eu assez de problèmes avec la loi, j'imagine.

Gordon ne vit aucune raison de nier. Il savait que l'homme l'avait reconnu au moment où il était entré dans la boutique. S'il l'avait reconnu, comme tout autre lecteur de journaux et drogué de la télé, alors il connaissait aussi son histoire.

— Oui, répondit-il sèchement. Plus qu'assez.

La voix de Sam était plus basse maintenant. Presque incrédule.

— Vous ne savez vraiment pas qui est Jerry, n'est-ce pas ?

— Bon sang, non, je ne sais pas ! Et je ne sais pas de quelles compétences vous parlez non plus. De toute évidence, je ne sais *rien*, sauf que je l'aime et que je m'inquiète pour lui et que si vous avez la moindre idée d'où le chercher, j'aimerais que vous me le disiez ! C'était votre idée que nous le cherchions. Alors, regardez, Bon Dieu, au lieu de raconter des conneries.

— Jerry est électricien, M. Stafford. Il travaille pour moi depuis quatre ans. Deux ans en tant qu'électricien et deux ans... comme vous le voyez maintenant.

Gordon se souvint de ce jour-là, dans la cuisine. Il se frappa mentalement le front. Bien sûr.

— Il a réparé mon micro-onde, dit Gordon, se rappelant combien Minus avait été sûr de lui à ce moment-là, calé. Il a rapporté ses outils à l'appartement et a réparé mon micro-onde. J'aurais dû le savoir.

— Il y a d'autres choses que vous auriez dû savoir, M. Stafford. Premièrement, vous auriez dû le laisser tranquille. Ne pas mêler votre vie à la sienne. Vous avez infligé suffisamment de dommages à ce garçon. Il est ce qu'il est aujourd'hui à cause de vous.

— Oui. Il est une bonne personne. Un homme bon. Remarquez que j'ai dit homme, pas garçon. Et par-dessus tout, il est mon compagnon. Voilà ce qu'il est. Je me fiche que vous le croyiez ou non, Sam, mais Minus et moi sommes heureux ensemble. Nous nous aimons beaucoup. Nous essayons de nous remettre sur pied et d'aller de l'avant dans notre…

— Jerry ne peut pas aller de l'avant parce que son esprit ne le lui permettra pas. Et vous n'aidez pas !

Gordon frappa le toit de la voiture de son poing.

— Mais *pourquoi*, bordel ?

Pas de réponse. Il se tourna pour voir ce que Sam faisait. Celui-ci regardait par le pare-brise, apparemment perdu dans ses pensées.

— Qu'est-ce qu'il y a ? demanda Gordon. Vous pensez savoir où pourrait être Minus ?

Sam tourna lentement le regard vers Gordon. Il n'y avait plus aucune colère sur son visage. Simplement, une préoccupation lasse.

— Oui. Tournez à droite. C'est à quelques kilomètres dans cette rue.

Gordon tourna comme indiqué. Dès qu'il se dirigea vers l'est, il réalisa que c'était la même rue qu'il prenait toujours pour le cimetière Sainte-Croix. Une peur qu'il ne put expliquer le mordit. Il agrippa le volant de toutes ses forces et conduisit. Les dents serrées. Un soudain filet de sueur s'insinua le long de sa cage thoracique sous sa chemise.

— Vous savez où nous allons maintenant, n'est-ce pas ?

Ce n'était pas une question.

— Ou… oui. Je pense. Seulement, je ne sais pas pourquoi.

Sam alluma une autre cigarette, jetant l'allumette usée par la vitre. Gordon vit sa petite traînée d'étincelles se disperser dans la nuit dans son rétroviseur comme un minuscule feu d'artifice.

— Je vous expliquerai quand nous y serons, répondit Sam.

148

Gordon ne put qu'acquiescer. Brusquement, il n'était plus en colère. Il était effrayé.

IL FAISAIT sombre dans le grand cimetière. Il n'y avait aucune lumière pour indiquer le chemin. Mais ce n'était pas important. Gordon avait tant de fois parcouru ses allées qu'il les connaissait par cœur. Il savait aussi que le gardien verrouillerait bientôt les portes. Ils ne pourraient pas s'attarder longtemps. Sam et lui devaient se dépêcher.

Mais Sam ne semblait pas vouloir se presser.

Gordon se faufila dans les allées sinueuses entre les tombes, le paysage sombre autour d'eux faisant écho à l'inquiétant silence plaintif. Il ne put s'empêcher de se diriger directement vers la tombe sur la colline qu'il connaissait si bien. Cela exigeait trop de réflexion. Trop... d'appréhension pour contempler. Il y alla simplement. Sans but. Longeant une allée sinueuse, tournant sur une autre, virant sur un coup de tête, se dirigeant dans la direction opposée. Sans jamais s'arrêter. Juste avancer. Comme un oiseau craignant la lumière. Espérant contre toute attente que Sam ait une autre destination en tête, une autre que cette même tache claire de gazon que Gordon avait arrosé de ses larmes pour ce qui semblait depuis toujours. Sam devait sûrement avoir une autre destination à l'esprit. Il le devait.

Que Jeremy Aldritch Booth pouvait-il avoir à voir avec tout ça ?

Tandis que Gordon se posait cette question, il sentit ce chagrin familier s'installer dans son âme. Il tenta de l'ignorer, mais il ne cessait de s'aggraver, comme un goût amer qui ne voulait pas partir.

La lune était immense. Elle ressemblait à un projecteur à l'horizon, rayonnant, faisant luire les pierres tombales comme si elles étaient sculptées dans l'ivoire. Elles brillaient sur le paysage vallonné comme une foule d'anges revenus à la vie, réveillés peut-être par le crissement des pneus des voitures sur le macadam. Ils levèrent la tête, semblant les avertir alors que les phares d'une voiture poignardaient la pénombre, les illuminant un par un.

Sam ne sembla pas particulièrement intéressé d'indiquer la bonne direction à Gordon. Il se servit simplement du cocon de son et d'obscurité à l'intérieur de la voiture comme toile de fond pour raconter son histoire tandis que Gordon écoutait silencieusement.

Lorsqu'il parla, la voix de Sam fut triste : un chagrin martelant une douleur sans fin dans ce désert de vies finies. Gordon pouvait ne pas comprendre où Sam voulait en venir, mais il comprenait la douleur. Il avait vécu avec suffisamment longtemps pour la reconnaître pour ce qu'elle était.

— Permettez-moi de vous parler d'un jeune homme que je connaissais, bourdonna la voix de Sam dans les ombres près de lui. Permettez-moi de vous parler de Jerry.

— D'accord.

Gordon souffla les mots, son cœur tambourinant dans sa poitrine. Dans ses oreilles, les battements de son cœur paraissaient incroyablement forts, comme s'ils résonnaient par-dessus la forêt de tombes les entourant. La nuit était fraîche, une bénédiction après cette longue journée chaude. Elle était parfumée de l'odeur de vieilles fleurs oubliées – les fleurs laissées à l'abandon sur les pierres tombales tout comme les corps pourrissaient dans le sol. Ces fleurs étaient peut-être un hommage aux morts, ou juste une concession aux vivants pour leur faire savoir qu'ils étaient toujours en vie et magnanimes dans leur chagrin fabriqué.

Gordon ferma les yeux à cette pensée, la repoussant.

— Dites-moi, dit-il d'une voix basse. Parlez-moi de… Jerry.

Sam s'alluma une autre cigarette, l'allumette illuminant ses yeux plaintifs alors qu'il fixait les champs de morts.

— Il est venu me voir il y a quatre ans, commença Sam. Je l'ai tout de suite apprécié. C'était un bon électricien. Il avait appris dans la marine, avait-il dit.

Sam sourit. Gordon le sentit dans sa voix.

— Il était un tel avorton, mais bon sang, ce gars pouvait manger.

Ce fut au tour de Gordon de sourire.

— Il peut toujours.

— C'était aussi un bon travailleur. L'un des meilleurs électriciens que j'ai jamais vu. Et j'ai été dans les affaires toute ma vie, M. Stafford. J'en ai vu beaucoup.

Sam prit une inspiration. Gordon pouvait sentir la fumée de cigarette dans son souffle à travers la voiture. Le vieil homme s'installa plus confortablement dans son siège, comme s'il se préparait pour une longue histoire.

— Je n'aurais jamais imaginé qu'il était gay jusqu'à ce qu'il se mette en tête de me le dire. L'air de rien. Au cours d'un déjeuner dans l'arrière-boutique. Il a dit qu'il avait trouvé quelqu'un qu'il aimait et qu'ils emménageaient ensemble alors si j'appelais son nouveau numéro et que quelqu'un d'autre répondait, je comprendrais.

Gordon observa silencieusement Sam trifouiller le tableau de bord, touchant ici et là, tâtonnant avec son doigt. Il fallut un moment à Gordon pour se rendre compte qu'il cherchait le cendrier. Au moment où Gordon le comprit, Sam avait localisé la fichue chose et y écrasait son mégot de cigarette. Peut-être ne voulait-il pas souiller les tombes en le jetant par la vitre comme il l'avait fait pour les autres.

— Continuez.

Sam se racla la gorge et cracha par la vitre. Gordon supposa qu'il ne pensait pas profaner quoi que ce soit en crachant à la place sur les pierres tombales.

— Jerry a eu un chemin difficile à cause de son homosexualité. Pas de ma part, ne vous inquiétez pas. J'ai l'habitude des gays. J'ai un frère qui était pédé comme un phoque. D'autres membres de ma famille aussi. Certains sont en vie, d'autres... partis. Les plus gentilles personnes au monde, les gays. Comme je le disais, j'y suis habitué. Mais Jerry a fait l'erreur de dire à sa famille qu'il jouait pour l'autre équipe. Ils ont immédiatement montré leur vrai visage en le reniant totalement. Alors, à l'âge canonique de vingt-quatre ans environ, il s'est brusquement retrouvé sans famille. C'était une bonne chose qu'il ait eu son partenaire pour l'aider à affronter ça. Je le connaissais, vous savez. Je le connaissais bien. C'était un homme bon, le partenaire de Jerry. Il était fou de Jerry. Ils étaient bons l'un pour l'autre. Ils étaient... heureux.

Sam indiqua le côté de l'allée en macadam.

— Arrêtez-vous ici. Coupez le moteur.

Avec une nouvelle vague de peur se mêlant à l'ancienne, Gordon stoppa la voiture au pied de la colline menant à Guadalupe Circle. Le même endroit où il se garait toujours quand il venait à Sainte-Croix en voiture. Il éteignit les phares et laissa l'obscurité tomber, les avalant tout entiers, hormis le bout rouge du tabac toujours incandescent qui couvait dans le cendrier entre eux. Quand Sam le vit, il se servit du mégot torsadé pour éteindre la braise correctement.

Gordon essaya de mettre sa peur de côté et de se concentrer sur ce que Sam lui avait dit.

— C'est ce qu'il voulait dire quand il disait qu'il n'avait plus de famille, murmura Gordon, plus pour lui-même que pour Sam.

— Quoi ? aboya Sam. Qu'avez-vous dit ?

Gordon soupira.

— Minus m'a dit qu'il n'avait pas de famille.

— Il avait raison, claqua Sam. Il n'en avait pas. Pas vraiment. Il avait une bande de connards homophobes comme famille qui l'ont laissé tomber comme une patate chaude à la minute où ils ont appris qu'il était gay. Ce n'est pas ce que j'appellerais une famille. Et vous ?

Pauvre Minus.

— Euh, non. J'imagine que non.

— Bâtards sans cœur, marmonna Sam par la vitre en regardant les tombes dans le clair de lune.

À la surprise de Gordon, Sam tira la poignée de la portière et sortit de la voiture. Gordon plissa les yeux à la brusque luminosité du plafonnier.

— J'ai besoin d'air, dit Sam. Venez avec moi, M. Stafford.

Gordon retira les clés du contact et le suivit docilement.

Sam garda les yeux au sol en marchant. Bien que la lune brille au-dessus d'eux, c'était toujours un lieu semé d'embûches où se promener, avec la terre pleine de touffes d'herbes, ces pierres et ces nombreux objets de condoléances laissés pour honorer la mort : des fleurs, naturelles ou en plastique, dans des vases à pieds plantés dans le sol, des figurines de la Vierge Marie ici et là, un bout de granit noir posé sur la tombe d'un enfant, une phalange de voitures soigneusement arrangée, bordant la pierre tombale.

L'atmosphère sembla adoucir la voix de Sam. Elle adoucirait celle de n'importe qui.

— Vous savez, M. Stafford, lorsque la famille de Jerry l'a jeté hors de leur vie, ils lui criaient des versets de la Bible. Je suis sûr que vous avez déjà rencontré quelques personnes comme ça. La religion est leur seule raison de vivre. Adorer un dieu dont personne ne peut prouver l'existence leur importe plus que de protéger le fils qu'ils ont mis au monde et qu'ils peuvent voir de leurs propres yeux.

— Je suis désolé, dit Gordon, contournant prudemment un vase en pierre rempli de ce qui semblait être des lys en plastique.

Il se pencha pour en toucher un et se rendit compte qu'il était naturel.

— Ça a dû être dur pour Minus d'être tout à coup seul comme ça.

— Oui. Mais comme je l'ai dit, il n'était pas tout à fait seul. Il avait des amis à la boutique. Et il avait son compagnon.

À nouveau, la voix de Sam contenait la présence d'un sourire. Gordon songea que c'était un étrange accoutrement à porter dans un tel lieu.

Une question, qu'il tenta immédiatement de repousser, pénétra l'esprit de Gordon. Il ne voulait pas la poser à Sam. Il ne pouvait pas. Son cœur sombrait assez vite comme ça, alors qu'il voyait où Sam le conduisait. Ils grimpaient déjà la colline en direction du centre de Guadalupe Circle. Gordon avait traversé ces mêmes pierres à peine une semaine auparavant. Il connaissait bon nombre de ces noms gravés par cœur. Jacobs. Styles. Mendoza. Blaine.

Son sang pulsait dans sa tête alors qu'ils approchaient toujours plus du sommet. Les aisselles de sa chemise étaient froides et moites de sueur. Dans la brume au loin, il distingua l'horizon de San Diego, scintillant comme un mirage dans le désert. Derrière, il le savait, le vaste océan Pacifique s'étendait à l'infini, suivant la courbe de la Terre jusqu'à ce qu'il atteigne les rives opposées, à l'autre bout du monde.

Gordon détourna le regard de la beauté de cet horizon étincelant. Il pointa une parcelle de buissons entourant une zone du cimetière remplie de petites tombes de nourrissons.

— Allons par là, dit-il.

Sam secoua la tête.

— Non, M. Stafford. Allons par *là*.

Et il agrippa le bras de Gordon pour le propulser vers l'avant. Doucement, mais pas tant que ça.

Le cœur comme un morceau d'acier glacial dans sa poitrine, Gordon le suivit en haut de la colline herbeuse. Déjà, dans le clair de lune, il pouvait voir la tombe familiale. La tombe de l'homme qu'il avait tué. Sam se dirigeait droit dessus.

— Pourquoi sommes-nous ici ? demanda calmement Gordon. Je pensais que nous cherchions Minus.

Sam ne répondit pas. Il se contenta de marcher, les doigts serrés comme un étau autour du bras de Gordon. Ce dernier se laissa conduire, essayant de ne pas penser. De ne penser à rien. Ni à Minus. Ni à lui-même. Ni à ce qui l'attendait parmi ces pierres de mort qu'il connaissait si bien.

Tentant de ne pas se demander pourquoi Sam l'amenait ici.

Cette question, Gordon n'essayait *certainement* pas de la comprendre.

À deux tombes du carré d'herbe fraîche qui, dans le clair de lune, avait l'air aussi vert et luxuriant que l'herbe aux alentours, Gordon trébucha. Il tomba en avant, atterrissant sur un genou. Immédiatement, l'herbe humide trempa sa jambe de pantalon. Les gardiens devaient avoir arrosé. Il frissonna à l'humidité moite sur sa peau.

Sam se tenait au-dessus de Gordon, la main tendue pour l'aider.

— Nous ne sommes pas encore arrivés. N'arrêtez pas maintenant.

Gordon lui prit la main et se remit debout. Quand Sam se retourna pour continuer, il ne relâcha pas sa main, la gardant fermement serrée dans sa grande patte usée.

Sam s'arrêta au pied de la tombe que Gordon connaissait si bien, l'endroit exact où il savait que Sam le menait depuis le début. Il n'y avait aucun moyen de bloquer la vérité plus longtemps. Il sentit un sanglot remonter dans sa gorge, se frayant un chemin à la surface. Ses yeux étaient brillants de larmes contenues.

Une fois encore, il tomba à genoux, cette fois de douleur. De honte.

— Non, murmura-t-il, la main venant reposer sur l'herbe humide.

Elle sembla froide et réconfortante contre sa peau. Aussi froide et réconfortante que pourrait l'être la mort.

Sam ne dit rien. Il se tint aux côtés de Gordon. Stoïque. Muet. Il ne tendit pas la main pour le réconforter. Ni ne sembla surpris de l'entendre pleurer dans la pénombre près de lui.

Gordon tenta à nouveau de stopper ses sanglots naissants. Il plissa les yeux à travers ses larmes qui faisaient onduler sa vue.

La lune baissa les yeux vers les deux hommes près de la tombe. Si elle avait le moindre intérêt pour ce qui se passait en dessous, elle n'en montra aucun signe. Une rafale souffla au travers des pierres environnantes, faisant frissonner les feuilles du grand eucalyptus sur la crête de la colline. Dès que le vent se rafraîchit, une volute de nuage sombre se plaça pour atténuer l'éclat de la lune.

Dans la soudaine obscurité, la pierre tombale était illisible. Mais Gordon savait ce qui y était gravé. Il avait mémorisé ces mots il y a longtemps.

JEREMY ALDRITCH BOOTH
1988—2012
Endormi dans les bras de Dieu.

Gordon tomba en avant, plongeant les *deux* mains dans l'herbe humide. Il ferma les yeux contre la pénombre, même s'il était reconnaissant de sa présence. Il ne voulait pas pleurer devant cet homme. Il ne voulait pas pleurer devant Dieu, si Dieu le regardait. Pas encore.

Mais les larmes surgirent. Elles jaillirent de lui comme la lave déchirant la terre. Chaudes, expansives, furieuses.

— Oh mon Dieu, balbutia-t-il. Je… je comprends maintenant. C'était Minus que j'ai entendu hurler à l'intérieur de la voiture cette nuit-là. Minus était le passager. Je ne pouvais pas le voir. C'était son… *compagnon*. Je l'ai tué.

Il leva les yeux vers l'homme qui se tenait près de lui.

— N'est-ce pas ?

Et au-delà de toute attente, au-delà de toute imagination de sympathie de l'homme debout près de lui, il sentit la main de Sam se poser doucement sur son épaule.

— Oui, M. Stafford, répondit-il, les mots heurtés et pragmatiques, la voix aussi froide et impassible que l'herbe mouillée sous ses doigts.

— L'autre homme dans la voiture était mon fils.

XV

LE CŒUR de Gordon cafouilla dans sa poitrine. La honte familière se déversa. Mais cette fois, la honte fut si viscérale qu'il eut l'impression qu'elle allait complètement le balayer.

— Votre fils...

Sam tourna le dos à Gordon et s'agenouilla lentement sur le côté de la tombe. Il passa ses doigts sur la pierre humide, époussetant un peu d'herbe tondue.

— Oui, M. Stafford. Jeremy Aldritch Booth était mon fils. Aldritch était le nom de famille de sa mère.

À moitié aveuglé par les larmes, Gordon tâtonna de sa main jusqu'à ce qu'elle se pose sur le talon de la chaussure de Sam. Celle-ci était humide à cause de l'herbe. Il se cramponna au talon et essaya de garder sa voix sous contrôle.

Quand il essuya ses larmes, il vit Sam lui jeter un regard par-dessus son épaule, son visage las, morne et triste sous le clair de lune.

— Je suis tellement dé... désolé, balbutia-t-il.

Son imploration lui sembla des mots si faibles à prononcer, même à ses propres oreilles, que les larmes recommencèrent à couler. Incontrôlables, cette fois-ci. Toujours accroché au talon de Sam, comme un homme s'accrochant à une falaise, il enfouit son visage dans son autre main et tomba en avant. Il appuya son front contre la terre au pied de la tombe de Jeremy.

La tombe retenant le fils de cet homme. Un fils que Gordon avait tué dans un acte d'imprudence et d'ivresse stupide presque deux ans plus tôt.

Il prit une inspiration tremblante et ouvrit ses yeux brûlants pour voir la haine qu'il méritait.

Ce qu'il vit au lieu de ça fut de la pitié. Et elle lui coupa le souffle.

Il laissa échapper les seuls mots qu'il put trouver.

— Je suis désolé, répéta-t-il. Je suis... désolé.

La voix de Sam fut rauque d'émotions, mais il ne versait aucune larme. Peut-être avaient-elles déjà coulé ? Peut-être n'en restait-il aucune ?

— Je le sais, M. Stafford. Vous l'avez dit au procès. Vous vous souvenez ? Vous pleuriez à la barre et vous disiez que vous étiez désolé. J'étais assis au fond de la salle d'audience, car je ne pouvais pas me permettre d'être près de vous de peur de ce que je pourrais faire. Après ce jour, après que vous avez accepté ce que vous aviez fait et plaidé le pardon devant une salle d'audience pleine d'étrangers, j'ai passé beaucoup de temps à vous haïr. Une réaction normale, j'imagine. Mais lentement, tandis que je regardais votre grande vie tourner au fiasco, je me suis rendu compte que vous aviez payé un lourd tribut pour vos actions cette nuit-là. Pas aussi lourd que mon fils, mais un tribut néanmoins.

— Vous regardiez ma vie ? souffla Gordon. Je ne comprends pas.

Sam se remit sur ses pieds en grognant, ôtant son talon de l'emprise de Gordon et frottant ses genoux douloureux d'être restés pliés trop longtemps.

— Je ne peux plus m'accroupir comme je le faisais avant. Je dois me lever. Arthrite. J'ai rampé autour de trop nombreuses maisons au cours de ma carrière.

— Sû… sûrement, bafouilla Gordon.

Sam baissa le regard vers l'endroit où Gordon était toujours recroquevillé sur le sol et il parut le faire avec sympathie. Comment pouvait-il faire ça ?

— M. Stafford, tout le monde dans cette ville connaît votre histoire. Je regardais les nouvelles chaque fois que votre nom était mentionné, comme vous pouvez l'imaginer. Je crains que je ne soyez devenu une sorte d'obsession pour moi pendant un certain temps. Je sais tout ce par quoi vous êtes passé. Je sais combien cela a été difficile pour vous en prison. Je sais que vous avez perdu votre carrière, que vous avez passé les derniers mois à travailler dans un foyer de sans-abri, vous occupant des pauvres, que vous buviez beaucoup trop, peut-être le faites-vous encore, pour ce que j'en sais. Je sais que vous avez perdu votre belle maison et que vous avez dû prendre un petit appartement à la place. Tout est relaté dans les faits divers. Tout. Vous n'avez qu'à savoir où chercher. Et puisque j'avais plus de raisons que quiconque de le faire, je l'ai fait.

Gordon ouvrit la bouche pour parler, mais Sam lui intima le silence.

— Laissez-moi finir.

Sam regardait le même horizon scintillant au loin que Gordon fixait plus tôt. Alors que sa voix était rauque, son visage était pensif. Fatigué.

— Puis j'ai finalement commencé à laisser la haine que j'éprouvais pour vous se dissiper, M. Stafford. J'ai vu que vous payiez un prix ininterrompu pour l'horrible chose que vous aviez faite et je sais que j'aurais dû en être satisfait. C'était une petite revanche, mais c'était mieux que rien. Puis vous êtes entré dans ma boutique aujourd'hui et brusquement, j'ai su que je vous détestais toujours. Peut-être encore plus qu'avant. Vous voir en bonne santé, fort, alors que les os de mon fils reposent sous cette maudite colline, froids et sans vie pour l'éternité, serait suffisant, je suppose, pour que n'importe quel père vous déteste. Mais maintenant que j'ai eu du temps pour y penser, je commence à me rendre compte que j'ai peut-être été un peu... injuste.

— Vous ne l'êtes pas ! cria Gordon. Je mérite votre haine. Oh, mon Dieu, je suis...

Sam leva la main.

— Ne dites pas que vous êtes désolé, monsieur. Ça n'aide pas. Laissez-moi finir ce que j'essaie de vous dire. Avec ma femme et mon fils disparus, j'ai en quelque sorte reporté toute mon attention, tout mon *amour*, sur Jerry. Après tout, mon fils était fou de lui. Et je suis devenu un peu fou de lui aussi. Je ne suis pas aveugle, vous savez. J'ai vu le changement s'opérer en ce garçon au cours de ces derniers mois. Je savais qu'il avait trouvé quelqu'un qui prenait soin de lui et je pensais que c'était une bonne chose. J'avais même espéré que peut-être, ce serait suffisant pour remettre sa vie sur les rails. Pour briser le mur de briques qu'il avait construit dans sa tête après cette nuit-là. La nuit où vous avez tué mon fils.

Gordon grimaça à ces mots et une nouvelle fois, enfouit son visage dans ses mains. Mais il écoutait. Il écoutait chaque mot prononcé par Sam. Avide de tout entendre. Avide de paroles de pardon. Ou de haine. Ou de condamnation. Quelles que soient les paroles que cet homme souhaitait lui jeter, il était prêt à les accepter. Si c'était des paroles de haine, il les méritait certainement. En ce qui concernait le pardon, il ne pouvait pas encore croire qu'il lui serait offert. Comment le pourrait-il ?

Sam se racla la gorge, comme s'il n'était pas habitué à parler si longtemps.

— Après l'accident, Jerry a tenté de se suicider. Vous avez vu les cicatrices, j'imagine. Je suppose qu'il ne vous a pas dit comment il les avait obtenues.

— Non, admit Gordon, à nouveau submergé de chagrin. Il ne s'en souvenait pas. Du moins, c'est...

— Et c'est vrai, l'interrompit Sam. Il ne s'en souvient pas. Perdre mon fils a été difficile pour ce garçon. Il a presque totalement perdu l'esprit.

Sam posa les yeux sur Gordon.

— Et maintenant – avec vous – Jerry était à nouveau heureux pour la première fois, depuis je ne sais même pas quand. Lorsqu'il a déménagé de la boutique, j'étais inquiet, mais je pensais pourtant que c'était la meilleure chose pour lui. Je n'ai pas essayé de l'arrêter. Je pensais qu'il méritait un peu de bonheur. Il méritait d'avoir à nouveau l'amour dans sa vie. L'amour peut panser beaucoup de blessures, M. Stafford.

— Oui, souffla Gordon, ses larmes coulées refroidissant sur ses joues. Minus m'a guéri. Il m'a redonné l'envie de vivre.

Sam sortit une cigarette du paquet de sa poche de chemise et Gordon observa son visage soudainement revenir à la vie à la lueur de l'allumette qu'il gratta de l'ongle de son pouce. Il éteignit la flamme en la secouant et inspira une longue bouffée. Lorsqu'il reprit la parole, ses mots se mêlèrent à la fumée.

Sa voix devint sévère, mais pas méchante.

— Pourquoi Jerry vous a-t-il quitté, M. Stafford ? Aujourd'hui. Qu'est-ce qui l'a fait fuir ?

Gordon avait fini par se calmer. Tout à coup, il combattait à nouveau l'envie de pleurer.

— Je pense qu'il a découvert qui je suis. Il a découvert la vérité. La vérité que je ne connaissais même pas moi-même avant que vous ne me la disiez. J'avais des coupures de journaux que je gardais cachées dans mon armoire. Cachées de moi-même, en fait, pas de Minus. Il les a vues. Je pense qu'il a commencé à comprendre que je suis celui qui a tué son… compagnon.

Sam baissa les yeux vers Gordon, sa cigarette pendant à ses lèvres. Il l'arracha et jeta la cendre au loin.

— C'est ce que je craignais.

— S'il vous plaît, pria Gordon, la voix rauque, la gorge sèche. Dites-moi pourquoi Minus n'a aucun souvenir. Son nom, son travail, rien. Comment cela peut-il être ? Maintenant qu'il a vu ces journaux, sa fuite signifie-t-elle que ses souvenirs sont revenus ? Est-il dehors quelque part à me détester ?

Sam le dévisagea en silence. Puis il détourna le regard vers l'horizon au loin.

— Je ne peux pas répondre à votre dernière question, M. Stafford, parce que je ne le sais simplement pas. Mais pour le reste – comme, comment cela peut-il être –, on appelle ça l'amnésie sélective. Elle est causée par un traumatisme mental ou physique. Jerry aimait énormément mon fils. Le voir mourir sous ses yeux lui a suffisamment fait perdre prise avec la réalité pour entièrement bloquer cette nuit-là de sa mémoire. Malheureusement, lorsqu'il l'a fait, il a aussi bloqué son passé en même temps. Il ne l'a pas fait exprès. Il ne l'avait pas prévu. Quand les médecins l'ont ramené après sa tentative de suicide, sa mémoire avait disparu. Complètement. Fichue. Il avait perdu beaucoup de sang. Peut-être que ça a quelque chose à voir avec ça, je ne sais pas. Ou peut-être est-ce juste la façon que l'esprit humain gère une tragédie. Avec douleur. Parfois le remède est pire que le problème.

— Que… que voulez-vous dire ?

— Je veux dire que ça peut empirer, M. Stafford. Si Jerry est forcé à faire face à la vérité avant qu'il ne soit prêt, cela pourrait lui voler totalement son esprit. Il pourrait soit se déconnecter complètement de la réalité, soit se fermer définitivement.

— Comment le savez-vous ? Son médecin ?

— Oui. Je parle souvent à son médecin. Nous sommes devenus… amis, en quelque sorte. En fait, plus comme des frères d'armes, je suppose, combattant ensemble. Tentant de garder Jerry en sécurité.

Sam prit une autre longue bouffée de sa cigarette et souffla la fumée vers la lune.

— Je me demande si Jerry lui a parlé du nouvel amour de sa vie. Et s'il l'a fait, je me demande pourquoi elle ne me l'a pas dit. Elle a eu peur probablement. Peur que je devienne dingue.

— Peut-être, répondit Gordon. Mais quoi que vous pensiez, vous devez me croire quand je vous dis que ce n'était pas mauvais. Ce n'était pas une mauvaise chose. Minus m'aime. Je le sais. Et je l'aime.

— Oui. Je suppose que vous l'aimez. Mais parfois, l'amour n'est pas suffisant pour guérir le monde. Parfois, ça demande un peu de force. Quand Jerry a perdu mon fils, ça a semblé lui enlever la majeure partie de sa force. Et jusqu'à présent, elle n'est pas revenue.

— Pourquoi m'avez-vous emmené *ici* ? demanda Gordon, jetant un œil à la forêt de pierres tombales qui les entourait. Pensiez-vous qu'il serait ici ?

— Oui. Il vient ici parfois. Tout comme vous. Ai-je tort ?

La honte de Gordon revint avec violence.

— Non. Vous avez raison. Je venais ici presque chaque jour avant de rencontrer Minus. Maintenant, je viens… moins.

Sam baissa à nouveau les yeux vers lui.

— Si j'avais su que vous étiez celui qui sortait avec Jerry, je l'aurais arrêté, vous savez.

Gordon hocha la tête et quand il le fit, il sentit une larme couler le long de sa joue.

— Je suppose que oui. Mais vous auriez eu tort de le faire. Minus et moi pouvons encore nous sauver. Je sais que nous le pouvons.

Après un court moment de silence, Sam inclina la tête vers le ciel, comme s'il cherchait les mots qu'il voulait dire parmi les étoiles au-dessus de sa tête. Il fallut un moment à Gordon pour se rendre compte que ce n'était pas tout ce qu'il faisait. Il essayait de retenir ses larmes dans ses yeux, essayait de ne pas les laisser couler.

Pour Gordon, Sam prononça alors les paroles les plus surprenantes de la soirée.

— Je pense que vous avez raison, M. Stafford. J'aurais eu tort de vous séparer. Et je pense que vous avez raison pour autre chose. S'il reste un espoir pour Jerry, je pense qu'il viendra de vous. Et de l'amour qu'il éprouve pour vous.

— Peut-être que parfois l'amour *est* suffisant, hasarda Gordon, l'espoir revenant.

L'espoir de la chaleur des bras de Minus autour de lui, même maintenant. Même avec tout ce qui s'était passé. Son esprit fleurit brusquement de visions des cheveux clairs de Minus, de ses yeux, de sa peau pâle. De ses mains fortes. Des cicatrices sur ses bras. De la douceur avec laquelle il faisait l'amour. Le sourire facile et heureux qui illuminait son visage lorsqu'il parlait d'amour, de la vie. De Gordon.

— Peut-être, concéda Sam, comme si ce mot était le dernier qu'il prononçait. Peut-être est-ce suffisant.

Un oiseau de nuit gloussa dans l'eucalyptus au-dessus de leurs têtes. Sam leva les yeux vers la cime dans la pénombre, suivant le son.

— C'est ma faute, vous savez. Si vous n'avez pas reconnu Minus.

— Que voulez-vous dire ?

Sam tourna son regard vers lui.

— Vous n'avez jamais vu de photos de l'autre homme dans la voiture, n'est-ce pas ? Elle n'est jamais parue dans les journaux. Je l'ai gardé en dehors de tout ça. Lorsque l'esprit de Jerry s'est brisé, je l'ai confiné pendant un certain temps.

— Confiné ?

— Oui, M. Stafford. Confiné dans un endroit où ils sont formés pour gérer des patients comme ça. Ils ont fait du bon travail. Ils ont pris soin de lui jusqu'à ce qu'il soit capable de le faire à l'extérieur. Avec un peu d'aide, du moins.

— Un peu d'aide de votre part, ajouta Gordon.

— Oui. Mais cet établissement servait un autre but également. Ça l'éloignait du regard du public. Loin de la presse. Je ne voulais pas que sa photo s'étale dans tous les journaux comme la vôtre ou celle de mon fils. Au moins, j'ai réussi ça. J'ai gardé Jerry en sécurité.

Sam laissa échapper un léger rire incrédule.

— J'ai aussi fait en sorte que vous soyez réunis. Il y a certainement beaucoup de hasard d'impliqué, mais le fait que vous n'ayez pas reconnu Jerry n'a pas fait de mal non plus. Voilà où nous en sommes avec vous amoureux du compagnon de l'homme que vous avez tué. Et son compagnon amoureux de vous en retour.

Il eut un autre éclat de rire ironique.

— Le monde est un drôle d'endroit. C'était inévitable.

— Je pense que je serais quand même tombé amoureux de lui, Sam. Même si j'avais su qui il était.

Sam haussa les épaules.

— Peut-être. Qui peut le savoir ?

Il sembla avoir épuisé sa dernière once d'énergie. Il passa une main sur son visage, comme s'il pouvait ôter la fatigue comme une couche de poussière.

Gordon le regarda. Lorsqu'il parla, les mots parurent lui arracher la gorge, même à ses propres oreilles.

— Où est-il, Sam ? Il n'est pas ici. Où a-t-il pu aller ?

Sam secoua la tête. Au temps pour une réponse.

Au milieu d'un silence grandissant entre les deux hommes, tandis qu'ils contemplaient leurs propres pensées, leurs propres douleurs, le téléphone de Sam sonna fort et clair dans la poche de son pantalon. Atonal. Tonitruant. Strident.

Au-dessus de leurs têtes, l'oiseau de nuit dans l'eucalyptus se plaignit du vacarme.

Repêchant le téléphone, Sam murmura pour lui-même.

— J'espère que c'est la personne à laquelle je pense. Peut-être est-il allé vers elle. C'est possible, vous savez. C'est possible.

— Elle ? demanda Gordon.

Mais Sam se détourna, voûté vers l'intérieur, le téléphone pressé contre son oreille.

— Oui ? répondit-il doucement. Oui, c'est moi.

Qu'il soit retrouvé, supplia silencieusement Gordon à qui voulait bien l'écouter. Dieu peut-être. Si Dieu existait. *S'il vous plaît, Seigneur, faites que Minus soit sain et sauf.*

Il retint son souffle. Attendant.

Enfin, Sam répondit dans le téléphone.

— Oui. Je peux être là dans vingt minutes.

Après une pause, il ajouta :

— Nous n'avons pas à le contacter, Docteur. Il est avec moi.

Il se tourna et regarda Gordon. Celui-ci lutta pour se relever, les jambes de son pantalon trempées d'herbe mouillée, moites contre sa peau.

Sam parla une dernière fois à son interlocuteur.

— Ne vous inquiétez pas, dit-il, la voix emplie d'un rire vide. Je ne l'ai pas encore tué.

Et avec ça, il fourra le téléphone dans sa poche.

— Allons-y. Jerry est au Mercy Hospital.

— Est-ce qu'il va bien ?

— C'est ce que nous sommes sur le point de découvrir.

Sam descendit la colline en direction de la voiture. Avec un dernier regard vers la tombe à ses pieds, Gordon le suivit anxieusement.

L'HÔPITAL BOURDONNAIT d'activité. La femme qui se ruait vers eux à travers le hall bondé était vêtue d'un pantalon et d'une veste en daim, les manches de sa chemise blanche se gonflant autour d'elle. Tout en elle criait *lesbienne.* Tout en elle criait aussi *intelligente et bienveillante.*

Gordon l'apprécia instantanément.

Elle les interpellait alors même qu'elle était à dix pas de distance, la voix tendue, mais pragmatique. Ses yeux étaient focalisés sur Gordon alors qu'elle marchait vers eux.

— La police l'a trouvé près de la baie. Allongé sous le pont. Il avait ma carte dans sa poche, Dieu merci, alors ils m'ont appelée. Je leur ai dit de me l'amener ici. Je pense qu'ils l'auraient fait de toute façon.

Lorsqu'elle arriva vers eux, elle hocha la tête à l'intention de Sam et tendit la main à Gordon.

— Nous nous rencontrons enfin, dit-elle. Jerry m'a dit que vous étiez son nouvel amoureux. Il n'a pas fait le lien, bien sûr, mais je pensais qu'il le ferait un jour. J'imagine que ce jour est arrivé.

— Oui, répondit Gordon, étourdi par son franc-parler et toujours incertain de ce qui se passait. Où… comment va-t-il ?

Elle lui adressa un faible sourire.

— Deux questions à la fois. Économique. J'aime ça.

Elle tourna son attention vers Sam, lui serrant la main.

— Bonjour, M. Booth. Ne me regardez pas comme ça. Je suis désolée de ne pas vous avoir dit qui fréquentait Jerry, mais en toute franchise, je me suis dit que rien de bon n'en ressortirait.

— Vous aviez probablement raison, murmura Sam.

Elle lui lança un sourire paresseux.

— Je sais que j'avais raison.

D'une certaine manière, entendre le nom de famille de Sam, le même nom de famille que l'homme qu'il avait tué deux ans plus tôt, ne fit que briser à nouveau le cœur de Gordon. Il se sentit vaciller sur ses pieds. Avant qu'il ne sache ce qui se passait, Sam et le médecin le menaient vers une rangée de chaises dans la salle d'accueil sur la droite.

Lorsqu'il fut assis, le docteur se pencha pour croiser son regard.

— Vous vous sentez mieux ? J'imagine que tout cela est un grand choc pour vous.

Gordon était embarrassé d'être couvé de cette manière. Après tout, c'était lui le mauvais garçon ici. Aucun moyen d'essayer de le nier.

— Je vais bien. Juste… un peu étourdi.

Le médecin sourit.

— Oui. C'est compréhensible, dans ces circonstances.

— Cir… circonstances ?

Elle l'ignora.

— Jerry est au cinquième étage. Dans l'aile psychiatrique. Il est en sécurité et à l'aise.

Elle se redressa, donna à Gordon une dernière tape rassurante sur l'épaule et tourna son attention vers Sam.

— Que s'est-il passé ? demanda-t-elle. Il est dans l'état dont je vous avais prévenu il y a environ un an. Il a dû se passer quelque chose pour l'y pousser.

Sam posa les yeux sur Gordon. Ils n'étaient ni amicaux ni antipathiques. C'étaient juste ses yeux.

164

— Demandez-*lui*, répondit-il. Il peut l'expliquer mieux que moi.

Le docteur tourna à nouveau son attention vers Gordon.

— Eh bien, M. Stafford ? Pouvez-vous me dire ce qui s'est passé ?

Mais Gordon avait sa propre question.

— Quel état ? De quel état l'avez-vous prévenu il y a un an ?

Le téléphone du médecin bipa. Elle fouilla dans la poche de sa veste, le regarda, puis pressa un bouton avant de le remettre dans sa poche. Elle s'assit sur une chaise près de Gordon et posa sa main sur son bras.

— Il y a toujours eu trois issues possibles pour la maladie mentale de Jerry, M. Stafford.

— Appelez-moi Gordon.

Elle sourit poliment.

— Gordon. Je suis le Dr Stark.

Elle jeta un bref regard vers Sam avant de poursuivre.

— Ces trois issues sont les suivantes : il peut rester comme il l'est maintenant, avec ses souvenirs bloqués pour toujours. Il peut brusquement retrouver sa mémoire perdue sans presque aucun effet résiduel, et reprendre sa vie comme un être humain normal. Ou il peut retrouver ses souvenirs, trouver qu'ils sont trop durs à gérer et se fermer complètement, comme une façon de se protéger contre eux.

Gordon acquiesça tout en essayant de réfléchir. Essayant d'ignorer la peur qui montait en lui.

— Vous voulez dire comme un état catatonique où il ne sait pas ce qui se passe ?

— Oui, Gordon. Exactement. Un coma catatonique.

Gordon tenta de bredouiller une question, mais les mots peinaient à venir. En outre, il connaissait déjà la réponse. Il *le savait*.

— Laquelle de ces trois possibilités s'est produite ? finit-il par bafouiller, se préparant pour la vérité.

Le Dr Stark tordit l'alliance à son doigt. Elle baissa les yeux sur sa main, puis elle leva le regard vers Sam avant de se concentrer sur Gordon.

— Jerry se trouve dans la dernière, j'en ai peur. Il ne répond pas. Ils l'ont trouvé comme ça, allongé sous le pont près de la baie. Il n'est pas blessé, d'aucune façon. Personne… ne l'a ennuyé. Mais je crains qu'il ne se soit totalement renfermé. Il a éteint le commutateur, M. Stafford. Du moins, *il* ne l'a pas fait, son cerveau l'a fait. Je craignais qu'il le fasse.

Gordon vit un homme pousser un jeune garçon à travers le hall bondé. Le jeune avait un tout nouveau plâtre à la jambe et l'homme râlait bruyamment au sujet d'un maudit skateboard qui se trouvait en chemin vers la poubelle et quelle plaie c'était d'élever un enfant. Le père de l'année.

— Le commutateur, marmonna Gordon.

Lorsqu'il croisa le regard du médecin, puis celui de Sam, il se sentit se dégonfler comme un vieux ballon. Chaque once de vie venait de le fuir. Il luttait contre les larmes, car il avait finalement compris qu'elles étaient inutiles. Elles n'aideraient personne. Encore moins Minus.

Dans un effort, il retrouva la voix.

— Il a découvert mes journaux, docteur. Ceux qui parlent de moi. Au sujet de l'accident. Du procès. Tout ça. Je les ai trouvés éparpillés dans le… dans l'armoire. Je pense qu'il les a lus. Voilà pourquoi il est dans cet état. C'est de ma faute. Je ruine tout ce que je touche. J'aurais dû savoir que je ne méritais pas le bonheur, j'aurais dû savoir que je ne pouvais pas expier ce que j'ai fait au fils de Sam sans blesser quelqu'un d'autre. Je pensais que Minus et moi pouvions nous aider mutuellement. Je pensais que nous nous aimions assez pour le faire. Mais à présent, il est juste une autre de mes victimes. Une autre vie que j'ai gâchée. Je les accumule, pas vrai ? Les victimes ? Elles continuent de s'empiler à mes pieds.

Le Dr Stark lui lança un regard noir acerbe.

— Vous apitoyer sur votre sort n'aidera pas Jerry. Ça n'a pas à être un état permanent, vous savez. Certains le sont, mais pas la plupart. Il peut se réveiller demain pour ce que nous en savons. Ou l'année prochaine si nous ne sommes pas aussi chanceux.

Elle leva les yeux vers Sam, qui se tenait au-dessus d'eux.

— Sam, asseyez-vous. Vous me rendez nerveuse.

Avec un air surpris, celui-ci se laissa tomber sur la chaise du côté opposé à Gordon. Alors seulement, le Dr Stark empoigna fermement le menton de Gordon et tourna son visage jusqu'à ce qu'ils se fixent du regard.

— Ce n'est pas parce que le cerveau de Jerry a subi un revers qu'il vous aime moins, Gordon. Ça ne signifie pas qu'il renonce à vous. Et vous ne devriez pas renoncer, non plus. Cessez cette auto-flagellation. Ça ne fera pas revenir le fils de Sam et ça n'aidera pas non plus Jerry.

Elle lui prit la main.

— Maintenant, si vous avez fini de vous apitoyer, allons voir mon patient.

Pour la centième fois ce jour-là, Gordon lutta contre ses larmes.

— Il ne saura même pas que je suis là.

Le docteur sourit.

166

— Nous ne le savons pas réellement, Gordon. Certains experts affirment que les patients atteints de catatonie sont conscients de tout ce qui se passe autour d'eux. D'autres prétendent qu'ils sont imperméables à tous stimuli extérieurs.

— Et que croyez-vous ? demanda Sam avant que Gordon n'ait eu la chance de le faire.

Le Dr Stark se servit d'un doigt méthodique pour ajuster la petite boucle d'oreille en perle à son lobe.

— Je crois que ça dépend du patient. Avec Jerry, nous ne le saurons pas tant que nous n'aurons pas essayé. Mais nous pouvons être absolument certains d'une chose.

— Laquelle ? demanda Gordon.

Elle lui adressa un sourire narquois.

— Si nous n'essayons pas, nous n'accomplirons rien.

Le Dr Stark se leva et leur fit signe de la suivre.

— Maintenant, allons voir Jerry. Et pour l'amour de Dieu, essayez de ne pas être si moroses. Vous deux. Voilà ce qui va *certainement* l'aider.

Sam et Gordon la suivirent docilement en direction des ascenseurs. Alors qu'ils attendaient que l'un d'eux arrive, elle tapota à nouveau gentiment le bras de Gordon.

— L'amour peut faire des choses merveilleuses, Gordon. Ne laissez jamais cette vérité vous échapper. Soyez fort pour Jerry, tout comme, je suis sûre, il le serait pour vous. N'est-ce pas ?

Avec cette simple question, Gordon sut qu'elle avait raison. Si les rôles étaient inversés, Minus aurait été là pour lui.

— Oui, murmura-t-il, plus pour lui-même que pour elle. Absolument.

Il doutait de beaucoup de choses dans sa vie. Mais pas de ça. Ça, il y croyait totalement.

Le docteur eut un sourire aimable lorsqu'elle vit la vérité s'inscrire sur son visage. Tandis que l'ascenseur émettait un ding et que les portes s'ouvraient, elle leur indiqua d'entrer à l'intérieur.

— Allons voir Minus, dit-elle en appuyant sur le bouton du cinquième étage. N'est-ce pas comme ça que vous l'appelez, Gordon ? Minus ?

Elle fredonna doucement tandis que l'ascenseur s'élevait.

XVI

Ce fut une traversée étrange au travers de l'aile psychiatrique du Mercy, avec ses fenêtres lourdement grillagées et son air de désespoir mélancolique. Les murs vert terne étaient ébréchés au niveau des ongles griffant des internés agités, ce que Gordon remarqua lorsqu'il vit l'un des patients faire exactement ça. L'expression d'indifférence sur les visages des lits de l'autre côté du couloir central qui traversait la grande pièce ressemblant à une caserne lui fit détourner le regard. Aussi désespérément absents que fussent ces yeux vides, d'une certaine manière, ils étaient aussi accusateurs. Pas contre lui, mais contre sa santé mentale et physique. Marcher parmi ces êtres endommagés le faisait se sentir honteux d'être entier. Il pouvait voir sa propre honte miroiter dans ces yeux vides autour de lui.

Les pleurs lugubres des affligés, la puanteur à peine masquée de déchets, d'urine et de draps souillés, un occasionnel éclat de rire le bombardant continuellement, d'une direction ou d'une autre, lui fracassèrent la vérité en plein visage.

Minus était un patient de cet horrible lieu. Et c'était la faute de Gordon s'il était là.

Gordon, et un Sam tout aussi consternés, suivirent les foulées déterminées du Dr Stark tandis que ses talons de cinq centimètres claquaient sur le lino vert moucheté de beige. La pièce semblait sans fin. Après un moment, Gordon trouva plus facile de regarder ses pieds plutôt qu'autour de lui. C'était plus facile pour son cœur de cette façon. Plus facile pour sa... culpabilité.

Les fenêtres donnant sur le monde des sains d'esprit, si l'on pouvait l'appeler ainsi, étaient lourdement fortifiées de fils de fer et de barres d'acier. Le maillage était si épais et les trous si petits qu'on pouvait à peine voir la nuit au travers. Les barres étaient enveloppées de caoutchouc afin de protéger les têtes désorientées occasionnelles qui entraient en contact avec elles, à dessein ou non, de se fissurer et de laisser la folie se déverser partout sur le sol.

Deux fois au cours de leur périple dans cette longue salle, ils furent obligés d'attendre que les lourdes portes entourées de fils épais qui s'étendaient d'un mur à l'autre et jusqu'au plafond soient déverrouillées par des infirmiers, afin de leur donner l'accès et de continuer. Gordon supposa que ces cloisons séparant cette salle aussi longue qu'un tunnel donnaient au personnel une meilleure chance de garder les choses en ordre si, Dieu nous en garde, une sorte de soulèvement se produisait. Ou peut-être n'était-ce que pour la sécurité des patients, puisque de cette façon, ils devaient faire face aux moins fous.

Minus reposait sur le dernier lit du côté gauche, jouxtant le mur du fond. Gordon le vit au loin et, à la seconde où il le fit, il sentit le froid envahir son cœur. Il s'arrêta contre son gré, juste un instant, avant de trouver le courage d'avancer. Minus semblait si petit, sans défense, immobile, allongé entouré d'un tel chaos déraisonné que Gordon ne savait pas trop comment gérer tout ça.

Curieusement, il s'était attendu à le trouver entravé par des liens de cuir aux poignets et aux chevilles, mais il ne l'était pas. Minus reposait paisiblement, la tête sur un oreiller d'hôpital bleu délavé. Une couverture en laine était soigneusement tirée sur son torse, coincée sous le matelas tout du long. La première chose que fit Gordon fut de toucher la poitrine de Minus à travers la couverture pour voir si des restrictions s'y trouvaient. Mais il n'y en avait pas.

— Il n'est pas attaché, si c'est ce que vous vous demandez, dit le Dr Stark d'une voix douce.

Sans se soucier de ce que quiconque pensait, Gordon se pencha sur le lit et posa ses lèvres sur le front de Minus, repoussant ses cheveux clairs pour le faire. Personne ne fut surpris lorsque Minus ne réagit pas au baiser de son amant, encore moins Gordon.

— Comment le nourriront-ils ? demanda-t-il. Un tube stomacal ?

— Espérons que non, répondit le médecin. Pour le moment, nous pouvons le faire avec une intraveineuse nutritive. Cependant, si le coma dure trop longtemps, nous pourrions avoir recours à un tube. J'espère que ce ne sera pas nécessaire.

Gordon glissa ses doigts sous la main toujours inerte de Minus, qui reposait au-dessus de la couverture. Sa peau était chaude au toucher, sa main aussi légère et lumineuse qu'une plume. Et aussi immobile que la mort.

À la surprise de Gordon, Sam tira une chaise située contre le mur et la positionna près du lit.

169

— Asseyez-vous, ordonna-t-il. Vous avez l'air sur le point de vous écrouler.

Gordon s'assit. Le visage du jeune homme était pâle et paisible. Gordon pouvait l'entendre respirer faiblement. Ses cheveux blonds étaient un peu humides, comme si, peut-être, il avait été baigné quand il avait été amené à l'hôpital et que ses cheveux n'étaient pas encore complètement secs.

Le Dr Stark tira une chaise du côté opposé du lit, faisant face à Gordon, tandis que Sam s'adossait contre le mur près de la tête de lit, les bras croisés sur son torse. Il avait une expression inquiète sur le visage. Ses yeux passaient continuellement de Gordon à Jerry, de Jerry au docteur. Il jouait avec le paquet de cigarettes dans la poche de sa chemise sans jamais le sortir. Le bout de ses chaussures était toujours parsemé d'herbe coupée de la pelouse du cimetière.

Le Dr Stark se pencha en avant, posant ses coudes sur le bord du lit comme elle l'aurait fait sur un bureau. Elle étudia le visage de Gordon.

— Vous ne comprenez toujours pas entièrement, n'est-ce pas ?

— Non, soupira Gordon. Je… comment son esprit peut-il totalement se fermer ainsi ? Comment un cerveau peut-il faire ça ?

Le Dr Stark soupira en retour.

— Excellente question, Gordon. Malheureusement, je ne connais personne pouvant y répondre de manière satisfaisante. Le cerveau est probablement la partie la moins comprise du corps humain, mais nous savons quand même certaines choses. Les souvenirs sont stockés dans deux parties distinctes du cerveau.

Elle tapota son crâne comme si elle testait un melon.

— Ces deux parties sont l'hippocampe, le siège normal de la mémoire, et le noyau amygdalien, l'un des centres émotionnels du cerveau. Certains scientifiques croient à présent que les souvenirs humains sont réécrits dans le cerveau chaque fois qu'ils sont activés. Comme un rat de laboratoire apprend à relier 'tirer un levier' avec 'recevoir de la nourriture'. Mais si vous bloquez un certain processus chimique durant l'exécution du tirage du levier, la mémoire peut être oubliée aussi rapidement qu'elle a été apprise. Vous comprenez ?

— Non.

Elle sourit.

— En jargon médical, on appelle ça une amnésie lacunaire. En latin, lacuna, signifie lacune. En d'autres termes, lorsque le processus chimique est interrompu, un trou se forme dans la mémoire.

Gordon mourait d'envie de sentir les doigts de Minus se resserrer autour de sa main, mais ils restèrent immobiles. S'il y avait de la vie en eux, il ne pouvait la sentir.

Il regarda le docteur.

— Et d'une manière ou d'une autre, le corps de Minus a interrompu ce processus chimique pour bloquer la nuit… où le fils de Sam a été tué ?

— Oui. Le traumatisme d'avoir vu son amoureux mourir sous ses yeux…

Le Dr Stark leva les yeux vers Sam qui se tenait derrière elle.

— Je suis désolée, M. Booth. Si vous ne voulez pas écouter…

— Je vais bien, répondit-il, la voix résolument vide. Continuez.

Le Dr Stark hocha sèchement la tête et se tourna vers Gordon.

— Le choc de voir son compagnon mourir devant ses yeux a fait que Jerry a bloqué cette image, tout l'épisode de son esprit. Dans le cas de Jerry, il semble avoir bloqué tout ce qui s'est passé avant ça aussi. Il a non seulement bloqué la mort de Jeremy, mais également Jeremy. Totalement. Il ne se souvient pas du tout de lui. Pas encore du moins. J'ai tenté à plusieurs reprises d'introduire le fils de Sam lors de nos séances, mais Jerry m'a battue à chaque étape du chemin. Du moins, l'esprit de Jerry l'a fait. Mais il y a toujours de l'espoir. Comme je vous l'ai dit plus tôt, la perte de mémoire peut prendre fin à tout moment, et les souvenirs peuvent facilement tous l'inonder en même temps.

— Et alors, il se réveillera ? demanda Gordon.

Elle tendit la main pour repousser les cheveux de Minus de son front, souriant au visage endormi avec des yeux tendres.

— Probablement. Ou les souvenirs peuvent rester perdus pour toujours. Nous ne le saurons que lorsqu'il pourra à nouveau nous parler.

— Si jamais il le peut, ajouta Gordon, si doucement que les mots furent à peine audibles.

Mais le docteur les entendit.

— Oui. Si jamais il le peut.

Elle tendit la main par-dessus Minus et la posa sur celle de Gordon.

— Gordon, vous devez vous rappeler quelque chose. Jerry a plus d'une bataille devant lui. Il y a la bataille dans laquelle il se bat maintenant contre son esprit, mais il aura une bataille complètement différente à mener lorsqu'il se réveillera.

— Que voulez-vous dire ?

Le médecin serra doucement la main de Gordon.

— S'il se réveille avec sa mémoire restaurée, il va devoir décider ce que ses nouvelles connaissances exigent de lui. Il saura qui vous êtes, Gordon. Il saura la raison pour laquelle tout cela lui est arrivé. Et ce qui est arrivé à Jeremy. Vous comprenez ? Il pourrait ne pas être en mesure d'y faire face. Il pourrait vous quitter. Que Dieu nous garde, il pourrait même vous détester, Gordon.

Elle éloigna sa main et réarrangea sa boucle d'oreille en perle. Gordon se rendit compte que c'était un geste nerveux. Elle n'aimait pas ce qu'elle avait à dire.

— Vous pourriez le perdre, Gordon. Vous devez vous préparer à cette possibilité. Ce serait de la négligence de ne pas vous prévenir. Vous comprenez ?

Gordon acquiesça. Il y avait pensé, mais curieusement, entendre ces mots de la bouche du médecin rendait cette possibilité encore plus terrifiante.

Il se força à parler, à paraître terre-à-terre, à hocher la tête.

— Je comprends.

Elle lança un doux clin d'œil à son visage inquiet.

— Ce n'est qu'une possibilité, Gordon. Ça ne s'est pas encore produit. Probablement même jamais. Ne désespérez pas.

Gordon berça les doigts de Minus dans sa main.

— Il m'aime. Il comprendra. Il ne me quittera pas. Je sais qu'il ne le fera pas.

Le médecin lui adressa un sourire chaleureux qui n'atteignit pas tout à fait ses yeux, comme si elle ne croyait pas totalement les mots que venait de prononcer Gordon, ou ce qu'*elle* était sur le point de *lui* dire.

— Dans ce cas, nous n'avons pas à nous inquiéter.

Immédiatement, elle plaqua sur son visage une expression pragmatique.

— Passons aux choses sérieuses, dit-elle en se redressant, lissant sa veste et regardant autour d'elle. Je vais m'arranger avec le personnel afin que vous ayez un droit de visite chaque fois que vous le souhaitez. Vous êtes, à mes yeux en tout cas, le conjoint de Jerry. Si une présence humaine peut faire la différence pour lui, j'aime à penser que la vôtre pourrait lui faire le plus grand bien.

172

Le Dr Stark tourna la tête pour regarder Sam.

— Vous aussi, M. Booth. Vous pourrez rendre visite à Jerry chaque fois que vous en aurez envie. Je suppose que nous savons tous que ce n'est pas comme si sa famille allait venir et je suis contente qu'ils ne le fassent pas. Les seules personnes que je veux près de mon patient sont des gens qui l'aiment. Ce qui signifie vous deux. D'accord ?

Sam hocha la tête. Muet.

— Oui, murmura Gordon.

Le médecin examina leurs visages à tour de rôle.

— Est-ce que tout va bien entre vous ? S'il y a de l'animosité entre vous, et je suis sûre qu'il y en a, pouvez-vous la garder loin de Jerry ? Comme je vous l'ai dit plus tôt, nous ne savons pas vraiment combien de stimuli extérieurs peuvent entrer en jeu. Mais s'il y a beaucoup de colère et de querelles, je ne veux pas que ça s'infiltre dans sa tête. Vous me comprenez ? Si j'ai vent de quoi que ce soit, je vous sors manu militari et vous interdis totalement cette aile. C'est compris ?

Cette fois, à la fois Sam et Gordon acquiescèrent.

Le docteur hocha la tête en réponse et se releva.

— Bien. Je vais aller chercher un café à la cafétéria. Quelqu'un veut-il se joindre à moi ?

— Je vais venir, répondit Sam. Du café me semble bien.

— Je préfère rester ici, dit Gordon. Si c'est d'accord.

— Bien sûr, répliqua le Dr Stark en lui souriant. Prenez soin de lui, Gordon. Vous pourriez le faire revenir avant que tout cela ne soit fini. J'espère que vous le ferez.

Les larmes emplirent à nouveau les yeux de Gordon.

— Moi aussi, répondit-il doucement, tentant désespérément d'empêcher sa voix de flancher.

Sans dire un mot de plus, Sam et le médecin remontèrent le long chemin par lequel ils étaient venus à travers l'aile psychiatrique du Mercy Hospital, où toutes sortes de misère prospéraient, jusqu'à la cafétéria quelque part dans les entrailles du bâtiment où ils pourraient s'asseoir et siroter une tasse de café en paix, sans voir un fou tenter de gratter le mur près d'eux.

Gordon les regarda s'éloigner et lorsqu'ils eurent passé la première série de portes verrouillées et que celle-ci fut solidement refermée derrière eux par une infirmière, Gordon posa les yeux sur Minus, allongé dans le lit devant lui.

— Je suis désolé, bébé, chuchota-t-il.

Il posa la tête sur le torse de Minus et ferma les yeux.

Le cœur de Minus battait faiblement à ses oreilles. Ses doigts toujours immobiles et lointains dans la main de Gordon. Si son amour pour lui martelait encore en lui, Gordon ne put le sentir.

Il serra les paupières, tentant de repousser la peur qui montait en lui. Il avait l'horrible sensation que s'il avait enfin trouvé Minus, il était de toute façon perdu pour lui.

Il posa son front sur le bras de Minus, fermant les yeux contre la douleur, contre sa propre imagination. Il pleura calmement jusqu'à ce que la couverture soit humide au toucher.

La fois suivante où il ouvrit les yeux, un grand infirmier, avec un gigantesque trousseau de clés tintant à sa ceinture, le secouait doucement pour le réveiller. L'endroit était fermé aux visiteurs pour la nuit.

Gordon lutta pour s'asseoir, chassant le sommeil et les larmes séchées de ses yeux.

— Je vais y aller alors, murmura-t-il à l'infirmier.

Celui-ci lui sourit aimablement.

— Les heures de visite débutent à neuf heures du matin. J'imagine que nous nous reverrons. Si vous avez besoin de quoi que ce soit, demandez-moi. Je suis Nate. Ma garde commence à six heures.

— Très bien. Merci, Nate.

Gordon regarda autour de lui. De ce qu'il pouvait voir, il était le seul visiteur encore sur les lieux. Il n'avait revu ni Sam ni le Dr Stark de la soirée. Il ne savait même pas comment Sam était rentré chez lui.

Seul et le cœur brisé, il rentra dans son appartement vide, essayant de ne pas penser à boire. Il y réussit, mais tout juste.

Il passa la nuit à se tourner et se retourner sur le canapé, incapable de s'allonger dans son lit, car il pouvait sentir la douce odeur de Minus sur les draps.

GORDON CONTINUA à travailler à la soupe populaire tous les après-midi. Mama Davis lui donnait ses matinées pour rendre visite à Minus. Une semaine s'écoula avant que Gordon ne se rende compte que ça ne ferait que reporter le jour où son travail d'intérêt public ordonné par le tribunal prendrait fin. Le lendemain matin, il arriva à la soupe populaire pour son

174

service du matin et du midi et limita ses visites à l'hôpital aux après-midi et aux soirées, où il restait chaque jour jusqu'à la fin des heures de visite.

Le contrat non signé de Channel 9 se trouvait sur la table de sa cuisine, un rappel sans fin de la vie qu'il devait retrouver si jamais il voulait redevenir lui-même.

Mais il ne pouvait pas y faire face maintenant. Il n'avait pas le cœur à ça. Tant que la maladie de Minus ne serait pas résolue, il savait qu'il n'aurait *jamais* le cœur à ça. Il téléphona à Jackson Price, le directeur de la chaîne KTSI et lui dit qu'il avait besoin de plus de temps pour réfléchir à l'offre. M. Price parut surpris, mais ne le poussa pas dans sa décision. Gordon sut alors que s'il échouait à le rappeler, M. Price ne donnerait pas suite à l'offre d'emploi. La balle était dans son camp et Gordon le savait. Il savait aussi que le temps était compté, M. Price annulerait sans doute l'offre à moins que Gordon ne revienne bientôt avec une réponse définitive.

Pourtant, il ne pouvait se concentrer que sur son compagnon. Jusqu'à ce qu'il aille bien, le travail devrait attendre.

Un jour, alors qu'il revenait de sa balade de fin de matinée entre son service du matin et celui du midi à la soupe populaire, il remarqua un mannequin dans une vitrine du centre-ville habillé du pyjama le plus criard qu'il ait vu de sa vie. Avec un large sourire illuminant son visage pour la première fois depuis des jours, Gordon se précipita à l'intérieur et en acheta trois, tous dans différentes couleurs flashy. Chaque ensemble de pyjamas avait un personnage des Looney Tunes différent sur la poche du tee-shirt : Bugs Bunny, Daffy Duck et Marvin le Martien.

Pendant qu'il était dans le magasin, il acheta aussi du linge de lit coloré pour Minus, afin qu'il n'ait pas l'air si pâle et triste couché dans les draps et la couverture propres, mais fades que l'hôpital lui fournissait. Il acheta donc deux parures de draps. Une avec des ours en peluche dessus et une avec des fruits. Des *tonnes* de fruits. Des melons, des pommes, des bananes, des ananas. Pour la couverture, il en trouva une d'un jaune lumineux avec des soleils parsemés dessus et une foule de Bob l'éponge, flânant dans des champs jonchés de pétales de marguerites et d'arcs-en-ciel.

À quel point était-ce gay ?

Maintenant, quand Gordon commençait sa longue marche à travers l'aile psychiatrique, il repérait immédiatement Minus. Son lit, ainsi que lui gaiement parés, se distinguaient comme l'explosion d'une usine de feux d'artifice miroitant au loin.

175

Deux semaines de plus s'écoulèrent. Et tandis que son pyjama et ses draps étaient quotidiennement changés, Minus restait le même. Il n'avait pas encore ouvert les yeux. Il n'avait pas bougé. Sa peau paraissait même encore plus pâle qu'elle ne l'était auparavant.

Gordon tentait désespérément de rester optimiste. Il commença à lui faire la lecture, alors qu'il gisait dans le lit. Il lisait doucement au début, afin de ne pas déranger les autres patients. Puis un jour, il remarqua trois patients tendant l'oreille pour entendre ce qu'il lisait. Quand il se rendit compte de ce qu'ils faisaient, il lut un peu plus fort pour qu'ils puissent entendre. En quelques jours, il constata qu'il avait acquis un public fidèle quand il lisait pour Minus – il lisait Tom Sawyer – six ou sept âmes perdues qui, apparemment, voyaient le temps de lecture de Gordon comme le moment le plus marquant de leur journée.

Ces six ou sept âmes perdues n'avaient jamais aucun visiteur, pour ce que Gordon pouvait en voir, ce qui était triste, alors ils commençaient à regarder Gordon comme le leur.

Ce qui ne le dérangeait pas du tout.

Le temps passa. Gordon commença à connaître le personnel hospitalier par leur prénom : Lucy, l'infirmière en chef, Jill, une infirmière qui travaillait le week-end ; un couple de bénévoles qui apportait des livres et des magazines pour les patients qui avaient les moyens de lire ou de regarder les images ; et la thérapeute physique, mademoiselle Dennis, qui massait parfois Minus afin que le sang circule dans ses jambes inutilisées alors qu'il était couché, immobile, sur son lit. Tous étaient amicaux et généreux avec leur temps, Gordon les remercia plus d'une fois de prendre autant soin de l'homme allongé sous la couverture Bob l'éponge.

Il s'était aussi trouvé une amitié tranquille avec Nate, le seul homme du personnel et lui aussi gay. Étant gay lui-même, Gordon en vint à connaître Nate mieux que les autres. Nate semblait un peu craintif de la dévotion de Gordon envers Minus. Gordon suspectait qu'il n'avait aucun amoureux dans sa vie, même s'il aurait dû. Il était bien assez beau pour rendre un homme heureux.

Lors de la troisième semaine d'hospitalisation de Minus, alors que Gordon était assis près de lui à lire à voix haute, toujours le même livre, il entendit des bruits de pas approcher. Il marqua sa page et ferma le livre. (Tom et Becky Thatcher étaient perdus dans la grotte et leur bougie venait de s'éteindre !)

176

— Oh, ne vous arrêtez pas, murmura l'un des patients, mais ils devinrent tous silencieux lorsqu'un homme et une femme arrivèrent parmi eux.

Quand ils se rendirent compte que le couple venait voir l'homme dans le lit coloré, ils s'éloignèrent poliment pour retourner à leurs rêveries ternes et sans couleurs, inquiétantes peut-être, d'une manière insensée, au sujet de Tom et Becky toujours perdus dans cette horrible grotte, se demandant comment tout cela allait finir.

Gordon fut stupéfait de voir qui étaient ces deux visiteurs.

— Maman ! M. Rhiner !

Peut-être fut-il encore plus étonné lorsque sa mère se pencha sur lui et embrassa le haut de sa tête tandis que M. Rhiner les observait fièrement. Quand sa mère se redressa et étudia le patient dans le lit pour la toute première fois, elle glissa sa main dans celle de M. Rhiner. Ce geste ne fut pas perdu pour Gordon. Il put même avoir eu un léger sourire en voyant ça.

Gordon et M. Rhiner suivirent les yeux de sa mère sur l'homme dans le lit.

— Alors c'est lui, dit sa mère en souriant. Mon Dieu, qu'il est blond ! Ses cheveux sont splendides.

Gordon se pencha pour ôter un cil de la joue immobile de Minus. Quand il eut fini, ses doigts s'attardèrent assez longtemps pour caresser une mèche de cheveux étalés sur l'oreiller.

— Oui. C'est lui.

M. Rhiner s'avança et présenta sa main libre à Gordon. Celui-ci la prit et la serra de façon amicale. Alors qu'ils relâchaient leur prise, son agent de probation, et de toute évidence le petit ami officiel de sa mère, fit errer son regard sur l'homme du lit.

— Je le reconnais d'après les photos de la scène de l'accident, Gordon. Il a été à peine égratigné cette nuit-là. Vous aussi. Il semblerait que M. Booth ait pris la collision de plein fouet. Je n'ai jamais vraiment compris pourquoi.

— Il était le seul qui ne portait pas sa ceinture de sécurité, expliqua Gordon. Pour autant…

Sa mère et M. Rhiner surent ce qu'il avait choisi de ne pas dire.

— Pour autant, c'est quand même de votre faute, termina M. Rhiner, libérant doucement les mots dans l'air.

Gordon hocha la tête.

— Oui, c'est quand même entièrement de ma faute.

M. Rhiner recula au moment où sa mère tendait la main pour lui caresser la joue.

— Merci de m'avoir laissé un message, Gordon. De m'avoir dit ce qui se passait. J'étais inquiète pour toi. Tu n'étais jamais à la maison.

Les yeux de sa mère étaient brillants de larmes. Elle ne semblait pas s'inquiéter qu'elles soient sur le point de faire des ravages sur son mascara parfaitement appliqué.

— Y a-t-il eu… une amélioration ?

— Non.

Ce simple mot manqua d'user Gordon. Il ne l'embellit pas d'excuses ou d'explications. Il le laissa flotter dans l'air comme un drapeau poussiéreux dans une journée sans vent.

Le regard de sa mère écuma les lits alentour, le lino hideux, les murs vert terne. Il finit par se poser sur le livre sur les genoux de son fils.

— Tu lui fais la lecture, dit-elle doucement.

— Oui.

Elle se glissa un peu plus près de M. Rhiner, comme pour chercher du soutien. Il posa une main possessive dans le bas de son dos, ce qui sembla lui redonner de la force.

— Tu as l'air hagard, Gordon. Viens dîner avec nous. S'il te plaît. On dirait que tu n'as pas eu un repas décent depuis des semaines.

— Je suis désolé, répondit-il. Je viens juste d'aller manger à la cafétéria.

C'était un mensonge. Il n'avait rien avalé depuis midi.

— Allez-y sans moi.

Sa mère pencha la tête et étudia son visage.

— Tu as peur de le quitter. Tu as peur qu'il se réveille quand tu seras parti. N'est-ce pas ?

— Oui.

C'était sa plus grande crainte. Il devait être là pour expliquer les choses à Minus à la seconde où il ouvrirait les yeux. Il devait plaider sa cause avant que son cœur ne se ferme lorsqu'il réaliserait qui il était.

— Pouvons-nous nous asseoir un moment avec toi ? demanda gentiment sa mère.

Gordon hocha la tête, surpris par la gratitude qu'il ressentait à ce que sa mère offre une telle chose.

M. Rhiner alla docilement récupérer deux chaises en plastique à différents endroits de la pièce et les amena silencieusement près du lit de

Minus. Il plaça une chaise près de celle de Gordon pour sa mère et l'autre pour lui contre le mur du côté opposé du lit.

— Non, Tom, lui dit la mère de Gordon. Assieds-toi près de moi.

Et M. Rhiner obéit, ramenant sa chaise de l'autre côté du lit et lorsqu'il fut de nouveau installé, il reprit la main de la mère de Gordon. C'était la première fois que Gordon entendait le prénom de cet homme. Curieusement, ça le rendait plus humain aux yeux de Gordon.

Il sut instantanément que sa mère et Tom Rhiner s'aimaient et il en fut heureux. Il en avait appris beaucoup sur l'amour depuis que Minus était entré dans sa vie. Il en avait appris encore plus le jour où son amour avait fermé les yeux contre le monde, le laissant seul.

Ils restèrent jusqu'à la fermeture du service, tenant compagnie à Gordon, pour le plus grand chagrin des six ou sept patients qui mouraient d'envie de découvrir comment Tom et Becky se débrouillaient dans cette grotte sombre et froide.

À vingt et une heures, ils quittèrent l'aile avec Gordon. Sur les marches devant l'hôpital, avant qu'ils ne se séparent pour récupérer leurs voitures respectives, Gordon prononça les mots qu'il avait voulu dire toute la soirée.

— Je suis heureux que vous vous soyez trouvés.

Sa mère rougit.

M. Rhiner rayonna.

— Merci, Gordon.

Avec un doux baiser sur la joue, sa mère lui dit bonne nuit.

— Sois fort, lui chuchota-t-elle à l'oreille. J'aime ton homme. Il est beau.

— Merci, répondit Gordon.

Il les regarda s'éloigner, main dans la main, les épaules se frôlant. Lorsqu'ils tournèrent à l'angle du bâtiment, là où leur voiture devait être garée, Gordon se tourna pour trouver la sienne. Elle était stationnée deux rues plus loin, quelque part dans *cette* direction. Il partit à sa recherche. Il sourit dans la lumière d'un réverbère en repensant à sa mère et à M. Rhiner. Bien. Il était heureux pour eux.

Il ne se serait jamais douté que le lendemain, son monde allait de nouveau changer.

Et cette fois, il changerait pour toujours.

XVII

L'APPEL ARRIVA à sept heures ce matin-là. Gordon lutta pour se dépêtrer des draps avant de réussir à atteindre le téléphone et répondre.

Il ne reconnut pas la voix à l'autre bout de la ligne.

— Gordon ? M. Stafford ? Est-ce vous ?

Gordon plissa les yeux, un rayon de soleil traversant la fenêtre de sa chambre. Il était trop tôt pour la lumière. Pas vrai ?

— Oui. C'est moi. Bon sang, qui est-ce ?

— C'est Nate, l'infirmier de Mercy. Vous êtes réveillé ? J'ai besoin de savoir que vous êtes réveillé.

Gordon se redressa, le cœur martelant dans sa poitrine. Nate. L'infirmier de l'aile psychiatrique. Que diable voulait-il ?

— Je suis réveillé, Nate. Que se passe-t-il ? Qu'est-ce qui ne va pas ?

— Je crois que vous feriez mieux de venir tout de suite.

— Vous voulez dire *maintenant* ? Les heures de visite ne commencent pas avant des heures. Je vais appeler pour annuler ma journée de travail et je serai là à 9 h sans faute. C'est bon ?

— Non, Gordon. Venez maintenant. Je pense vraiment que vous devriez venir *immédiatement*. Ne vous inquiétez pas pour les heures de visite. Je vous laisserai entrer. Le médecin de garde dort dans son bureau, elle ne commencera pas ses rondes avant un bon moment. Je vous attendrai et je vous laisserai entrer dès votre arrivée. D'accord ? Allez-vous venir ?

— Euh, oui. Je suppose que oui. J'arrive. Est-ce que Minus… je veux dire, Jerry, va bien ? Il n'est rien arrivé, pas vrai ? Ce n'est pas encore le moment pour mettre le tube d'alimentation, n'est-ce pas ? Ils ne le préparent pas pour une chirurgie ou autre ? Je crois que nous devrions parler de ce fichu tube avant…

— Venez, M. Stafford. Venez maintenant.

— Très bien, Nate. J'arrive tout de suite.

Gordon cligna des yeux pour chasser le sommeil. Il se demanda s'il devait appeler sa mère pour qu'elle le retrouve à l'hôpital. Si quelque chose de mauvais était arrivé, il n'était pas certain d'être prêt à y faire face seul. S'il l'appelait, M. Rhiner serait-il en train de lui mordiller le cou, aspirant et grognant ? Mon Dieu, il n'était pas prêt pour ça. Et quand bien même, que pouvait-il lui dire ? Il n'avait aucune idée de ce qui se passait !

Non. Il était adulte. Il n'avait pas besoin de sa mère. Il pouvait le gérer seul.

Il rejeta les draps de côté et commença à tirer sur ses vêtements. Une fois habillé, il prit deux précieuses minutes pour se brosser les dents et faire pipi – simultanément – avant de se ruer sur la porte d'entrée et dévaler les escaliers vers sa place de parking. Dans la voiture, il jeta un œil à son reflet dans le rétroviseur et manqua de hurler. Ses cheveux, qui attendaient une coupe depuis longtemps, partaient dans tous les sens. Il cracha dans sa main et essaya d'aplatir les mèches indisciplinées, puis abandonna et démarra le moteur.

Mourant d'envie d'un café, mais beaucoup trop pressé pour s'arrêter, il fut à l'hôpital en moins de dix minutes. Par un coup de chance, il trouva une place à cinq mètres de la porte d'entrée. Il traversa le hall en courant, tomba sur la porte d'un ascenseur ouverte et claqua la paume de sa main sur le bouton numéro 5 et, le temps qu'il se rende compte qu'il n'avait pas remonté la fermeture éclair de son pantalon et qu'il le fasse rapidement, il se tenait à l'entrée de l'aile psychiatrique.

Nate l'attendait en souriant.

— Vous avez une sale tête.

— Merci. Pourquoi avez-vous appelé ? Que se passe-t-il ?

Les yeux de Nate errèrent dans la longue salle avec ses cloisons en mailles la séparant en trois sections. De l'entrée principale, on pouvait voir jusqu'au mur du fond où se trouvait le lit de Minus.

Gordon suivit le regard de Nate et ses yeux s'écarquillèrent. Il s'approcha pour avoir une meilleure vue.

Le lit de Minus était vide.

— Oh mon Dieu, où est-il ? Ils ne l'ont pas emmené en chirurgie, n'est-ce pas ? Il est trop tôt pour ce satané tube. Sam et moi leur avons dit hier, de ne pas…

Nate agrippa son épaule.

— Calmez-vous, Gordon. Calmez-vous et suivez-moi.

Au lieu de se diriger vers la première portion verrouillée de la salle du cinquième étage, Nate fit volte-face et reconduisit Gordon dans le hall.

— Où allons-nous ? demanda Gordon. Vous pouvez quitter la salle comme ça ? N'êtes-vous pas en service ?

— Je suis en pause. Venez.

Gordon suivit les longues enjambées de Nate vers l'ascenseur où ce dernier pressa le bouton du rez-de-chaussée.

— Où est Minus, Nate ? Répondez-moi.

Nate sourit.

— Attendez une minute et vous saurez tout ce que vous avez besoin de savoir.

Un frisson remonta sa colonne vertébrale.

— Oh, mon Dieu, Nate, nous n'allons pas à la morgue, n'est-ce pas ?

Nate éclata de rire.

— Seigneur, vous avez des tendances morbides.

Ils sortirent de l'ascenseur et Nate indiqua une flèche sur le mur. La flèche qui menait à la cafétéria.

— Non, Nate, je n'ai pas faim, bon sang ! Vous savez que vous me faites chier, pas vrai ?

Gordon n'avait jamais vu Nate si heureux. Il semblait savourer une blague privée qu'il n'était pas prêt à partager avec l'homme qu'il traînait dans son sillage.

— Tout ne tourne pas autour de vous, Gordon. D'autres personnes peuvent avoir faim aussi.

— J'en suis sûr, mais…

Juste avant qu'ils n'atteignent la porte de la cafétéria, Nate s'arrêta et se mit face à Gordon au milieu du couloir.

— Heureusement que j'ai mon peigne avec moi, dit-il.

Et avec ça, Nate sortit un peigne de sa poche arrière et commença à se battre contre les nœuds dans les cheveux de Gordon.

— Aïe ! Bon sang, qu'est-ce que vous faites ?

— Je vous fais beau. Et rentrez votre chemise.

— Ma chemise ?

— Oui. Rentrez-la.

Gordon obéit. Poussant un énorme soupir de mécontentement, il demanda :

— Nate, s'il vous plaît, dites-moi ce qui se passe ? Je suis sur le point de vous frapper.

— Grincheux, roucoula Nate, donnant un dernier coup de peigne sur un vilain nœud au-dessus de la tête de Gordon, puis il regarda le peigne et ajouta : Oops. J'ai retiré celui-ci.

Gordon ne faisait plus attention. Il avait repéré quelqu'un à travers la porte de la cafétéria. Cette personne était assise à une table dans le fond, près de la fenêtre, à travers laquelle le soleil se levait au-dessus des cimes des arbres au loin. Sur la table se trouvait une demi-douzaine d'assiettes diverses remplies de nourriture. De là où Gordon se tenait, il put voir un plateau de petit déjeuner avec des œufs, du bacon et une pile de pancakes, un saladier en plastique rempli de poulet grillé, un plat de frites avec un hamburger sur le côté et au moins six cartons de chocolat au lait éparpillés, certains fermés, d'autres froissés et vides.

La personne assise à cette table était Minus et il passait d'une assiette à l'autre, goûtant ci, goûtant ça. Il portait son pyjama fripé vert, celui avec Daffy Duck sur la poche et ses cheveux semblaient encore pires que ceux de Gordon. Sous la table, ses pieds étaient nus. Il appréciait tellement la nourriture que ses orteils étaient recourbés.

Gordon n'avait jamais rien vu de plus beau de sa vie. Son visage se fendit d'un large sourire puis, tout aussi rapidement qu'il était apparu, il s'évanouit.

La mémoire de Minus était-elle revenue ?

Gordon agrippa le bras de Nate.

— Est-ce qu'il… va bien ? Son esprit va bien ?

Nate arborait toujours un sourire, même s'il parut un peu confus par la soudaine peur qui effrayait le visage de Gordon.

Il le poussa en direction de la porte.

— Allez voir par vous-même, Gordon. Je lui ai dit que vous arriviez.

— C'est vrai ?

— Oui, s'exaspéra Nate. C'est votre compagnon assis là-bas, non ? Allez lui dire bonjour pour l'amour de Dieu ! Qu'est-ce que vous attendez ?

Gordon mâchouilla sa joue, regardant Minus enfourner sa nourriture. Le restaurant débordait d'activité. Minus ne l'avait pas encore remarqué.

Une boule aussi grosse qu'un œuf de poule se forma dans la gorge de Gordon. Il avait une peur bleue. Il s'accrochait au bras de Nate comme un noyé se cramponnerait à une branche d'arbre.

— Qu'a-t-il dit quand vous avez dit que j'arrivais ?

Nate pencha la tête sur le côté et étudia le visage de Gordon, sans une once de sympathie.

— Il a demandé si vous étiez venu le voir.

— Que lui avez-vous répondu, Nate ?

Nate posa le poing sur sa hanche et leva les yeux au ciel.

— Je lui ai dit la vérité. Que vous étiez venu chaque jour. Chaque. Putain. De. Jour.

— Qu'a-t-il répondu ?

Nate grogna.

— Vous essayez de gagner du temps. Allez le voir tout de suite ou je jure devant Dieu que je vous jette sur mon épaule et que je vous trimballe jusqu'à lui comme un sac de pommes de terre.

— Très bien ! J'y vais !

Et comme un homme se rendant à la potence, Gordon traversa la cafétéria sur des jambes tremblantes jusqu'à ce qu'il se tienne devant la table où Minus était assis à engloutir des frites.

Celui-ci leva les yeux, vit Gordon se tenant devant lui et cligna des yeux. Avec un effort considérable, il avala la bouchée de nourriture qu'il mâchait et dès que ses cordes vocales furent en état de marche, il dit :

— Tu es venu.

Gordon hocha la tête.

Minus jeta un œil aux autres convives un instant avant de reporter son attention sur Gordon.

— Tu peux t'asseoir si tu veux.

Gordon hocha à nouveau la tête et s'installa près de lui. La nourriture sentait délicieusement bon et Gordon était affamé, mais il ne pouvait détourner les yeux du visage de Minus, cherchant à y voir une émotion. La joie ? La haine ? L'incertitude ? Mais il n'y avait rien. Si Minus avait eu une révélation les concernant durant le mois où il avait été dans le coma, il la gardait pour lui.

Gordon resta assis en silence, ne sachant pas quoi dire, puisqu'il ne savait pas où il se situait aux yeux de Minus.

Le silence dura si longtemps que Minus finit par pousser le saladier de poulet dans la direction de Gordon.

— Tu en veux ?

— Bien sûr, répondit-il. Merci.

Il attrapa un pilon avec des doigts tremblants.

Minus se racla la gorge. Il semblait avoir accepté le fait que s'il devait y avoir conversation, ce serait à lui de faire le premier pas puisque Gordon était de toute évidence devenu muet.

— Ils m'ont dit que j'avais dormi pendant des semaines.

— Oui.

Les yeux de Minus s'adoucirent, mais il ne souriait toujours pas.

— J'ai une meilleure tête que toi. Combien de temps ai-je dormi exactement ?

— Trente et un jours. Et je te remercie, je viens de me réveiller.

— Moi aussi. Tu as compté ?

— Compté quoi ?

— Les jours.

— Oui. Constamment.

— Tu m'as manqué, dit Minus.

Cette pensée amena le plus petit des sourires sur les lèvres de Gordon.

— Non, tu dormais.

— Je veux dire, tu m'as manqué depuis que je suis réveillé.

— Oh.

Puis la signification de ces mots s'incrusta.

— C'est vrai ? Je veux dire, c'est vrai ? Que je t'ai manqué, je veux dire ? bafouilla précipitamment Gordon.

— Oui. Le médecin vient de partir. L'as-tu vue ?

— Non. Tu parles du Dr Stark ?

— Susan. Oui. Elle est avec moi depuis quatre heures du matin. Je suppose que l'une des infirmières l'a appelée dès mon réveil. Elle est venue tout de suite.

— Tu as l'air d'aller bien, dit Gordon.

Mais la vérité était qu'il pensait que Minus avait les traits tirés et paraissait fatigué. Compréhensible, se dit-il. Il avait des cernes sombres sous les yeux et ses lèvres, quand elles n'étaient pas enroulées autour de quelque chose à manger, étaient serrées et fines. Il paraissait également un peu raide dans ses gestes. Gordon était toujours aussi raide qu'un tisonnier après une bonne nuit de sommeil. Il ne pouvait pas imaginer combien il le serait après un mois de sommeil. Et pourtant, il devait avouer que Minus avait l'air mieux que lui.

— Tu dois être affamé, dit-il, regardant avec étonnement l'énorme étalage de nourriture devant eux – dont très peu semblait avoir été mangé en fait. Peut-être Minus avait-il eu les yeux plus gros que le ventre.

— Le docteur a-t-elle dit que c'était une bonne idée que tu manges juste après être sorti de ce coma ?

— Je ne lui ai pas demandé. Pourquoi jures-tu ?

— Je suis nerveux.

— Oh.

Minus baissa les yeux sur les aliments sur la table, comme s'il se demandait à quoi il avait pensé quand il avait passé commande.

— Elle m'a dit que je pouvais commander ce que je voulais, mais que je ne pourrais jamais manger tout ça. Je pensais qu'elle était plus folle que moi.

— L'était-elle ?

— Non.

Minus parut triste.

— Elle avait absolument raison. Je suppose que mon estomac a diminué durant mon sommeil. Et je suis toujours un peu faible.

— Et ta mémoire, s'aventura Gordon, craignant de savoir, mais ayant besoin de demander quand même. Qu'en est-il...

Minus n'attendit pas qu'il finisse sa question.

— Je me souviens de tout. Presque tout. Ce qui n'est pas revenu le fera un jour, du moins c'est ce que m'a dit le docteur.

— Donc l'accident est... eh bien... tu sais ce qui s'est passé cette nuit-là quand... je veux dire, tu sais pour... Oh, merde !

Gordon arrêta de bafouiller, trop terrifié pour continuer.

Minus posa prudemment sa fourchette sur son assiette et cacha ses mains sous la table. Il tourna la tête pour regarder la matinée se dessiner par la fenêtre. Il parut apprécier la vue. Gordon supposa qu'une matinée devait être plutôt cool si vous n'en aviez pas vu depuis un moment.

— Je me souviens, Gordon. De la majeure partie.

Le cœur de Gordon battait si fort qu'il pouvait le sentir dans ses pieds.

— Et les journaux dans le placard de l'appartement ? Tu te souviens de les avoir trouvés ?

— Oui. J'étais confus au début. Puis je pensais avoir compris ce que cela signifiait. Après ça, je ne me rappelle pas ce qui s'est passé. Ils disent qu'ils m'ont trouvé sous le pont. Le même où ces garçons ont brûlé cet homme. Tu t'en souviens, Gordon ? Nous y étions la nuit où il a été tué.

— Oui, je m'en souviens. Je ne l'oublierai jamais. Parfois la nuit, je l'entends hurler.

Puis le souvenir d'un autre hurlement emplit sa tête. Le crissement des pneus sur l'asphalte. Le choc du métal contre le métal tandis que cet autre cri remplissait l'air autour de lui. Le cri de Minus. Son hurlement alors que le corps de son amant s'écrasait contre la vitre de la voiture, l'arrachant à la vie en un instant.

Laissant Minus seul.

Gordon se souvint des grincements de dents d'un loup alors qu'elles claquaient à ses talons, tentant de l'atteindre, tentant de l'attirer pour se nourrir. Non. Attendez. C'était un rêve. Ce n'était pas réel. Ou l'était-ce ?

Gordon chassa la fatigue de ses yeux et essaya de se concentrer. Minus avait l'air si beau assis ici. Ses cheveux clairs brillant dans la lumière du soleil se déversant à travers la fenêtre. Une petite tache de ketchup sur la lèvre inférieure. Ses yeux bleus scintillaient comme du cristal, enfin à nouveau ouverts, prenant la lumière après de longues semaines d'obscurité.

Gordon tendit la main avec hésitation sous la table et la posa sur la jambe de Minus. Celui-ci la regarda avec des yeux évaluateurs, comme s'il n'était pas sûr de ce que faisait Gordon, ou pourquoi il le faisait. Lorsqu'il leva la tête pour fixer le visage de Gordon, des larmes brouillèrent ses beaux yeux bleus. Un léger tremblement secoua son menton.

À cet instant, Gordon sut qu'il avait eu tort. Minus savait pourquoi sa main était là. Il le savait parfaitement. Il comprenait ce qui se passait mieux que Gordon.

Et ses paroles suivantes le prouvèrent.

— Tu m'aimes toujours, alors ? demanda Minus. Toi et moi, ensemble, ce n'était pas un rêve, n'est-ce pas, Gordon ? Tu m'aimes toujours. C'est vrai ? Tu ne m'as jamais quitté ?

Gordon serra la main de Minus sous la table.

— Non, bébé. Je ne t'ai jamais quitté. Tu m'as quitté. Tu étais malade et tu es parti. Ce n'était pas ta faute. Tu n'allais pas bien.

Gordon essaya d'organiser ses pensées. Il émit un rire pitoyable à ses dépens.

— Je t'aime tellement que je ne peux pas réfléchir correctement.

Leurs regards se soutinrent durant un battement de cœur puis il ajouta :

— Mon amour pour toi n'a jamais été remis en cause, Minus. C'est ton amour pour moi qui m'a inquiété. Après tout ce que je t'ai fait, j'ai besoin de savoir. Peux-tu encore m'aimer comme tu le faisais avant ? Avant... de t'endormir. Avant de découvrir qui je suis vraiment. Tu dois le savoir maintenant, n'est-ce pas, Minus ? Tu sais qui je suis, n'est-ce pas ?

La main de Minus resta immobile dans la sienne. C'était comme quand il dormait dans ses draps bariolés dans le fond de la salle. Immobile. Sans réaction. Sans vie. Elle était pareille que lorsque son esprit se trouvait à des millions de kilomètres. Quand le coma l'avait emporté. Allait-il à nouveau le quitter maintenant ? Gordon serait-il jamais capable de le faire

187

revenir ? Ou Minus allait-il trouver sa propre voie ? Était-ce même ce qu'il voulait ?

Minus observa le visage de Gordon. Il avait l'air solennel.

— Tu dois me dire qui tu es, Gordon. J'ai besoin de l'entendre de ta bouche.

Un incendie prit naissance à l'arrière de ses yeux et à cet instant, la chaleur amena les larmes à lui brouiller la vue. Il connaissait bien ce sentiment, cette chaleur brûlante. C'était la chaleur de la honte. Mais il y avait aussi d'autres braises s'embrasant, calcinant son esprit, déterrant ses larmes, resserrant sa gorge.

C'était des flammes de peur. La peur de ce qu'il risquait de perdre.

— Dis-moi, répéta Minus, l'incitant doucement.

Il parlait comme s'il s'adressait à un enfant. D'un ton simple. Suppliant.

— Qui es-tu, Gordon ? Fais-moi comprendre qui tu es. Qui es-tu et ce que tu veux. Dis-moi ce que je signifie pour toi, Gordon.

Les voix dans la cafétéria se perdirent dans l'esprit de Gordon. Chaque particule de son attention était focalisée sur Minus, assis près de lui, ayant l'air si innocent. L'air si… patient. Et si blessé.

— Je suis l'homme qui t'aime, Minus. Je t'aime depuis que j'ai posé les yeux sur toi, la première fois. Je ne savais pas qui tu étais alors. Tu dois me croire. Je n'aurais jamais eu le courage de t'approcher si je l'avais su.

— Su quoi ? Qui suis-je ? Alors, dis-moi. Dis-moi qui crois-tu que je suis ? Dis-moi qui tu veux que je sois. Peux-tu faire ça ? demanda Minus, la nourriture devant lui semblant oubliée.

Ses yeux étaient aussi brillants de larmes que ceux de Gordon. Lui demandant de dire les choses qu'il avait peur de dire. Mais il devait le faire, n'est-ce pas ? Gordon devait les faire sortir tôt ou tard ou il n'y aurait aucun espoir pour eux.

Alors Gordon se lança, le cœur tambourinant de nouveau.

— J'étais dans l'autre voiture cette nuit-là. Tu le sais, n'est-ce pas ? C'était moi, Minus. Je suis celui qui a tué l'homme que tu aimais. Chaque mauvaise chose qui t'est arrivée depuis cette nuit-là est de ma faute. Mais je suis si stupide, Minus. Je ne l'ai jamais su. Je ne savais pas du tout que tu étais là cette nuit-là. Je ne l'ai découvert que lorsque tu as quitté l'appartement après avoir trouvé les journaux dans l'armoire. Le jour où tu as appris la vérité, je l'ai apprise aussi. Je suis allé à l'atelier d'électricité pour te chercher. J'ai rencontré Sam, le père de Jeremy. Il m'a tout dit. Nous t'avons cherché. Nous sommes allés au cimetière où Jeremy est enterré. Nous avons parlé durant des heures. Tout comme je ne savais pas qui tu étais vraiment, Sam ne savait pas avec qui tu avais emménagé. Nous avons tous contourné la vérité, Minus. À présent, il est temps de la dévoiler une fois pour toutes.

Les larmes de Gordon finirent par se libérer. Elles glissèrent lentement le long de ses joues tandis que Minus observait leur chemin. Il était assis si immobile qu'il ne semblait même pas respirer. Ne pas vivre. Mais Gordon pouvait voir son pouls pulser sous la peau de sa gorge. Quand il déglutit, la pomme d'Adam de Minus monta et descendit dans sa gorge pâle.

Il attendait en silence. Il attendait que Gordon exprime les mots qu'il avait besoin d'entendre.

— Minus, je suis désolé pour ce que j'ai fait cette nuit-là. J'étais insouciant, ivre et stupide. Je me déteste depuis ce jour. Je me suis détesté jusqu'au jour où je t'ai rencontré. À la soupe populaire. Tu te souviens ? Brusquement, j'ai eu l'impression d'avoir retrouvé une raison de vivre. De vivre avec toi, Minus. Tu es ma raison de vivre. La seule raison dont j'ai besoin. Je t'en prie, ne m'enlève pas ça. Je t'en prie, ne me… déteste pas.

Sa voix céda. Il déglutit difficilement.

Minus prit une inspiration tremblante. Elle s'éleva de l'endroit où elle était logée à écouter les paroles de Gordon. Ses excuses.

— Je ne t'ai jamais détesté, Gordon. Je pense que je ne saurais même pas comment faire.

— Bien, soupira Gordon en fermant les yeux, essayant de revenir sur terre. Essayant de comprendre exactement ce qui était en train d'être aplani.

Minus regarda Nate, de l'autre côté de la cafétéria, qui était toujours près de la porte à le regarder.

— J'ai demandé à l'infirmier de t'appeler. Je ne connais pas son nom. Sais-tu que je lui ai demandé de t'appeler ?

— Non, répondit Gordon. Il ne me l'a pas dit. Et son nom est Nate.

— Nate ?

— Oui.

Gordon se rapprocha, les mains toujours cramponnées à celle de Minus sous la table. Un homme quelques tables plus loin les regardait, puis se détourna, comme s'il s'était rendu compte qu'il s'immisçait dans quelque chose qui ne le concernait pas.

La voix de Minus fut aussi douce que du coton dans l'air.

— Ce qui est arrivé cette nuit-là était un accident, n'est-ce pas, Gordon ? Tu n'avais pas l'intention que ça arrive ?

Gordon pâlit.

— Bien sûr que non.

— Le médecin m'a dit que tu avais passé du temps en prison après ça.

— Quand te l'a-t-elle dit ?

— Cette nuit. Est-ce vrai ?

— Oui. J'ai passé un an en prison. Ça aurait dû être plus. Je m'en suis bien tiré. Je le sais maintenant.

— Mais ça a ruiné ta vie. Elle me l'a dit. Est-ce vrai aussi ?

Minus s'arracha à la prise de Gordon et essuya les larmes sur les joues de celui-ci avec la manche de son pyjama. Puis il remit sa main entre les siennes.

Ce petit geste donna à Gordon plus d'espoir que tout ce qui s'était déjà passé. Pourtant, il sentait combien il était proche de perdre Minus. C'était comme s'il se tenait en équilibre sur la lame d'un couteau et qu'il allait tomber quoi qu'il en soit – soit dans le bonheur, soit dans l'enfer où il était avant que Minus n'arrive dans sa vie.

— Oui, répondit Gordon. Après l'accident, ma vie a été ruinée. Je ne voulais plus vivre. Je ne voyais plus aucune raison de le faire. Ça a duré jusqu'à ce que je te rencontre. Crois-le ou non, c'est la vérité. Te rencontrer m'a redonné le goût à la vie. T'aimer me donne une raison de vivre.

— Je te crois.

— C'est vrai, bébé ? Pourquoi ?

Minus eut un sourire triste.

— Parce que ma vie ressemblait à la tienne. Tu l'as changée. Tu me l'as rendue.

— Mais je suis aussi celui qui te l'a enlevée.

Minus baissa les yeux – sur la nourriture sur la table, sur le bazar devant eux. Mais rien de tout cela ne sembla l'atteindre. Il regarda les gens dans la cafétéria, errant çà et là, s'empiffrant, payant leur commande à la femme à la caisse. Rien de tout cela ne sembla l'atteindre non plus.

— C'est drôle, Gordon. Je n'ai jamais pu faire face à la réalité. Lorsque j'ai vu ces journaux dans ton armoire, que j'aie lu tout ce qui s'était passé, c'est devenu clair dans ma tête. Ça a effacé la peur. Je ne peux pas l'expliquer, mais je crois que tout s'est passé pour le mieux. S'il n'y avait pas notre passé, le tien et le mien, nous n'aurions pas d'avenir. Nous ne nous serions jamais rencontrés. Et même si ça avait été le cas, nous ne serions pas ceux que nous sommes aujourd'hui. Peut-être ne t'aurais-je pas aimé au premier regard. Peut-être ne serais-tu pas tombé amoureux de moi. Nous n'aurions peut-être pas été si bien ensemble.

— Oui, songea Gordon. Je suppose que c'est vrai.

— J'aimais Jeremy, continua Minus en réprimant une nouvelle vague de larmes. Mais il est parti maintenant. Je ne l'oublierai plus jamais. Mais je ne peux pas t'oublier non plus. Je ne peux pas me permettre… de te perdre. Ce qui est arrivé à ce coin de rue cette nuit il y a bien longtemps n'était pas prévu. Tu ne l'as pas fait exprès. Tu n'as pas cherché à ruiner nos vies, à Jeremy et moi. Tu n'as pas cherché non plus à poser les bases afin que nous soyons heureux pour le reste de notre vie ensemble. C'est simplement arrivé. Tout ce qui se passe dans nos vies aujourd'hui, le bon ou le mauvais, découle de ce moment dans le temps où tu as détourné les yeux. Où tu as été insouciant. Jeremy est mort à cause de ça. Mais pas nous. Nous sommes toujours là. Et nous nous sommes trouvés à cause de cela.

Gordon serra la main de Minus.

— Oh, mon Dieu, Minus, cela signifie-t-il que tu peux me pardonner ? Cela signifie-t-il que tu m'aimes toujours ?

Minus rougit.

— J'imagine que oui.

Puis son sourire timide s'élargit.

— Je *sais* que oui.

Brusquement, son visage devint blême. Voyant cela, Gordon haleta :

— Que se passe-t-il ? Qu'est-ce qui ne va pas ?

Minus serra son ventre.

— Je crois que j'ai trop mangé.

Gordon en fut si soulagé qu'il manqua de tomber de sa chaise. Il éclata de rire puis pensa que, peut-être, il ne devrait vraiment pas. Il fit signe à Nate et tous les deux ramenèrent Minus dans l'aile. Là, il rampa sous sa couverture Bob l'éponge et s'endormit avant que Nate ou Gordon ne puisse le border.

Satisfait que son patient soit en sécurité, Nate leur dit au revoir et, avant qu'il ne quitte l'aile pour rentrer chez lui après sa garde, Gordon le serra dans ses bras.

— Merci, Nate. Merci de m'avoir appelé.

— C'était l'idée de Jerry.

— Je sais. Mais merci quand même.

Minus m'aime toujours, voulait crier Gordon au monde entier. *Il a presque prononcé les mots. S'il n'avait pas eu mal au ventre, il les aurait dits.*

Nate baissa les yeux vers l'homme dans le lit. Les cheveux très clairs de Minus entouraient son visage comme de la neige. Avec ses yeux clos, se dit Gordon, on n'imaginerait jamais la beauté de ses iris bleu cristallin. La façon dont ils prenaient la lumière. La façon dont ils regardaient Gordon chaque fois qu'une bouffée d'amour lui serrait le cœur. Une bouffée affamée pour le corps de Gordon. Mais lui le savait.

Il l'avait toujours su.

— Est-ce que ça va aller pour vous deux ? demanda Nate. Je sais que vous avez eu… des problèmes.

Gordon bénit l'homme d'un sourire en coin.

— Tous les problèmes que nous avions étaient de ma faute. Mais oui, je pense que maintenant ça va aller. Peut-être le passé est-il finalement enterré. Non. Pas enterré. À l'air libre. Je l'espère en tout cas. Minus m'a pardonné, je pense. Et il m'aime toujours. Ce qui fait de moi l'homme le plus heureux du monde.

L'expression de Nate était si calme et douce alors qu'il regardait Gordon, puis le visage paisiblement endormi de Minus.

— J'admire la façon dont vous avez veillé sur lui, Gordon. Si jamais je trouve un partenaire un jour, j'espère qu'il sera quelqu'un comme vous. Minus a de la chance de vous avoir.

— Non, soupira Gordon, ému par la sincérité de Nate. J'ai de la chance de l'avoir, *lui*.

— Alors, ne le prenez jamais pour acquis, dit Nate en paraissant tout à coup mal à l'aise, comme s'il se demandait s'il en avait trop dit.

Gordon reconnut cette expression et sut exactement ce qu'elle signifiait. Il l'attira dans ses bras pour soulager son embarras.

— Merci encore, Nate. Je vous suis redevable. Ne vous inquiétez pas des problèmes que vous pourriez avoir, pour m'avoir appelé. Je ne le dirai à personne. Votre secret est en sécurité avec moi.

Nate hocha la tête. Juste avant de s'éloigner, il étreignit Gordon.

— Au revoir, dit-il doucement.

Puis il sortit précipitamment sur ses longues jambes. Gordon leva la main pour lui souhaiter bonne chance et le remercier à nouveau, mais Nate ne se retourna pas pour le voir.

Un peu tristement, Gordon le regarda s'en aller, lui souhaitant le meilleur. Lorsque Minus et lui furent enfin seuls, il sortit l'exemplaire usé de *Tom Sawyer* de sous le matelas où il l'avait caché la veille.

Immédiatement, une poignée de patients commença à se rapprocher de lui, venant de partout, lorgnant le livre, le lorgnant lui. Excités. Avides.

Gordon jeta un œil à Minus, une fois encore endormi dans son lit, tout comme il l'avait été durant trente et un jours. Seulement cette fois, il savait qu'il se réveillerait.

Et encore mieux, lorsqu'il le ferait, il savait que Minus l'aimerait encore. Comme il l'avait toujours fait. Comme il le ferait toujours.

Cette pensée amena un sourire sur son visage et, tandis que les patients se glissaient toujours plus près, il se mit à rire de l'expression d'espoir sur leurs visages. Il posa ses doigts sur ses lèvres, leur intimant le silence. Ils en firent de même, se taisant et faisant taire les autres comme un essaim de bibliothécaires fous.

Gordon se percha sur le bord du lit et ouvrit *Tom Sawyer* à une page écornée des profondeurs du livre. Dans le plus faible des chuchotements, pour ne pas perturber Minus, il commença à lire.

— Chapitre trente et un. Perdus et retrouvés.

Dans le calme velouté de sa voix, son auditoire d'aliénés s'installa béatement autour de lui. Se laissant tomber au sol comme des feuilles d'automne, ils écoutèrent attentivement chacun de ses mots prononcés tandis qu'il menait Tom et Becky en sécurité hors de la grotte.

Durant tout le temps qu'il lut à haute voix, Minus ronflait doucement dans le lit près de lui, sa main tendrement posée sur le dos de Gordon.

ÉPILOGUE

— Tu es occupé demain ? demanda Gordon.

C'était une question désinvolte. Son esprit était vraiment focalisé sur d'autres choses. Comme tenir en équilibre trois poinsettias et un parapluie dans ses bras tandis qu'il grimpait laborieusement la colline jusqu'à Guadalupe Circle pour décorer la tombe de Jeremy Aldritch Booth.

Minus tenait lui aussi des poinsettias, mais curieusement, il réussissait à paraître plus gracieux. Et il ne s'ennuyait pas d'un parapluie. Ce qui aidait.

— Je recâble une maison à Kensington. Sam dit que ça va me prendre la journée. Je serai probablement en retard à la maison.

Gordon sourit.

— Je garderai les draps chauds.

— Garce.

— Oh, attends. Je dois vérifier les chiffres de cette tempête pour le bulletin météo de ce soir. Sally est douée avec une caméra, mais elle ne sait pas lire cette saloperie de Doppler. Je serai probablement en retard aussi.

Ce fut au tour de Minus de sourire.

— Alors je garderai les draps chauds pour *toi*.

— Bon garçon.

— Puisque tu seras probablement plus en retard que moi, j'irai chercher les costumes au pressing pour le mariage. Ta mère nous tuerait si nous n'étions pas les plus élégants. Et les boutonnières aussi. J'irai les chercher chez le fleuriste.

Gordon leva les yeux au ciel. Il avait complètement oublié ces boutonnières.

— Merci. Peut-être ce mariage détendra-t-il cette femme.

— J'en doute.

— Moi aussi. Pauvre M. Rhiner.

— Sans blague.

L'air était froid pour San Diego. Les cheveux de Minus étaient cachés sous un bonnet de laine, qui faisait ressortir l'architecture épurée de son visage comme s'il était gravé dans le marbre. *Aucun moyen de le contourner,* se dit Gordon. *Cet homme est une bombe.*

194

Minus lui jeta un regard en coin. Il avait un petit sourire sur le visage.

— Tu me dragues.

— Absolument, répondit Gordon.

Tandis que le sommet de la colline approchait, Minus ajouta :

— Je suis désolé, j'ai abusé sur les fleurs, mais Jeremy aimait beaucoup les poinsettias. En couvrir sa tombe me semblait une bonne idée à ce moment-là. Je n'avais pas réfléchi qu'il allait falloir les traîner en haut d'une colline le jour le plus froid et le plus pluvieux de toute l'histoire.

Gordon pencha la tête et ricana.

— Il fait 7° et il crachine à peine. Difficilement le jour le plus froid et le plus pluvieux de l'histoire. Je suis météorologue, tu sais. Seigneur, les habitants de San Diego sont des mauviettes.

— Merci, Monsieur Pull-Manteau-Gants-Deuxécharpes-Cache-oreilles-Couvre-chaussures-EtParapluie.

— Eh bien, tu dois être préparé.

— Oy, répondit Minus, bien qu'il ne soit pas juif.

Sans vraiment y penser, Gordon se rapprocha de Minus alors qu'ils entamaient péniblement la pente finale vers la tombe. Il fut surpris quand il se rendit compte que, même dans ces circonstances, Minus faisait la même chose, apparemment inconsciemment. Il songea qu'ils fonctionnaient mieux en se touchant. Là encore, ils s'aimaient éperdument. Peut-être n'était-ce pas si surprenant après tout.

Il pleuvait depuis des jours, le sol était détrempé sous leurs pieds. La tombe de Jeremy avait été lavée et paraissait de nouveau étincelante nichée dans l'herbe verte humide. Minus et Gordon la regardèrent, serrant toujours leurs poinsettias, leurs têtes remplies de leurs propres pensées.

La mélancolie de ce lieu s'était toujours infiltrée en Gordon, s'amenuisant à la fin, même si elle lui tirait encore des larmes, souvent lorsqu'il s'y attendait le moins. Cependant, en cet instant, il se sentait bien d'être ici. Après tout, ils faisaient une bonne chose. Bien que certainement pas suffisante pour redresser les torts. Rien ne serait jamais suffisant pour ça.

— Il me manque toujours, dit Minus d'une voix douce, le visage dépassant d'un enchevêtrement de feuilles de poinsettias rouges. Parfois, quand nous faisons l'amour, j'imagine que tu es lui.

Ses yeux s'écarquillèrent lorsqu'il se tourna pour observer la réaction de Gordon.

— Je n'aurais probablement pas dû te dire ça, hein ?

— Ce n'est rien, dit Gordon. Parfois quand nous faisons l'amour, j'imagine que tu es grand.

Minus cligna des yeux, puis éclata de rire.

— Œil pour œil.

Ils arrangèrent tout d'abord les poinsettias autour de la pierre tombale, les enterrant afin de former un plumage rouge. Lorsqu'ils se rendirent compte que ce n'était pas beau, ils agglutinèrent les fleurs en une masse, éparpillées autour de la pierre tombale, ils préféraient tous les deux cet arrangement.

— Jeremy nous remercie, dit doucement Minus en donnant un dernier ajustement aux pots.

Gordon sourit et lui prit la main. Mécontent, il la relâcha, ôta ses gants, puis la lui reprit, peau contre peau. C'était mieux.

— J'aurais aimé le connaître, dit Gordon.

Minus lui jeta un coup d'œil. Son nez était rougi par le vent mordant glissant sur la colline, se faufilant sous les écharpes, les manteaux, créant une nuisance générale. La main de Minus se resserra dans la prise de Gordon.

— Jeremy a rempli ton esprit depuis presque trois ans, Gordon. Je doute qu'il y ait eu un seul jour où il n'était pas présent. Je ne pense pas que quiconque le connaisse mieux que toi.

— Trois ans, songea Gordon, stupéfait par le passage du temps, comme les mortels l'étaient toujours. Ce qui veut dire que nous sommes ensemble depuis bientôt un an. C'est bientôt notre anniversaire.

— Je sais.

— C'est drôle, mais chaque jour où je me réveille dans tes bras, je t'aime un peu plus.

Minus lui offrit un doux sourire.

— Je le sais aussi.

Reliés par les mains et le cœur, ils baissèrent les yeux ensemble sur la tombe, satisfaits. C'était maintenant une tombe joyeuse, vive de couleurs, de vie, de beauté et de Noël qui se profilait.

— La touche finale, dit Minus en tirant une poignée de paillettes argentées de la poche de son manteau.

Il se pencha et lança les paillettes sur et à côté des poinsettias. Lorsqu'il eut fini, la tombe scintillait, les paillettes attirant la lumière alors qu'elles s'agitaient sous le vent.

Gordon sourit.

— Je suppose que Jeremy aimait les strass, les paillettes et le clinquant en pagaille.

— Quel gay ne les aime pas ?

Quand la pluie commença à tomber un peu plus fort, Gordon ouvrit son parapluie et Minus se faufila dessous avec lui. Ils restèrent devant la tombe un peu plus longtemps, la main de Minus coincée dans la poche du manteau de Gordon. Frissonnant un peu de froid, ils finirent par redescendre la colline en direction de leur voiture.

Gordon pointa du doigt le Coronado Bridge au loin. Les deux hommes le fixèrent durant quelques instants à travers le rideau de pluie.

— Nous avons passé notre première nuit ensemble sous ce pont, dit Gordon.

Minus se lova un peu plus près.

— La nuit où cet homme a été brûlé.

— Oui.

Gordon songea à cette longue nuit, si longtemps auparavant, le bon et le mauvais qui en étaient ressortis. Minus parut surpris lorsqu'il ajouta :

— J'aimerais y aller. Maintenant. Peut-être pourrions-nous déjeuner à Coronado. J'ai faim de fruits de mer.

— Très bien, sourit Minus. Comme tu veux.

À cause du mauvais temps, la circulation était fluide. Les voitures sur le pont étaient éparses.

Tandis que Gordon atteignait le point culminant où le pont s'arquait au-dessus de la baie, il ralentit la vitesse et prit la voie la plus à droite du bord. Il fouilla sous son siège et sortit un paquet noir, bien emballé dans du plastique.

Il le tendit à Minus.

— Tiens ça une seconde.

Celui-ci le prit, le soupesant dans ses mains, traçant sa forme du doigt sous le plastique tandis que Gordon abaissait la vitre du côté passager, laissant entrer le froid et la pluie.

— Qu'est-ce que c'est ? demanda Minus en s'écartant de la fenêtre ouverte pour éviter le vent. On dirait presque une arme.

— C'est une arme, répondit Gordon.

Prenant le paquet des mains de Minus, il le jeta par la vitre, où il passa par-dessus le rail en béton et disparut dans la brume.

Nonchalamment, il remonta la vitre, se protégeant à nouveau du froid et de la pluie, puis se réinstalla derrière le volant comme si rien d'étrange ne venait de se passer.

— Veux-tu bien me dire ce que c'était que ça ? demanda Minus en se tortillant dans son siège pour regarder l'endroit dans leur sillage où avait disparu le mystérieux paquet dans l'oubli.

Redescendant la pente du pont vers la ville de Coronado, Gordon dirigea la voiture vers la première bretelle de sortie.

— Je ne préfère pas, répondit-il, un sentiment de liberté lui brûlant les yeux. Pas aujourd'hui en tout cas. Allons déjeuner à la place.

Minus le fixa un moment puis finit par hocher la tête, laissant tomber.

— Très bien, Gordon. Si c'est ce que tu veux.

Il tendit la main, ses doigts effleurant la manche du manteau de Gordon.

— J'aimerais bien des crevettes, qu'en penses-tu ?

— Alors ce sera des crevettes, répondit Gordon en lui caressant la joue.

Les essuie-glaces se balançaient en rythme, le chauffage de la voiture jetant un délicieux souffle d'air chaud tandis que Minus pressait ses lèvres contre sa main gantée. Aussi heureux que l'était Gordon en sa compagnie depuis le premier jour où ils s'étaient rencontrés, et aussi sûr du même contentement de Minus, il ramena leur conversation sur des petits riens tandis que l'horizon de San Diego s'étalait au loin de l'autre côté de la baie.

Minus se pencha vers son siège et, malicieusement, souleva son cache-oreille.

— Je t'aime, tu sais.

— Merci, Minus. Je t'aime aussi.

Gordon sourit en prononçant ces mots, car ils avaient un goût délicieux sur ses lèvres.

Plus tard, les crevettes furent également aussi délicieuses.

JOHN INMAN écrit de la fiction depuis qu'il est en âge de tenir un stylo. Lui et son compagnon vivent dans la belle ville de San Diego, en Californie. Ensemble, ils partagent une passion pour le théâtre, les livres, la randonnée et le vélo le long des sentiers et des canyons de San Diego ou, quand l'envie se fait sentir, simplement se détendre avec une bière et un film. Le conseil de John pour quiconque voudrait devenir écrivain ? Prenez le temps d'écrire chaque jour et faites-le. N'ayez pas peur de partager ce que vous avez écrit. Les impressions sont importantes. Lorsqu'une lettre de refus arrive, déchirez-la et réessayez. Continuez d'envoyer vos écrits. Continuez d'écrire, de réécrire, puis de réécrire encore une fois. Chaque minute de lutte en vaut la peine à la fin, alors n'abandonnez pas. Jamais. Souvenez-vous que les éditeurs ressemblent beaucoup à des amoureux. Parfois, vous devez chercher longtemps pour trouver celui qui est bon pour vous.

Pour contacter John : john492@att.net
Facebook : www.facebook.com/john.inman.79
Ou son site web : www.johninmanauthor.com.

Lorsqu'un crime épouvantable détruit la vie de Tyler Powell, son désir de vengeance prend le dessus. Chaque jour, à chaque instant, alors qu'il tente de reconstruire sa vie brisée, il n'a plus que cela en tête… la vengeance.

Cèdera-t-il à la colère pour devenir cette chose qu'il déteste par-dessus tout : un tueur ?

Il n'y a qu'avec l'aide de Christian Martin, inspecteur à la brigade criminelle chargé de son affaire, que Tyler voit une nouvelle vie possible se profiler devant lui, avec la révélation inattendue d'un nouvel amour qui lui tend les bras. Un amour qu'il pensait ne jamais plus connaître.

Le laissera-t-il entrer dans sa vie, ou est-ce déjà trop tard ? Sa vengeance a-t-elle plus d'importance pour lui que son propre bonheur ? Et celui de l'homme qui l'aime ? Tyler est bien déterminé à trouver un moyen d'assouvir sa vengeance sans pour autant sacrifier tout espoir d'un avenir avec Christian, mais cela s'avèrera difficile – si ce n'est impossible – et au final, il risque d'être confronté à un choix cornélien.

www.dreamspinner-fr.com

Par John Inman

Collision
Vengeance

Publié par Dreamspinner Press
www.dreamspinner-fr.com

Sauter
LE pas

LA
bague
AU
DOIGT

K.A. MITCHELL

www.dreamspinner-fr.com

www.ingramcontent.com/pod-product-compliance
Lightning Source LLC
Chambersburg PA
CBHW022146240626
47153CB00007B/2532